Veröffentlicht von
DREAMSPINNER PRESS

5032 Capital Circle SW, Suite 2, PMB# 279, Tallahassee, FL 32305-7886 USA
www.dreamspinnerpress.com

Ein weites Land – Miteinander
Urheberrecht der deutschen Ausgabe © 2013 Dreamspinner Press.
Originaltitel: A Shared Range
Urheberrecht © 2010 Andrew Grey
Original Erstausgabe. September 2010
Übersetzt von Regine Günther.

Umschlagillustration
© 2010 Reese Dante
Umschlaggestaltung
© 2022 L.C. Chase
http://www.lcchase.com
Die Illustrationen auf dem Einband bzw. Titelseite werden nur für darstellerische Zwecke genutzt. Jede abgebildete Person ist ein Model.

Deutsche ISBN. 978-1-64108-498-7
Deutsche eBook Ausgabe. 978-1-61372-941-0
Deutsche Erstausgabe. September 2013
Deutsche Buchausgabe. November 2022
v 1.0

Gedruckt in den Vereinigten Staaten von Amerika.

EIN *weites Land-* MITEINANDER

ANDREW GREY

Diese Geschichte wurde inspiriert von den amerikanischen Nationalparks. Sie ist gewidmet der National Park Foundation als Dank für all die Arbeit und Mühe, die es bedeutet, einige der schönsten Ecken dieses Landes zu bewahren und für jedermann zugänglich zu halten.

1

DAS PFERD wiegte sich sanft unter ihm und Dakota konnte spüren, wie seine Anspannung und der Druck mit jedem Schritt des Braunen mehr von ihm abfielen.

„Also, wie war dein erstes Jahr als Medizinstudent? Und erzähl' mir jetzt bloß nicht denselben Unsinn, den du immer in deinen Briefen schreibst, nur damit ich mir keine Sorgen mache."

Dakota konnte nicht anders und lächelte seinen Vater an, der aufrecht im Sattel seiner grauen Stute saß. Seit Jahren versuchte er schon, ihn dazu zu bringen, ein anderes Pferd zu reiten. Doch Sadie war sein Liebling. Die beiden kannten sich so gut, dass es schon fast unheimlich war.

Dakota atmete tief durch und ihm wurde noch ein wenig leichter ums Herz. „Es war viel anstrengender, als ich es mir vorgestellt hatte. Die Vorlesungen, die Arbeitszeiten in der Klinik, mündliche und schriftliche Prüfungen …" Bei dem Gedanken an die langen Arbeitstage und die anspruchsvollen Professoren musste er doch tatsächlich lächeln.

„Du hast es geliebt, mein Sohn, oder?"

In der Stimme seines Vaters lag definitiv Stolz. Doch das war nicht ungewöhnlich. Jefferson Holden hatte noch nie ein Hehl daraus gemacht, wie stolz er auf Dakota war. Der Mann war nicht nur sein Vater – er war sein bester Freund. Sie hatten keine Geheimnisse voreinander und teilten alles. Na ja, fast alles.

„Das habe ich, Dad. Es ist das, was ich wirklich tun möchte." Sie ritten über weites, offenes Gebiet und Dakota genoss den Ausblick über die sanften Hügel bis hin zu den schroffen Bergen in der Ferne. „Aber hierher zurückzukommen, das ist…" Er wusste nicht, wie er seine Gefühle in Worte fassen sollte, doch sein Vater sah ihn an und nickte. Der Ausdruck auf seinem Gesicht sagte ihm, dass er verstand und Worte nicht nötig waren. Jefferson Holden lag das Land im Blut. Er lebte und atmete jedes Bisschen davon. Dakota hatte nicht geahnt, wie sehr es auch ihm im Blut lag oder wie sehr er es in der Ferne vermissen würde. „Ich dachte, wir könnten doch zum Fluss reiten" Ehe er den Blick wieder nach vorne richtete, sah Dakota das Aufblitzen in den Augen seines Vaters.

„Wusste ich's doch. Als du noch klein warst, dachte ich, ich müsste dich an die Veranda ketten, um dich vom Wasser fernzuhalten." Das vertraute, kräftige Lachen wurde vom Wind zu ihm geweht. „Komm schon. Lass mal sehen, was du so drauf hast." Jefferson trieb sein Pferd in den Galopp und zog davon, Dakota direkt hinter ihm.

„Komm schon, Roman, wir lassen uns doch nicht von den beiden Alten da abhängen." Leicht trat Dakota seinem Pferd in die Seiten und zog davon. Er galoppierte über die Wiese, die Hufe donnerten über den Boden, sein Atem stieg wie eine Dampfwolke in der klaren Morgenluft auf. Dakota spürte die Kraft des Tieres unter sich; so wie Roman sprühte auch er vor Lebensfreude. Monatelang war er in Vorlesungsräumen und Krankenhäusern eingesperrt gewesen. Der Duft des Hochlands nach Erde und einem Hauch von Wasser drang in seine Seele und erweckte zu neuem Leben, was die Stadt hatte ersterben lassen. „Ich bin direkt hinter dir, alter Mann", rief er, als er seinem Vater näher kam. Dakota überholte ihn und zügelte dann sein Pferd, als das Laubwerk in der Nähe des Wassers in Sichtweite kam.

Sein Vater hielt direkt neben ihm. Zusammen ritten sie ans Flussufer, wo sie abstiegen und ihre Pferde im flachen Wasser an der Flussbiegung trinken ließen. Dakota blickte zum anderen Ufer hinüber. Das Seil hing immer noch von dem alten Ast herab. Immer noch konnte er die Schreie und das Gekreische seiner Freunde hören, wie sie daran hin und her schwangen, bevor sie sich in das eiskalte Wasser fallen ließen. „Das Gute daran war …", holte ihn die Stimme seines Vaters aus seinen Erinnerungen, „ich wusste immer, wo ich dich finden konnte." Dakota spürte eine Hand auf seiner Schulter. „Wenn ich dich gelassen hätte, wärst du auch im tiefsten Winter schwimmen gegangen."

„Heute nicht mehr." Dakota musste lächeln. Als Kind war ihm das Wasser nie zu kalt gewesen, aber heute wäre wahrscheinlich das Gegenteil der Fall.

„Das glaub' ich dir." In angenehmer Stille standen sie zusammen und beobachteten gemeinsam die dunklen Flecken auf den Weiden am anderen Ufer. Das Herzblut der Ranch, ihre Rinderherde, bewegte sich dort gemächlich voran, während die mächtigen Tiere nach Futter suchten.

„Es ist merkwürdig, Dad. Bevor ich an der Uni angefangen habe, konnte ich es gar nicht erwarten, von hier wegzukommen. Ich wollte mehr von der Welt sehen."

„Und nun freust du dich darauf, wieder nach Hause zu kommen", beendete sein Vater den Gedanken für ihn. Dakota nickte, woraufhin sein Vater lachte. „Denkst du, da du bist der Einzige? Als ich in deinem Alter war, konnte ich auch nicht schnell genug von hier verschwinden. Aber irgendwas an diesem Land rief mich zurück. Jetzt geht es dir genauso." Dakota drehte sich zu ihm um und sah, wie sich die blauen Augen seines Vaters mit Liebe füllten. „Du wirst wieder weggehen, aber du wirst auch wiederkommen. Das Land hier lässt dich nicht los. Es ist ein Teil von dir, so wie es ein Teil von mir ist."

Dakota wusste, dass das stimmte. Doch er wusste auch, dass ein anderer Teil von ihm – einer, dem er sich immer weniger entziehen konnte—es ihm sehr schwer machen würde, hierzubleiben. Egal, wie sehr er das auch wollte. Er öffnete den Mund und hätte es seinem Vater beinahe gesagt. Gerade rechtzeitig hielt er sich noch zurück. Jetzt war nicht die Zeit dafür. Er war nach Hause gekommen, um neue Kräfte zu tanken und sich auf ein weiteres anstrengendes Jahr vorzubereiten. Wenn er jetzt seinem Vater eröffnete, dass er lieber Männer mochte als Frauen, gäbe das eine Unruhe, die er einfach nicht brauchen konnte. Sein Vater auch nicht. Zumindest für den Sommer wollte Dakota, dass die Dinge so blieben, wie sie waren.

„Wir sollten wieder zurück, Dad." Dakota wollte hier eigentlich gar nicht weg. Das Wasser, das gurgelnd die Steine umspülte, und die Blumen entlang des Ufers waren genau so, wie er sie in Erinnerung hatte.

„Ich denke mal, dass du wieder herkommen wirst." Jefferson stieg auf sein Pferd und machte sich auf den Weg zurück zum Haus. Dakota wusste, dass sein Vater ihm ein paar Minuten Zeit geben wollte. Mit einem Lächeln schwang er sich wieder auf Romans Rücken und trieb ihn vorwärts, flog unter lautem Rufen an seinem Vater vorbei. Er wusste, dass dieser sich das nicht gefallen lassen würde. Und schon konnte er das Donnern von Sadies Hufen hinter sich hören.

Dakota erreichte als Erster die Koppel, sprang von Romans Rücken und führte ihn in seine Box. „Hey Dad, brauchst du Hilfe beim Absteigen?", neckte er, während er die Boxentür schloss. Er wollte Roman eigentlich den Sattel abnehmen, aber er hatte seinen Vater nicht herankommen gehört. Das war seltsam. Also verließ er den Stall, ging außen herum und blickte zurück über das Feld. Fast blieb ihm das Herz stehen, als er Sadie dort reiterlos umherlaufen sah. Sofort rannte er los. Adrenalin pulsierte durch seinen Körper, seine Füße flogen nur so über den Boden, auf eine dunkle Erhebung auf dem Boden zu, die er beim Näherkommen als seinen Vater erkannte. „Dad!" Sein Aufschrei wurde von einem leisen schmerzerfüllten Stöhnen beantwortet, das an seinem Herzen zerrte. „Dad, was ist passiert?" Rutschend kam Dakota zum Stehen und fiel neben dem älteren Mann auf die Knie.

„Runter gefallen", war alles, was Dakota zwischen Keuchen und Stöhnen verstand.

„Wo tut es dir weh?" Instinktiv untersuchte er ihn nach Blutungen und gebrochenen Knochen.

„Mein Rücken." Jeffersons Gesicht verzog sich vor Schmerzen. Dakota zog seine Jacke aus und legte sie seinem Vater um die Schultern. Dieser versuchte, sich zu bewegen, doch Dakota drückte ihn zurück auf den Boden.

„Bleib ruhig liegen. Ich hole Hilfe." Er holte sein Handy aus der Tasche und rief nach einem Krankenwagen. Noch während er sprach, kamen einige der Rancharbeiter über das Feld zu ihnen gerannt. Bis er der Rettungsleitstelle alles weitergegeben hatte, was er wusste, drängte sich die halbe Ranch um sie. Dakota legte auf. „Mario, geh zum Haus zurück und hole eine Decke."

„Soll ich auch ein Kissen bringen?"

3

„Nein, wir dürfen ihn nicht bewegen. Aber er braucht mehr Wärme." Dakota lockerte den Hemdkragen seines Vaters und kontrollierte den Puls am Hals. Er war stabil und gleichmäßig, doch die Schmerzen, die wie Wellen durch dessen Körper liefen, sagten ihm, dass etwas ganz und gar stimmte. Mario kam zurückgerannt, kam schlitternd zum Stehen und gab Dakota die Decke, während in der Ferne schon die Sirene des Krankenwagens zu hören war.

„Ich zeige ihnen den Weg", sagte Mario, dann war er auch schon wieder weg und rannte zurück zum Hof.

„Es wird alles wieder gut, Dad. Der Krankenwagen ist da, die kriegen dich schon wieder hin."

Dakota atmete erleichtert auf, als er die Sanitäter mit einer Trage und medizinischen Geräten über das Feld rennen sah.

„Was ist passiert?" Der erste Sanitäter war bei ihnen angekommen, kniete sich auf den Boden und öffnete seinen Koffer.

„Soweit wir das sagen können, ist er von seinem Pferd gefallen." Scheiße. Dakota blickte sich um und sah, wie Eric die graue Stute zurück in den Stall führte. Das Tier hatte er vollkommen vergessen. „Er klagt über Rückenschmerzen. Der Puls ist stabil, nur ein wenig schnell, was auch zu erwarten ist", informierte Dakota den Sanitäter, stand dann aber auf, trat einen Schritt zurück und ließ die Männer ihre Arbeit machen.

„Mein Sohn studiert Medizin", krächzte Jefferson Holden, obwohl er nur mühsam atmen konnte. Dakota spürte einen riesengroßen Kloß im Hals angesichts des unerschütterlichen väterlichen Stolzes, der selbst jetzt in der schmerzerfüllten Stimme zu hören war.

Der Sanitäter sah erst zu Dakota, dann zurück zu dessen Vater. „Wir versorgen Sie jetzt und bringen Sie dann ins Krankenhaus." Der andere Mann kniete sich zu ihm und gemeinsam begannen sie mit der Arbeit.

Eine kräftige Hand legte sich auf Dakotas Schulter. Ein Griff, der ihm genau so vertraut war wie der seines Vaters. „Er wird schon wieder, Bursche." Seit er fünf Jahre alt war, nannte Bucky ihn schon so. „Er ist stark wie ein Ochse. Den wirft so schnell nichts um."

Dakota drehte sich um, blickte in das wettergegerbte Gesicht des Vorarbeiters und nickte. „Ich hoffe es, Bucky. Ich hoffe es." Er wandte seinen sorgenvollen Blick wieder seinem Vater zu. Die Sanitäter schoben eine Rückenliege unter seinen Vater und schnallten ihn sicher darauf fest, bevor sie ihn mit Hilfe zweier Rancharbeiter vorsichtig anhoben und zum Krankenwagen trugen. Dakota folgte ihnen und kaute dabei sorgenvoll an einem Fingernagel.

„Möchten Sie mit ihm fahren?", fragte der Sanitäter, bevor er die Tür schloss.

Dakota schüttelte den Kopf. So sehr er auch wollte, es war wahrscheinlich besser, mit dem eigenen Wagen zu fahren. „Ich fahre Ihnen nach."

4

Der Mann nickte und kletterte in den Innenraum. Ehe er die Tür mit einem dumpfen Geräusch hinter sich schloss, hörte Dakota noch, wie der Sanitäter seinem Vater erklärte, wie es weitergehen würde.

"In Ordnung Jungs, ihr habt noch was zu tun. Jeff würde nicht wollen, dass ihr hier seinetwegen herumsteht wie ein Haufen besorgter Witwen", wandte sich Bucky an die Männer, die neben der Koppel beieinander standen. Dakota drehte sich zu ihnen um und sah, dass jedem Einzelnen von ihnen die Besorgnis ins Gesicht geschrieben stand. Das allein sagte schon sehr viel darüber aus, wie sie über seinen Vater dachten. Einer nach dem anderen wandte sich um, einige verschwanden im Stall, während die anderen in ihre Fahrzeuge stiegen und wieder raus fuhren. „Soll ich mitkommen, Bursche?"

„Ich schaffe das schon." Für den Mann, der ihm das Reiten und noch so viel mehr beigebracht hatte, brachte Dakota ein Lächeln auf. Aber etwas in dessen Augen brachte ihn dazu, seine Meinung zu ändern. Bucky war besorgt. Etwas, was er vorher noch nie bei ihm gesehen hatte. Niemals. „Ja, okay. Ich fahre." Er trat an den Truck seines Vaters, öffnete die Tür und fischte die Schlüssel unter dem Sitz hervor. Die Beifahrertür knallte zu und Dakota startete den Motor. Als der Krankenwagen vom Hof fuhr, hängte Dakota sich dran. Sie rasten mit Blaulicht und Sirene die Straße entlang.

Kurz nach dem Krankenwagen erreichten sie die Klinik. Als sie eintraten, kam ihnen einer der Sanitäter schon wieder entgegen. „Vielen Dank." Dakota schüttelte ihm die Hand und eilte dann hinein und zur Notfallaufnahme. Die junge Frau dort bat ihn, Platz zu nehmen; in Kürze werde ihm jemand Bescheid geben. Bucky setzte sich zu ihm und Dakota stellte sich auf eine lange Wartezeit ein. Sie redeten nicht viel miteinander - das brauchten sie auch gar nicht. Sorge und Beunruhigung standen ihnen beiden ins Gesicht geschrieben.

„Dakota?" Als er seinen Namen hörte, drehte er sich um und sah Dr. Hansen auf sich zukommen. „Hallo, Bucky", sagte der Arzt. Der Vorarbeiter nickte erwartungsvoll.

„Hallo, Doc." Dakota stand auf und gab dem Arzt die Hand. Solange sich Dakota erinnern konnte, war Dr. Hansen schon der Hausarzt der Holdens. Das war der Mann, der seine gebrochenen Knochen gerichtet und ihn durch die Windpocken gebracht hatte.

„Lange nicht gesehen. Ich habe gehört, du studierst Medizin."

„Ich frage mich, von wem Sie das wohl gehört haben." Dakota unterdrückte ein Lächeln.

„Dein Vater erzählt es jedem, der zuhört." Ein Lächeln erschien auf dem Gesicht des älteren Mannes, das sofort wieder verschwand, als er zum eigentlichen Thema kam. „Dein Vater hat sich den Rücken verletzt. Er hat verdammtes Glück, dass nichts Schlimmeres passiert ist, aber bei seinem Zustand ist das trotzdem problematisch. Was zum Teufel hatte er überhaupt auf einem Pferd verloren?"

„Moment mal, Doc, ganz langsam. Was für ein Zustand?", fragte Dakota, plötzlich noch beunruhigter.

„Wir sollten uns wohl besser zusammensetzen und das besprechen."

„Ja, das denke ich auch."

„Ich warte hier einfach auf dich", sagte Bucky und wich seinem Blick aus. Dakota war sofort klar: was auch immer er für schlechte Nachrichten nun hören würde, Bucky wusste Bescheid.

Doktor Hansen führte ihn in ein kleines Untersuchungszimmer und schloss die Tür. „Am besten, du setzt dich." Dakota ließ sich auf einem Stuhl nieder und wartete. „An und für sich sind seine Verletzungen gar nicht so schlimm. Innerhalb ein paar Wochen wird er sich davon wieder erholt haben."

„An und für sich." Dakota verschränkte die Arme vor der Brust. „Was ist hier los? Was verschweigt ihr mir alle?"

„Kota …" Der Umschwung auf den Spitznamen seiner Kindheit sagte sehr viel. „Vor einem Jahr habe ich bei deinem Vater Multiple Sklerose diagnostiziert. Er hätte gar nicht erst auf ein Pferd steigen dürfen und diese Verletzung wird seinen Zustand leider noch verschlimmern. Um seine Wirbelsäule herum hat sich eine leichte Schwellung gebildet, die wahrscheinlich wieder zurückgehen wird. Die MS wird dadurch aber verstärkt."

„Was sagen Sie da? Wird er wieder gehen können?" Der Gedanke machte ihn fast krank.

„Bei deinem Vater ist die Krankheit schon weit fortgeschritten. Er blieb lange unbehandelt, weil er erst zu mir gekommen ist, als ihm die Hände zitterten. Wir können nicht mehr viel für ihn tun. Mittlerweile hat er schon die Kontrolle über viele seiner Muskeln verloren. Ich bin eigentlich überrascht, dass du gar nichts bemerkt hast."

„Ich bin erst gestern Abend zurückgekommen und heute Morgen sind wir ausgeritten. Warum hat er mir nur nichts davon gesagt?" *Diese Frage kann nur er beantworten.* Dakota sackte in seinem Stuhl zusammen, die Luft wurde aus seinen Lungen gepresst. Fast konnte er spüren, wie er in sich zusammenfiel.

„Kota, ich bin sicher, dein Vater wollte dich nur beschützen." Doktor Hansen stand von seinem Stuhl auf. „Ich wüsste gerne, warum dieser Narr gedacht hat, er könne wieder auf ein Pferd steigen. Vor Monaten habe ich ihm schon gesagt, dass er das nicht mehr tun soll."

Die Worte kamen gar nicht richtig bei Dakota an. Er erhob sich von seinem Stuhl und ging mit leerem Blick zurück ins Wartezimmer. Bucky stand auf und hielt sich zerknirscht an seinem Cowboyhut fest. „Ich musste schwören, dir nichts davon zu sagen."

„Das dachte ich mir!" Dakota starrte den Vorarbeiter böse an, doch wirklich wütend war er nicht auf ihn. Er war zornig auf seinen Vater … aber den konnte er nicht anschreien. Aber es an Bucky auszulassen wäre auch nicht fair. „Entschuldige."

„Er ist so stolz auf dich", erklärte Bucky. „Er wusste, dass du nach Hause kommen würdest, wenn du es gewusst hättest. Und das war das Letzte, was er wollte." Der Ältere wand sich vor Verlegenheit. Dakota deutete auf einen Stuhl und Bucky setzte sich neben ihn, den Cowboyhut legte er auf seinen Schoß. „Vor allem wusste er, wie viel es dir bedeutet, Arzt zu werden. Er wollte nicht, dass dir dabei irgendetwas im Weg steht. Am Allerwenigsten er selbst."

„Ich weiß." Und sein Vater hatte recht. Wenn Dakota Bescheid gewusst hätte, hätte er den ersten Flug nach Hause genommen. Da war er sich sicher.

Eine Krankenschwester kam auf sie zu. „Ich kann Sie jetzt zu Ihrem Vater bringen."

Dakota nickte, stand auf und sah Bucky an.

„Ich warte hier, Bursche. Geh zu ihm."

Diesen Ausdruck in Buckys Augen hasste er – als habe er gerade versehentlich Dakotas Hund umgebracht und wisse nicht, wie er das wieder gutmachen sollte. „Du hast nichts falsch gemacht", versicherte Dakota. Zaghaft nickte Bucky.

Dakota folgte der Schwester durch die Doppeltür, einen Gang hinunter und in einen kleinen, mit Vorhängen abgetrennten Bereich, wo sein Vater mit geschlossenen Augen flach auf dem Rücken lag.

„Wir haben ihm etwas gegen die Schmerzen gegeben, also ist er vielleicht noch ein bisschen benommen", erklärte die Schwester. Sie überprüfte die Maschinen und verließ dann den Raum.

Dakota stand am Fußende des Bettes und blickte auf den Mann herab, zu dem er sein ganzes Leben lang aufgesehen hatte. Jefferson Holden war ihm immer überlebensgroß vorgekommen; Dakota hatte geglaubt, sein Vater könne alles schaffen. Jetzt, da er ihn so sah, mit Schläuchen im Arm, Gittern am Bett, mit geschlossenen Augen und schmerzverzerrtem Gesicht, das sich durch die Medikamente gerade erst zu entspannen begann, sah er plötzlich schmal und verletzlich aus.

„Kota?"

„Ich bin hier, Dad." Er ging um das Bett herum und nahm die zitternde Hand seines Vaters in seine.

„Versprichst du mir, dass du zurück zur Uni gehst?" Die Augen seines Vaters öffneten sich für ein paar Sekunden und fielen ihm dann wieder zu. Dakota sagte nichts, erleichtert, dass er diese Frage nicht beantworten musste. Sein Vater hatte recht – hätte er es gewusst, wäre er direkt nach Hause gekommen. Daran hatte sich nichts geändert, nur, dass er jetzt noch dringender hier gebraucht wurde. Wenn es seinem Vater möglich wäre, auf die Ranch zurückzukehren, würde sich jemand um ihn kümmern müssen. Dakota brauchte gar nicht lange zu überlegen. Schon immer hatte er anderen Menschen helfen wollen. Für wen sollte er lieber sorgen wollen als für seinen eigenen Vater?

„In ein paar Minuten werden wir ihn in ein Zimmer verlegen. Wahrscheinlich wird er für den Rest des Tages schlafen." Die Krankenschwester war zurück, ging um das Bett herum und löste die Bremsen an den Rädern. „Sie können gerne mit ihm gehen."

„Vielen Dank. Wissen Sie schon, in welches Zimmer er kommt?"

Sie sah in der Krankenakte nach. „Zimmer 229."

„Wir treffen uns dort."

Dakota drückte kurz die Hand seines Vaters, bevor er sie wieder losließ, unter die Bettdecke legte und wieder zurück ins Wartezimmer ging. Als er hereinkam, stand Bucky sofort auf. „Sie bringen ihn in ein Zimmer. Fahr du doch zurück zur Ranch und ich bleibe bei ihm."

Bucky nickte. „Ich sorge dafür, dass einer von den Jungs dir einen Truck hierher bringt, Bursche."

„Danke, Bucky." Er wusste nicht, was er noch sagen oder tun sollte. Schon wollte er sich abwenden, da zog Bucky ihn in eine Umarmung, ließ ihn aber auch gleich wieder los. Dakota glaubte, Tränen in seinen Augen zu sehen. Der Vorarbeiter drehte sich um und eilte hinaus; Dakota sah ihm nach und machte sich dann auf den Weg zum Zimmer seines Vaters.

Als er dort ankam, war sein Vater schon da. Die Lichter waren gedämpft; es sah so aus, als hätte er seither die Augen nicht mehr offen gehabt. Unter dem Fenster stand ein kleines, fest eingebautes Sofa. Dakota setzte sich und dachte nach. Er brauchte nicht alles sofort zu entscheiden; er hatte Zeit. Aber eigentlich wusste er ja schon längst, was er tun würde.

2

DAKOTA FUHR in seinem Truck auf der Zufahrtsstraße zur Ranch am Briefkasten vorbei und bog in die Einfahrt ein, bevor er den Wagen anhielt. Er öffnete die Tür, stieg aus und lehnte sich dagegen. Von hier aus konnte er das Haupthaus, die Scheunen, die Ställe und Koppeln sehen, hinter denen sich Wiesen und offenes Weideland bis zu den Flanken der eindrucksvollen Tetons in der Ferne erstreckten. Tief atmete er ein und ließ den Geruch und das Gefühl von Heimat auf sich wirken. Er hatte das Bedürfnis danach, brauchte das, um sich daran zu erinnern, dass dies sein Zuhause war, das er liebte.

„Hey, Chef, suchst du was?"

Er drehte sich nach der Stimme um und sah Mario die Einfahrt entlang kommen. „Nein, ich schau nur." Das tat er jedes Mal, wenn er länger als für ein paar Stunden weg gewesen war. Er stieg zurück in seinen Wagen, startete den Motor und fuhr zum Haus. Er schnappte sich seine Taschen von der Rückbank, ging die Treppe hinauf und durch die Eingangstür.

„Hey, wen haben wir denn da." Bucky stand von einem Stuhl auf, kam ihm entgegen und begrüßte Dakota mit einem Klaps auf den Rücken. „Ich hab mich schon gefragt, ob du es heute noch nach Hause schaffen würdest."

„Ich musste."

Bucky nickte verständnisvoll. Dakota stellte seine Taschen beim Sofa ab, lief den Gang hinunter und öffnete die Tür des letzten Zimmers.

Die Krankenschwester, die neben dem Krankenbett saß, sah von ihrem Buch auf und lächelte. „Es geht ihm gut." Grace legte ein Lesezeichen in ihr Buch und steckte es in ihre Handtasche, dann stand sie auf und ging zur Tür. Dakota folgte ihr. Im Gang sprachen sie flüsternd miteinander. „Heute war ein guter Tag. Vor etwa einer Stunde hat er zu Abend gegessen. Die ganze Zeit über hat er mich angesehen, als wollte er fragen, wann ich endlich gehe, weil er weiß, dass du dann wieder da bist."

„Hat er etwas gesagt?"

Sie schüttelte den Kopf. „Aber wie du gesagt hast, er versteht alles. Außerdem hat er Wege, sich zu verständigen." Dakota hatte sie schon für diese Woche bezahlt, aber er griff in seine Jackentasche und reichte ihr einen Umschlag. „Nein, Kota" Sie versuchte, ihm den Umschlag wiederzugeben. Davon wollte er aber nichts wissen.

„Dann kaufst du davon eben was für deine Enkelkinder." Er schloss ihre Hand um das Papier. „Ohne dich hätte ich meinen Urlaub gar nicht genießen können. Aber so wusste ich, dass er in guten Händen war." Sie war ein Geschenk des Himmels. Er und sein Vater vertrauten ihr beide, was eine Menge sagte.

Sie gab nach und steckte den Umschlag in ihre Tasche. „Ich habe ihn heute morgen gewaschen und das Bett frisch überzogen. Er wurde umgelagert und Doktor Hansen hat vorbeigeschaut. Er sagt auch, dass es ihm gut geht. " Nun ja, so gut wie man es eben erwarten konnte, doch das würde Grace nie sagen. Die Frau war eine ewige Optimistin. „Gut, dann gehe ich jetzt. Aber wenn du irgendetwas brauchst, ruf mich an." Sie nahm ihre Sachen und wandte sich zum Gehen. „Wenn du für ein oder zwei Tage in der Woche Hilfe brauchst, lass es mich wissen. Mir gefällt es hier und er ist einfach ein Schatz." Sie lächelte Dakota noch einmal an und ging.

Mit einem stillen Lächeln sah Dakota ihr nach, dann drückte er die Tür auf und betrat das Zimmer seines Vaters. Das einzige Geräusch hier drin war leises Atmen – sein Vater schlief, wie so häufig in letzter Zeit. Nicht, dass es zwischen seinen wachen und schlafenden Stunden viele Unterschiede gegeben hätte. Oh, es gab Momente, in denen war sein Vater voll da, doch die wurden immer seltener und er verlor Tag für Tag mehr die Kontrolle über seine Muskeln. „Ich liebe dich, Dad." Seit vier Jahren sagte er das jeden Tag, komme, was da wolle. Leise drehte er sich um und ging zurück ins Wohnzimmer, wobei er die Tür angelehnt ließ.

Bucky schlief in dem Liegestuhl, den er für sich beansprucht hatte, seit Jefferson ihn nicht mehr benutzen konnte. Offiziell war Bucky im Ruhestand. Doch er war seit vierzig Jahren auf der Ranch und Dakota hatte ihm gesagt, dass er hier immer ein Zuhause haben würde. Für Dakota gehörte Bucky genauso zur Familie wie sein Vater und seine Schwester, von der er vielleicht einmal im Monat etwas hörte. Normalerweise gegen Ende des Monats, wenn ihr das Geld ausging.

„Erzähl mir von deiner Kreuzfahrt." Buckys Augen öffneten sich, während er sprach. „War das Ding so groß wie es auf den Bildern aussah?"

„Größer." Dakota holte zwei Flaschen Bier aus der Küche, öffnete sie und gab eine davon Bucky, dann setzte er sich auf die Couch. „Auf dem Schiff gab's drei Swimmingpools, sechs Whirlpools, einen Fitnessraum, eine Eislaufbahn, ein Basketballfeld und alles, was du dir denken kannst."

„Denkst du, das reicht dir bis nächstes Jahr?" Der ältere Mann nahm einen großen Schluck von seinem Bier.

„Das muss es." Einmal im Jahr erlaubte sich Dakota eine Woche Urlaub von der Ranch – eine Woche, in der er sich gehen lassen und seine Hörner abstoßen konnte. Dieses Jahr war er auf eine Kreuzfahrt gegangen.

„Hast du jemanden kennengelernt?" Er blinzelte und als ein Lächeln auf Dakotas Gesicht erschien, schlug Bucky ihm auf die Knie. „Na, dann erzähl mir von ihr, Sohn."

Diesen Teil hasste er immer. Jedes Jahr überlegte er, ob er Farbe bekennen sollte. Bevor er diese Reise angetreten hatte, hatte er sich vorgenommen, sich selbst und die Anderen nicht mehr länger anzulügen. „Nun ja, die Sache ist die." Er leerte seine Flasche in einem Zug und stellte sie dann auf den Tisch. „Ich weiß nicht, wie ich das sagen soll, aber ich habe keine Frau kennengelernt, sondern einen Mann." Da, er hatte es gesagt.

Langsam senkte sich der Liegestuhl, bis Buckys Füße auf dem Boden zu stehen kamen. „Willst du mir sagen, dass du eine Tunte bist?"

„Schwul, Bucky. Ich bin schwul."

„Oh, entschuldige … schwul." Bucky trank erneut von seinem Bier. „Möchte nur wissen, warum es so lange gedauert hat, bis du was gesagt hast."

„Dann stört dich das gar nicht?" Dakota hatte sich diesen Moment in seinen Gedanken als solch dramatische Inszenierung ausgemalt, dass die Realität fast schon eine Enttäuschung war.

„Himmel, nein. Was zwei Menschen in ihrem Schlafzimmer miteinander machen, geht niemanden etwas an." Buckys Augenbrauen zogen sich zusammen. „Also, bringst du uns dann wohl bald mal einen Freund nach Hause? Denn du solltest nicht die ganze Zeit alleine sein, Bursche."

Dakota konnte kaum glauben, was er da hörte. Diese Reaktion hätte er nie erwartet. „Ich verstehe nicht."

„Was?" Bucky setzte sich zurück auf seinen Stuhl. „Dachtest du, ich würde dir den Rücken zukehren?" Er schüttelte den Kopf. „Da solltest du mich aber besser kennen. Du bist der Sohn, den ich niemals hatte, und ich will verdammt sein, wenn so eine lächerliche Kleinigkeit daran irgendwas ändert." Er lehnte sich in seinen Stuhl zurück. „Weiß es sonst noch jemand?" Dakota schüttelte den Kopf. „Nicht einmal er?" Bucky deutete mit dem Kopf in Richtung Gang.

„Nein. Ich wollte es ihm in dem Sommer sagen, in dem er den Unfall hatte. Doch ich hatte nie die Gelegenheit dazu. Und danach war es nicht mehr wichtig." Dakota stand auf, holte sich noch ein Bier aus dem Kühlschrank und ging wieder zum Sofa zurück. „Seitdem habe ich es für mich behalten." Das hatte er, außer für diese eine Woche im Jahr, in der er Urlaub nahm und einen drauf machte. „Ich meine, das hier ist Wyoming, das Land von Matthew Shepard."

„Was ist dann jetzt anders?"

Diese einfache Frage machte ihn nachdenklich. Seine früheren Reisen hatten ihn immer in größere Städte geführt, wo er sich durch Scharen von Männern gevögelt hatte, bis ihm die Eier wehtaten und er sich nicht mehr rühren konnte. „Weiß ich nicht so genau." Doch damit belog er sich selbst und Bucky. Während der Kreuzfahrt hatte er seine ganze Zeit nur mit einem einzigen Mann verbracht: mit einem wunderschönen, dunkelhaarigen Mann, der den Körper eines Engels und die Fantasie eines Teufels besaß. Darüber hinaus hatte er feststellen müssen, dass diesmal sein Herz daran beteiligt war.

Dakota war nicht so naiv zu denken, dass er sich in Phillip verliebt hatte. Aber er hatte etwas in ihm geweckt, dass er unter Verschluss gehalten hatte – und

11

wenn die Büchse der Pandora einmal offen war, konnte sie nicht wieder geschlossen werden. Und Dakota ertappte sich dabei, wie er sich Schritt für Schritt öffnete.

„Irgendetwas ist auf dieser Kreuzfahrt passiert, nicht wahr, Bursche?"

„Ja, ich wünschte nur, ich könnte es verstehen."

Bucky schüttelte den Kopf. „Du musst du selbst sein, Bursche." Er trank sein Bier aus und stellte die leere Flasche auf den Tisch neben dem Stuhl „Und du sollst glücklich sein. Kann nicht jeder so sein wie ich, das ganze Leben nur mit der eigenen Gesellschaft zufrieden."

Dakota dachte, der ältere Mann wäre fertig, doch zu seiner Überraschung sprach Bucky weiter.

„Als dein Vater krank wurde, hast du dein Medizinstudium aufgegeben und dich die letzten vier Jahre fast täglich um ihn gekümmert. Du schuldest weder mir noch irgendjemand sonst eine Erklärung, wie du dein Leben lebst. Abgesehen davon gibt es auf dieser Ranch wahrscheinlich nicht einen einzigen Mann, dem du nicht auf die eine oder andere Weise geholfen hast. Und das ist, was zählt."

Bucky nahm sich die Fernbedienung und schaltete den Fernseher ein. Zehn Minuten später war er eingeschlafen, so wie jeden Abend. Dakota blieb sitzen und beobachtete ihn voll ehrfürchtiger Überraschung. Nicht, dass er jetzt losziehen und bei der alljährlichen Pride-Parade in Cheyenne die Fahne schwingen würde. Aber er fühlte sich gut an zu wissen, dass es vielleicht für einige gar nicht so ein großes Ding war.

Dakota trank sein Bier aus, stand auf und warf die Flaschen in den Müll, bevor er nach draußen ging. An der Koppel blieb er stehen und beobachtete für ein paar Minuten die Pferde, bis Sadie zu ihm kam und mit ihrem Kopf gegen seine Brust stupste. „Hallo, mein Mädchen." Er hatte keine Leckerlis mitgebracht, was ihr anscheinend aber nichts ausmachte. „Ich habe dich auch vermisst." Er streichelte ihr den Hals, bis ein Jaulen über das Hochland hallte, das zu einem tiefen, grollenden Heulen wurde. Sadie scheute ein wenig und wich einige Schritte zurück. Sie warf ihren Kopf hin und her und sah sich um.

Die Tür zur Unterkunft der Arbeiter flog auf und die Jungs strömten hinaus. „Hast du gehört, aus welcher Richtung das kam?", fragte Mario im Laufschritt.

„Von Nordwesten." Die Männer zogen sich noch ihre Jacken an, während sie zu den Trucks liefen.

„Was ist los, Bursche?", rief Bucky von der Veranda.

„Wölfe. Ich fahre mit den Männern raus. Bleibst du bei Dad?" Bucky nickte. Dakota wusste, dass Bucky einerseits gerne mitgekommen wäre, andererseits aber erleichtert war, dass er hierbleiben konnte. Mit der beruhigenden Gewissheit, dass jemand für seinen Vater da war, eilte Dakota zu seinem Truck, sah nach, ob sein Gewehr auch unter dem Sitz war, und fuhr dann rasch in Richtung des Wolfsgeheuls los. Sie durften die Wölfe nicht abschießen, nicht einmal, wenn sie einen mitten unter den Rindern erwischten, da die Tiere technisch gesehen

Eigentum der Regierung waren. Aber sie konnten sie davonjagen und wenn dabei einer angeschossen wurde …

Dakota erreichte die Straße und trat auf´s Gaspedal. Er fuhr so schnell, wie er sich traute, bog um die Ecke und raste die westliche Straße entlang zu den weiter nördlich gelegenen Feldern.

Als er dort ankam, sah er, wie seine Männer bereits ausschwärmten. In der Ferne hörte er einen Schuss, gefolgt von einem weiteren. Danach Stille. Hier und da verstreut sah er Scheinwerfer leuchten. Da klingelte sein Handy. Es war Mario. „Ich glaube, Sparky hat einen mit seinem Bellen verscheucht. Willst du, dass wir weiter suchen?"

„Eine Weile noch. Du weißt, die jagen im Rudel, und sie werden nicht aufgeben, außer wir machen es ihnen zu schwer." Dakota legte auf und sah Marios Scheinwerfer bestätigend aufblinken. Er griff unter den Sitz, zog den Waffenkoffer hervor und holte sein Gewehr heraus. Er lud das Gewehr, schloss die Tür und ging los, immer am Zaun entlang. Dabei hatte er die Stimme seines Vaters im Ohr. Jefferson pflegte zu sagen, dass Dakota einen Wolf schneller entdecken konnte als jeder andere, den er kannte.

Große, schwarze Gestalten bewegten sich auf dem Feld im schwindenden Tageslicht – die Rinder grasten, ihre Schatten wurden immer länger. Nicht mehr lange und es war komplett dunkel und damit zu spät, um die Wölfe davonzujagen. Dakota sah auf seine Uhr. Er hatte noch eine halbe Stunde, um die Biester loszuwerden, oder sie würden ihm die Herde dezimieren. Das wollte er nicht wirklich riskieren. Er entfernte sich von seinem Wagen, hielt das Gewehr bereit und beobachtete die Weidegrenze nahe der Baumgruppe. Wenn sie sich irgendwo verstecken sollten, dann mit Sicherheit dort zwischen den Bäumen. Die Sonne ging weiter unter und Dakota beobachtete weiter die Baumgruppe.

Dann sah er es – eine leichte Bewegung, knapp über dem Boden flitzte etwas geduckt in das hohe Gras. „Jetzt habe ich dich, du Bastard." Dakota wartete. Das Tier konnte er kaum erkennen, nur dessen Bewegung. Er ahnte, dass womöglich noch andere hier waren. Hinter einem Zaunpfosten blieb er stehen und wartete, bis sich wieder etwas bewegte. Und tatsächlich, am Rand der Baumgruppe entdeckte er noch einen, der dastand und Wache hielt. Dakota hob sein Gewehr, visierte den Wolf und drückte ab. Auf den Knall war er gefasst gewesen, aber nicht auf das laute, metallische ´Ping´. „Scheiße!" Er hatte den Zaunpfosten direkt neben dem Mistvieh getroffen. Trotzdem hatte das Geräusch die gewünschte Wirkung. Beide Wölfe rasten zurück zu den Bäumen. Dakota glaubte, sie auf der anderen Seite wieder herauskommen zu sehen, wie sie in Richtung der Berge ausrissen. Hauptsache weg von der Ranch. Er senkte sein Gewehr und ging langsam wieder zu seinem Truck zurück, als sein Handy erneut klingelte.

„Mario, ich hab' vorbeigeschossen, sie aber trotzdem verjagt. Zuletzt hab ich gesehen, wie sie zurück in den Park gerannt sind."

13

Er hörte Mario lachen. „Du hast vorbeigeschossen? Was ist passiert? Bist du auf deiner Kreuzfahrt etwa weich geworden?" Er konnte hören, wie die anderen Jungs in das Lachen seines neuen Vorarbeiters einstimmten. „Wir treffen uns dann am Haus." Dakota legte auf, verstaute das Gewehr und startete den Wagen. Die Fahrt zurück dauerte nicht lang. Nachdem er seinen Männern eine gute Nacht gewünscht hatte, ging er zurück ins Haus.

„Bucky, bist du wach?" Dakota schloss leise die Tür, um seinen Vater nicht zu wecken.

„Ja. Habt ihr sie erwischt?" Eine Spur Aufregung schwang in der Stimme des älteren Mannes mit. Zehn Jahre zuvor hatte die Bundesregierung beschlossen, im Yellowstone wieder Wölfe anzusiedeln. Damals hatte Bucky die Proteste dagegen mit organisiert. Die Tiere gediehen, und obwohl sie normalerweise im Park blieben, streunten einige Wölfe gelegentlich auch im umliegenden Weideland herum. Für alle Viehzüchter und Farmen in der Gegend war das ein heikles Thema.

„Ich hab vorbeigeschossen. Hab sie trotzdem zu Tode erschreckt."

„Gut. Dreckige Biester. Jahrzehnte haben wir gebraucht, um sie auszurotten, und die verdammte Regierung bringt sie wieder zurück." Offensichtlich war das noch immer ein wunder Punkt. Für Dakota waren sie eine Tatsache, mit der er leben musste. Die Wölfe waren geschützt und wenn er auch schon ein paar davon getötet hatte, gab er sich doch Mühe, sich an die Gesetze zu halten. Egal, wie ungerecht er sie auch fand.

„Reg dich nicht darüber auf. Fürs Erste sind sie weg." Dakota tätschelte Buckys Schulter. „Ich sehe mal nach Dad."

Leise ging Dakota den Flur entlang zum Schlafzimmer und stieß die Tür auf. Zu seiner Überraschung hatte sein Vater die Augen offen; sein Blick wanderte suchend durch das Zimmer. „Du bist ja wach." Dakota konnte sehen, wie er versuchte, Lippen und Kehle zu bewegen. Manchmal konnte er ein paar Worte sprechen, das war jetzt aber schon eine ganze Weile her.

Er machte ein Geräusch, das wie ein leises Pfeifen klang, brach dann ab und versuchte es noch einmal.

„Wolf?", fragte Dakota. Sein Vater stoppte und entspannte sich. „Heute Abend waren ein paar draußen. Harry, der Neue, hat auf einen geschossen und ich auch." Dakota setzte sich neben ihn auf einen Stuhl. „Er war riesig, Dad, grau und braun und ich denke, ich habe seine Gefährtin auch gesehen." So sehr er auch verabscheute, was sie seiner Herde antun konnten, er musste diese Geschöpfe trotzdem bewundern. „Ich konnte ihn erst richtig sehen, als er wegrannte, aber Mann, war der schnell und stark." Er erzählte seinem Vater von dem Sonnenuntergang, den er auf der Heimfahrt gesehen hatte: wie das rote und goldene Licht hinter den Gipfeln in der Ferne verschwunden war. „Es war, als würden ihre Schatten immer länger werden und uns wie eine Decke bedecken." Dakota sprach weiter, bis sein Vater die Augen wieder schloss.

Fast jeden Abend saß er bei ihm und erzählte ihm alles, was auf der Ranch passierte. Er wusste zwar nicht, wie viel er davon verstand, doch das schien beide nicht zu stören. Auch wenn die Gespräche nun einseitig waren, in den Jahren zuvor, bevor die Krankheit so weit fortgeschritten war, hatten sie immer so lange miteinander geredet, bis sein Vater nicht mehr sprechen konnte.

„Weißt du noch, als ich noch klein war und du mir immer alle möglichen Geschichten über Cowboys und Indianer erzählt hast, und wie mein Urgroßvater Präsident Roosevelt getroffen hatte, als er zu Besuch kam und der Yellowstone noch neu war?" Dakota drehte die Lichter so weit herunter, wie er es wagte. „Du hast mir Geschichte um Geschichte erzählt, bis ich meine Augen nicht mehr offen halten konnte. Jede Nacht hast du bei mir gesessen." Er lehnte sich zurück in seinen Stuhl, daneben lag eine zusammengefaltete Decke. „Ich denke, dass es bald schneien wird." Der Kopf seines Vaters bewegte sich leicht; Dakota wusste nicht, ob das ein Kopfschütteln oder ein zustimmendes Nicken sein sollte. Er entschied sich für letzteres. „Ich habe den Schnee immer geliebt, weißt du noch? Du hast mir meinen ersten Schlitten gekauft." Er erinnerte sich daran, wie sein Vater gerannt und gerutscht war und ihn auf dem Schlitten über den Hof gezogen hatte.

Er blickte auf. Die Augen seines Vaters waren geschlossen, seine Atmung gleichmäßig. „Gute Nacht, Dad." Dakota stand auf, drückte noch einmal dessen Hand, bevor er sie unter die Decke legte und in sein eigenes Schlafzimmer ging. Er machte einen Bogen um seine immer noch nicht ausgepackten Koffer und ging ins Bad.

Als er gerade unter die Decken schlüpfte, klingelte sein Handy. Die Nummer kannte er nicht. Fast hätte er die Mailbox drangehen lassen, nahm dann aber doch ab.

„Dakota? Hier ist Phillip ... von der Kreuzfahrt." Seine Stimme war tief und voll.

Verdammt, er hörte sich gut an. Dakotas Glied regte sich. Er konnte sich sehr gut an diese Stimme erinnern. Und er wusste auch noch sehr gut, wie es sich anfühlte, wenn dieser harte Körper sich unter ihm bewegte.

„Bist du gut nach Hause gekommen?", fragte Phillip und sofort konnte Dakota ihn wieder vor sich sehen. Phillip am Strand von Saint Martin, nackt, ausgebreitet auf einem Liegestuhl. Er gab sich der Erinnerung hin und ließ sich davon einhüllen.

„Ja, es war eine lange Fahrt, aber es ging gut." Sacht strich das Bettlaken über seinen Schaft. Er unterdrückte ein Stöhnen und zugleich den Wunsch, Phillip jetzt hier bei sich zu haben. Dakota war nicht in ihn verliebt und er wusste, dass Phillip sich ebenfalls keine Illusionen machte. Aber es war nett, mit ihm zu reden und sich dabei etwas Schönes vorzustellen. „Ich war schon draußen und habe Wölfe gejagt, damit sie von den Rindern wegbleiben. Und du, keine Schwierigkeiten bei der Heimfahrt?"

15

„Nein, das war eine lockere Fahrt." Für eine oder zwei Sekunden war Phillip still. „Ich wollte mich eigentlich nur für die tolle Zeit bedanken. Du warst fantastisch und ..."

Dakota lachte ins Telefon. „Ich weiß, du wolltest schon immer einen Cowboy vögeln. Wenn ich mich recht erinnere, beruhte das auf Gegenseitigkeit."

„Das tat es." Phillip lachte leise. „Hör zu, ich will dich nicht aufhalten, aber ich wollte dir nur sagen, dass ich eine tolle Zeit hatte. Du hast diese Kreuzfahrt zu etwas Besonderem gemacht. Und ich wollte fragen, ob es dir Recht wäre, wenn ich ab und zu mal anrufe." Schon wieder dieses knurrende Lachen. „Ich meine, ich weiß, ich bin nicht die Liebe deines Lebens. Davon hatte ich weiß Gott mit Gary genug. Der Mann hat die ganze Heimfahrt über Trübsal geblasen." Dieses Mal kicherte Dakota über Phillips Effemination. „Aber ich dachte mir, wir könnten Freunde bleiben."

„Natürlich." Für eine Sekunde hatte Phillip ihn beunruhigt. „Schau doch mal vorbei, falls du mal in der Gegend bist. Ich freue mich immer, wenn du kommst." Da lachte Phillip laut los und Dakota wurde bewusst, was er da gerade gesagt hatte. „Zu Besuch", stellte er in gespielter Empörung klar. „Du bist doch doof." Auch wenn seinem Körper der Gedanke an diese Art des Kommens eindeutig gefiel, hatte Dakota nicht vor, das Thema weiter zu vertiefen, schon gar nicht hier auf der Ranch. Sie wechselten besser das Thema, sonst wurde aus ihrem Gespräch wohl Telefonsex. „Also, wie kommt Gary mit der Trennung von Scott zurecht?"

„Nicht gut. Er wird darüber hinwegkommen, aber er ist einer dieser für-immer-glücklich Typen, die wirklich die Liebe ihres Lebens treffen wollen. Unglücklicherweise dachte er, er hätte das mit Scott. Dass sie nach der Kreuzfahrt getrennte Wege gehen mussten, zerreißt ihn."

Dakota konnte das verstehen; auf dem Schiff hatte er es gesehen. Die Beiden waren unzertrennlich gewesen. Zum Glück hatten er und Phillip gewusst, dass sie einfach nur Spaß miteinander hatten – wirklich geilen, heißen Spaß.

„Es ist schon spät und ich weiß ja, dass du ein Frühaufsteher bist. Also sage ich jetzt Gute Nacht."

„Danke für deinen Anruf, Phillip. Und ich habe das ernst gemeint: Die Einladung steht." Sie beendeten ihr Gespräch, Dakota legte das Telefon auf den Nachttisch und schaltete das Licht aus.

Während der vergangenen Woche, als er auf dem Schiff gewesen war, hatte er nur von der Ranch und von Zuhause geträumt. Jetzt träumte er von Wind und den Wellen, von den Bewegungen des Schiffes und von dem unglaublich sexy, dunkelhaarigen Hitzkopf, der sein Bett für den Großteil der Reise geteilt hatte. Dafür waren seine Urlaube da – um seine Träume wahr werden zu lassen. Das musste für jetzt reichen.

16

3

DAKOTA ERWACHTE. Sein Rücken war verspannt und er kämpfte sich mühsam in Richtung Bewusstsein.

„Hallo, Bursche."

Als er die Augen öffnete, sah er Bucky im Zimmer seines Vaters. „Du bist schon wieder auf dem Stuhl eingeschlafen." Bucky lehnte im Türrahmen, die Arme über der Brust verschränkt. „Du brauchst deinen Schlaf. Der Frühling steht vor der Tür, da gibt es viel Arbeit." Dakota konnte die Aufregung in Buckys Stimme hören.

Er zwang sich, die Beine zu bewegen, streckte sich und lockerte die verkrampften Muskeln in seinem Rücken und seinen Beinen. Er blickte auf die schlafende Gestalt seines Vaters. „Ich kann ihn einfach nicht alleine lassen." Draußen war es noch dunkel, aber er wusste, dass es bald hell werden würde.

In seinem Schlafanzug beugte sich Bucky über das Bett. „Ich weiß, aber seine Temperatur ist gesunken und das Antibiotikum hat gewirkt. Also geh noch für ein paar Stunden ins Bett. Uns steht schließlich ein großer Tag bevor. Grace wird hier sein, um nach ihm zu sehen, während wir die Herde von der Winterweide treiben."

„Wir?", fragte Dakota und stand auf. Er entschied sich, den Rat des älteren Mannes anzunehmen, und folgte ihm aus dem Zimmer.

„Ja, Bursche. Du denkst nicht wirklich, dass ich mir diesen Spaß entgehen lasse, oder?"

Vor seiner Zimmertür lächelte Dakota. „Aber nie im Leben, Bucky." Mit einem letzten Blick zurück schloss er die Tür und ließ sich auf das Bett fallen. Er zog sich gar nicht erst aus, sondern schlüpfte einfach so unter die Steppdecke.

EIN PAAR Stunden später wachte Dakota auf. Er fühlte sich wie am Morgen danach, nur leider ohne den entsprechenden Abend zuvor, der das wert gewesen wäre. Er kletterte aus dem Bett und stolperte ins Bad und in die Dusche, die ihn hoffentlich richtig aufwecken würde. Er zog sich aus, stellte sich unter das heiße Wasser und schloss seine Augen, während sich unter dem Wasserstrahl Muskeln lockerten, die sich nach seinem Schlaf in dem Stuhl nicht wirklich hatten entspannen können.

Als seine seifigen Hände über seinen Körper glitten, ließ Dakota seine Gedanken wandern. Es war Monate her, seit er eine andere Berührung als die seiner eigenen Hände gespürt hatte, doch er hatte immer noch jede Menge Bilder seines letzten Urlaubs im Kopf und die ging er jetzt durch, suchte sich das Schönste aus.

Phillip hatte darauf bestanden, dass er seinen Cowboyhut aufbehielt. Mit den Beinen in der Luft hatte der dunkelhaarige Hitzkopf immer wieder gerufen: „Fick mich härter, Cowboy!" Phillips verführerischer, geschmeidiger Körper hatte bei jedem Stoß gebebt. Er hatte die Augen verdreht und den Mund zu einem stummen Schrei geöffnet. Dakota umfasste sein Glied fester, während er die Erinnerung vor seinem inneren Auge ablaufen ließ. Fast konnte er Phillip vor Lust schreien hören. Phillips Körper hatte ihn wie ein Schraubstock festgehalten und Dakotas Körper reagierte jetzt genauso wie an jenem Morgen in seiner Kabine. Er spürte förmlich das Schwanken des Schiffes, während das Wasser an ihm herabfloss. Sein Höhepunkt raste durch seinen Körper. Sein Sperma rann über seine Hand auf die Fliesen. Wohlig benommen vom Ansturm der Endorphine suchte er Halt an der Wand und schnappte nach Luft.

Leider konnte er nicht ewig in Erinnerungen schwelgen. Immer noch schwer atmend wusch er sich fertig, stellte das Wasser ab und trat aus der Dusche. Schnell trocknete er sich ab, ging zurück in sein Schlafzimmer und zog sich eilig an. Bei den Ställen traf er auf die Männer. „Bereit, Jungs?" Obwohl er kaum geschlafen hatte, war Dakota voller Energie und Tatendrang. Nach dem langen Winter wurden die Tage wieder wärmer und er freute sich darauf, diesen Tag im Sattel zu verbringen. Die meisten der Männer würden draußen campen, bis die Rinder an Ort und Stelle waren, aber er würde jeden Abend nach Hause reiten, um die Nacht bei seinem Vater zu verbringen. Die Jungs antworteten „Ja" im Chor und alle brachen auf.

Sie würden das Vieh auf drei verschiedene Weideflächen aufteilen und jeden Tag nur einen Teil der Herde bewegen. Der Trieb verlief gut und um die Mittagszeit hatten die ersten Tiere bereits die Sommerweide erreicht und fingen an, auszuschwärmen. Es dauerte fast den ganzen Nachmittag, bis sie den Rest der Herde auf die Weide und alle Nachzügler zusammengetrieben hatten. Die Männer errichteten ihr Camp wie die Viehtreiber von früher, saßen um ein Lagerfeuer und unterhielten sich. Dakota stand etwas abseits der Gruppe und machte sich fertig für den Heimritt. Die Männer schienen glücklich zu sein. Sie erzählten sich Geschichten, Bucky allen voran. Um die Wahrheit zu sagen, der alte Mann liebte zwar den Viehtrieb, aber noch lieber saß er am Lagerfeuer und erzählte den jüngeren Männern Geschichten.

Die Schatten wurden länger, als Dakota auf sein Pferd stieg und sich auf den Nachhauseweg machte. Sowohl er als auch das Pferd kannten diese Felder und Wege in- und auswendig. Seit Jahren machten er und Roman nun schon diesen Trip … seit sein Vater nicht mehr mitkommen konnte.

„Was ist los, Junge?" Das Pferd hatte zu tänzeln begonnen und blieb nun stehen, schnaubte und warf den Kopf hin und her. „Ist da draußen was?" Dakota kannte Roman gut genug, um den Instinkten des Wallachs zu vertrauen. Er stieg

18

ab, nahm sein Gewehr zur Hand und spannte den Hahn. Dann nahm er Roman am Zügel und führte ihn langsam weiter. „Es ist okay, ich beschütze dich", sagte er in beruhigendem Tonfall. Zu seiner Linken konnte er die Baumgrenze sehen. Dort musste irgendetwas sein, wovor sich Roman erschreckt hatte.

Dakota ging weiter voran, bis ihm eine Bewegung ins Auge fiel. Er blieb stehen und sah einen Wolf, der langsam und zögernd zwischen den Bäumen auftauchte. Anscheinend bemerkten sie einander gleichzeitig; Dakota starrte den Wolf an und dieser – ein großes männliches Tier, wohl derselbe, auf den Dakota zuvor geschossen hatte – starrte geradewegs zurück. Er war ein prächtiges Tier, selbst Dakota musste das anerkennen: stark, fast schon majestätisch stand er da, seine Augen leuchteten im Licht der untergehenden Sonne. Roman wieherte leise und Dakota sprach mit leiser, tiefer Stimme beruhigend auf ihn ein. Für eine Sekunde sah er sein Pferd an. Als er sich umdrehte, war der Wolf verschwunden. Dakota stand einfach nur da und blickte zu den Bäumen. Das Gewehr in seiner Hand hatte er vollkommen vergessen; er hatte nicht einmal daran gedacht, es zu benutzen.

Roman schnupperte und schien sich zu beruhigen. Er stupste Dakota sanft mit dem Kopf gegen die Brust. Dakota rieb ihm die Nase, dankte ihm mit der Berührung dafür, dass er nicht weggelaufen war. Er steckte das Gewehr zurück in die Satteltasche, schwang sich in den Sattel und lenkte sie beide nach Hause. Roman hatte es definitiv eilig und Dakota ließ ihn gewähren.

Als sie den Hof erreichten, verschwanden gerade die letzten Sonnenstrahlen. Dakota sattelte Roman ab, brachte ihn auf die Koppel und ging dann ins Haus. Grace wartete auf ihn. Sie sah sehr besorgt aus. „Gott sei Dank, du bist zurück. Das Fieber deines Vaters ist gestiegen und er ist sehr unruhig. Ich wollte gerade den Arzt rufen."

Dakota eilte in das Schlafzimmer seines Vaters, trat ans Bett und legte ihm die Hand auf die Stirn. „So schlimm ist es nicht." Er überprüfte das Thermometer. „Ein bisschen über 37 Grad."

Etwas von Graces Anspannung verschwand. „Vor einer halben Stunde hatte er über 38 Grad."

„So was kommt vor. Das hätte ich dir sagen sollen. Die Antibiotika helfen, aber sein offener Fuß macht es nicht besser." Dakota und der Arzt hatten getan, was sie konnten, doch nun wussten sie nicht mehr weiter. „Ich fürchte, man muss ihn bald abnehmen." Beide blickten auf seinen Vater hinab, der jetzt friedlich schlief, ohne etwas um sich herum wahrzunehmen. „Ich weiß, dass er es wahrscheinlich gar nicht merken würde, wenn er weg ist, aber mir würde es so vorkommen, als würde ich noch einmal einen Teil von ihm verlieren."

Dakota schluckte und spürte, wie Grace seine Hand ergriff. „Dein Vater und ich sind zusammen zur Schule gegangen. Er war ein paar Klassen über mir, aber ich war unheimlich in ihn verschossen. Einmal habe ich ihm sogar eine Karte zum Valentinstag geschickt."

„Grace, du warst ja ein wildes Mädchen", zog Dakota sie auf. Doch sie lächelte und gab ihm einen Klaps auf die Schulter.

„Ich meine damit, dass ich genau weiß, wie du dich fühlst. Er war immer so stark und aktiv."

„Ich weiß, und das Seltsame ist, mir fällt es immer schwerer, ihn so in Erinnerung zu behalten – ich hasse das, weil ich mich immer an ihn erinnern möchte, wie er auf Sadie geritten ist, die Rinder getrieben hat oder die Zäune entlang geritten ist." Er hantierte mit den Decken, bevor sie das Zimmer verließen. Dakota schloss die Tür hinter ihnen. „Es gibt Zeiten, da wünsche ich mir für ihn, er könne gehen." Er musste schlucken, weil er einen Kloß im Hals hatte. „Dann gibt es Zeiten, da fürchte ich nichts mehr, als dass er nicht mehr da ist und ich mich nicht von ihm verabschieden konnte." Dakota wartete auf Grace, ohne zu wissen, worauf er eigentlich wartete. Auf einen weisen Rat von ihr vielleicht?

Zu seiner Überraschung sagte sie nichts. Stattdessen winkte sie ihn näher zu sich und küsste ihn auf die Wange. „Du wärst ein verdammt guter Arzt geworden." Er spürte, wie ihre Hand sich zärtlich an seinen Hals legte, bevor sie ging. Mit einem dankbaren Lächeln sah er ihr nach. Dann kehrte er in das Zimmer zurück, um seinem Vater eine gute Nacht zu wünschen. Dieser schlief jedoch bereits, also setzte er sich für eine Weile in den Stuhl. Dakota fühlte sich besser, ihm so nahe sein zu können.

Sein Mobiltelefon vibrierte in seiner Hosentasche. Er sagte seinem Vater gute Nacht und verließ den Raum, bevor er den Anruf annahm. „Hallo, Phillip." Er stellte fest, dass seine Stimme schon etwas heiterer klang.

„Hey, Cowboy. Wie läuft es auf der Ranch?" Dakota musste lächeln; seit der Kreuzfahrt nannte Phillip ihn so. Den ganzen Winter über hatte er alle paar Wochen angerufen. Daraus war eine Freundschaft zwischen ihnen entstanden, die Dakota sehr viel bedeutete. Jetzt gab es in seinen Gedanken zwei Phillips: den dunkelhaarigen Hitzkopf, den er auf der Kreuzfahrt kennengelernt hatte, und den Freund, den er während der vergangenen paar Monate gewonnen hatte.

„Es läuft gut. Diese Zeit im Jahr mag ich am liebsten. Alles wird grün und wir treiben die Rinder auf die Sommerweide. Die Jungs sind ganz aufgeregt", fuhr Dakota fort. „Sie übernachten draußen auf der Weide, das ist einfacher für sie, als jeden Abend nach Hause zu reiten." Er ging ins Wohnzimmer und setzte sich auf die Couch.

„Campen – das klingt nach viel Spaß. Bist du bei ihnen?"

„Nein, ich bin zu Hause", sagte Dakota leise lachend. „Du und Camping? Das kann ich mir irgendwie gar nicht vorstellen."

„Damit du es nur weißt, ich war schon oft genug campen." Dakota wartete, als Phillip eine dramatische Pause einlegte. „Zählt der Hinterhof auch?"

Zum ersten Mal seit Tagen konnte Dakota wieder herzlich lachen. „Sicher zählt das. Da gibt's nur einen großen Unterschied: Wenn du draußen auf dem Feld bist, kannst du nicht einfach mal kurz reingehen, wenn du aufs Klo musst."

Phillip fiel in sein Lachen mit ein und setzte noch einen drauf: „Oder ein Verlängerungskabel für Musik und Licht legen."

„Guter Gott." Dakota musste noch mehr lachen, ihm taten schon die Seiten weh. „Und für die kühlen Nächte hattest du wohl eine elektrische Wärmedecke", witzelte er, wobei er nach Luft schnappte.

„NATÜRLICH. ES war ganz schön kalt." Für eine Sekunde schaffte es Phillip, ernst zu klingen, bevor er wieder in Gelächter ausbrach. „Gott, war ich ein verwöhntes Kind", fügte er fröhlich hinzu.

„Das war ich auch, aber auf eine andere Art. Ich hatte Pferde und habe mit meinem Dad auf dem Feld draußen gezeltet. Am Lagerfeuer hat er mir alle möglichen Geschichten erzählt." Dakota musste sich bremsen, da er spüren konnte wie sich die Sorgen langsam wieder in seinen Kopf schlichen.

„Wie geht es deinem Vater?"

„Einerseits besser, andererseits aber auch schlechter. Er hat neue Medikamente bekommen und seither kommt er mir wieder lebendiger vor. Er kann sogar ein bisschen besser sprechen." Es war wunderbar gewesen, als sein Vater zum ersten Mal seit Monaten einige raue Worte hatte formen können.

„Das ist gut."

„Allerdings hat er sich eine Infektion in seinem Bein zugezogen. Dadurch hat er Fieber bekommen. Wenn wir das nicht in Griff kriegen, wird er sein Bein vermutlich verlieren." Dakota konnte nicht verhindern, dass in seinen Worten etwas von seinem Schmerz und seinen widerstreitenden Gefühlen durchklang. „Was mir dabei am meisten Sorge macht: das mit dem Bein ist nur ein Symptom dafür, dass sein Körper langsam abschaltet."

Durch die Leitung hörte er ein leises Seufzen. „Du weißt, dass ich dir jederzeit zuhöre, wenn du reden willst."

Dakota hielt inne. „Das weiß ich." Das tat er wirklich. „Vielleicht könnten wir über etwas Angenehmeres reden." Er musste unbedingt das Thema wechseln. Phillip schien das zu verstehen und fing an, ihm von einigen lustigen Dingen zu erzählen, die er unternommen hatte. Dakota hörte zu und lachte mit seinem Freund, wobei er sich fragte, was er alles verpasst hatte. Je weiter die Krankheit seines Vaters voranschritt, desto kleiner war Dakotas Welt geworden und er hatte es nicht einmal gemerkt. Die Ranch, die Männer und sein Vater waren alles, was er hatte. Sie waren nun seine Welt und schienen seine ganze Zeit und Energie in Anspruch zu nehmen. Die einzige Ausnahme waren Phillips Anrufe. Sie holten ihn von all dem weg, in die Welt von Phillips Freunden, brachten ihn zum Lachen und ließen ihn für eine Weile alles andere vergessen.

„Ach übrigens, was ich dich noch fragen wollte… " Phillips Themawechsel riss Dakota aus seinen Gedanken. „Steht deine Einladung zu einem Besuch eigentlich noch? Ich plane gerade meinen Urlaub und dachte darüber nach, ihn in Wyoming zu verbringen."

„Natürlich. Es wäre schön, dich einmal wiederzusehen."

„Super!" Phillips Aufregung war durch die Verbindung zu spüren. Dakota konnte nicht anders, als zu lächeln. „Und mach dir keine Sorgen. Ich weiß, dass du keine Touristenranch oder so was betreibst. Ich werde voll mitarbeiten."

„Ich hätte auch nichts anderes von dir erwartet." Dakota seufzte leise. „Allerdings muss ich dir sagen, dass hier nicht viele wissen, dass ich schwul bin. Ein paar wissen es und die nehmen Rücksicht darauf, dass ich es für mich behalten möchte … um die Wahrheit zu sagen, ich bin mir nicht sicher, wie viele Männer mir bleiben würden, wenn es bekannt werden würde. Ich würde zwar gerne glauben, dass es die meisten meiner Leute verstehen würden, aber …"

„Das verstehe ich. Außerdem hab ich sowieso nicht gedacht, dass das so was wie ein Sex-Urlaub werden würde." Dakota hörte, wie Phillip zögerte. „Auf dem Schiff hatten wir eine tolle Zeit und atemberaubenden Sex. Aber inzwischen bist du ein Freund geworden. Es gibt zwei Dinge, die man mit Freunden niemals macht – sie vögeln und sie fertigmachen. Mit einem Freund zu schlafen ist der schnellste Weg, um beides gleichzeitig hinzukriegen."

Dakota wusste nicht, ob er erleichtert oder gekränkt sein sollte. Phillip musste das geahnt haben, denn er fuhr fort: „Nicht, dass ich nicht gerne wieder mit dir schlafen würde, Cowboy, im Gegenteil. Du bist ein heißer Hengst. Aber ich glaube, du brauchst einen Freund viel nötiger als eine schnelle Nummer."

Dem konnte Dakota nicht widersprechen. In den letzten paar Monaten hatte er Phillip Dinge erzählt, die er niemand anderem gesagt hätte. Vielleicht war es einfacher, jemandem etwas zu erzählen, wenn man ihm dabei nicht in die Augen sehen musste. Ein Telefongespräch schien soviel einfacher, gab einem mehr Abstand, vor allem, wenn der andere über zweitausend Kilometer weit entfernt war. Er stellte fest, dass er sich auf Phillips Gesellschaft freute, und versuchte, sich daran zu erinnern, wann er zum letzten Mal Zeit mit Freunden verbracht hatte. Er konnte ehrlich sagen, dass er das seit seiner Schulzeit nicht mehr getan hatte. Die Arbeiter betrachtete er nicht als Freunde. Auch, wenn er einige von ihnen schon seit Jahren kannte, er war der Boss. Mit Ausnahme von Bucky, der schon fast zur Familie gehörte.

„Okay, ich denke, damit kann ich leben."

„Aber wenn ich falsch liege, sag es einfach und ich werde dich reiten wie ein …" Phillip fing zu lachen an. „Verdammt! Mir fällt einfach kein schlauer Vergleich ein, der angemessen und originell genug ist."

„Meinst du vielleicht so was wie: Du reitest mich wie eine Zehn-Dollar-Nutte, die fast einen Zwanziger wert ist?", entgegnete Dakota schlagfertig. Phillip lachte.

„Ich hätte eher gesagt, ich reite dich wie einen Lustknaben beim Porno-Kongress."

Dakota lachte hell. „Du bist krank, Mann."

„Ich war's nicht, der zuerst was von Nutten erzählt hat", konterte Phillip. „Das ist so … iiiiih." Darüber mussten sie beide lachen. „Ich sollte dich jetzt wohl in Ruhe lassen."

„Ruf mich an und lass mich wissen, wann du kommst. Ich werde hier sein." So schnell würde er nirgends hingehen, das wusste er.

„Ich denke so Ende Juni. Vielleicht kann ich bis zum 4. Juli bleiben?"

„Das wäre toll." Sie verabschiedeten sich voneinander und legten auf, nachdem Phillip versprochen hatte, noch mal anzurufen, sobald er Genaueres wusste.

Dakota erhob sich aus seinem Stuhl und ging hinaus in die kühle Nacht. Vielleicht hätte er eine Jacke mitnehmen sollen, aber egal. Er stand auf der Veranda und lauschte den nächtlichen Geräuschen um ihn herum: Einige wenige unternehmungslustige Insekten ließen von sich hören, gelegentlich scharrte ein Pferd mit den Hufen, schnaubte oder wieherte leise. Nichts deutete auf Gefahr oder Angst hin, alles klang nur nach Heimat. Und aus der Ferne trug der Wind ein hohes Jaulen heran, das sich wie die Stimme eines Solisten über das Orchester erhob. Dakota ertappte sich dabei, wie er nach einer Zugabe horchte. Aber es kam keine.

Da er allmählich zu zittern begann, öffnete er die Tür und ging wieder hinein. Hinter ihm schlug die Tür zu. Er nahm eine Decke von der Couch, wickelte sich hinein und kehrte auf die Veranda zurück. Seine Gedanken wirbelten, während er sich auf der Hollywoodschaukel zusammenrollte und weiter zuhörte. Er liebte sein Zuhause, aber das Medizinstudium hatte er auch geliebt. Er hatte es aufgegeben, um sich um seinen Vater zu kümmern, und das würde er auch immer wieder tun. Doch die ewige Frage „was wäre, wenn?" ließ ihm keine Ruhe. Sein Ziel war es immer gewesen, sein Studium zu beenden und dann hierher zurückzukommen. Hier gab es sowieso nicht genügend Ärzte. Stattdessen war er zurückgekommen, um für seinen Vater da zu sein. Und in dieser Zeit hatte er sich durch seine eigenen Ängste dazu verleiten lassen, sich von allem außer der Ranch abzukapseln.

Dakota nickte langsam mit dem Kopf. Phillips Besuch war genau das Richtige. Es wurde Zeit, dass er aufhörte, sich zu verstecken, und zu dem stand, was er war. „Ich werde nicht bei der Pride Parade marschieren, aber ich werde auch nicht länger verheimlichen, wer ich bin." Kaum hatte er die Worte ausgesprochen, da hörte er eines der Pferde wiehern. Dann hallte ein weiteres hohes Heulen über das Land. „Freut mich, dass ihr damit einverstanden seid." Dakota machte es sich unter der warmen Decke gemütlich und hörte der Nacht zu. Er wäre fast eingeschlafen, ehe er sich aufraffen konnte, wieder nach drinnen zu gehen.

Auf seinem Weg durch das Haus löschte er die Lichter, sah noch ein letztes Mal nach seinem Vater, und ging dann in sein eigenes Schlafzimmer und legte sich in sein Bett. Die Morgendämmerung würde nur allzu bald kommen und dann gab es wieder viel zu tun. Aber zum ersten Mal seit geraumer Zeit würde er etwas für sich selbst tun.

4

„BIST DU sicher, dass ich mitkommen soll?", fragte Wally. Nervös tigerte er durch die Wohnung. „Ich will mich nicht aufdrängen und ich bin auch nicht gern das fünfte Rad am Wagen."

„Ich habe dir doch gesagt, dass ich Dakota schon vor zwei Wochen angerufen habe und er damit einverstanden war." Phillip stand vom Sofa auf. „Und Dakota und ich hatten auf dem Schiff unseren Spaß miteinander, aber das war's dann auch schon."

„Ja, richtig", spottete Wally und ging ins Schlafzimmer. Phillip folgte ihm. „Nach dem, was du mir erzählt hast, kommt er von seiner Ranch gerade mal für eine Woche im Jahr weg. Ich geb' dem Ganzen eine Nacht und dann liegst du wieder bei ihm im Bett." Wally packte weiter ein, legte Jeans, Hemden und Unterwäsche in den Koffer.

„Das glaube ich kaum." Phillip, der am Türrahmen lehnte, verschränkte die Arme vor der Brust. „Was Dakota am nötigsten braucht, sind Freunde, vor allem schwule Freunde. Also wage es ja nicht, einen Rückzieher zu machen."

„Tu ich nicht. Siehst du?" Wally schloss den Koffer und stellte ihn neben der Schlafzimmertür ab. „Abgesehen davon ist das eine tolle Gelegenheit für mich, praktische Erfahrungen mit großen Nutztieren zu sammeln. In der Klinik behandle ich immer nur Hunde, Katzen und gelegentlich mal ein exotisches Tier. Ich freue mich darauf, mit Pferden und Rindern zu arbeiten."

„Was glaubst du, warum ich dich eingeladen habe? Ich wusste doch, dass es dir was bringen wird, und Dakota hat auch noch was davon. Ich bin mir ziemlich sicher, dass er uns beide wirklich auf Trab halten wird." Phillip richtete sich auf. „Lass uns deine letzten Sachen ins Auto bringen, dann können wir los."

„Wir fahren schon heute Abend?" Wally blickte sich in seinem Zimmer um, ob er noch irgendetwas vergessen hatte, und schaute auch noch einmal im Bad nach. „Ich dachte, du hast gesagt, wir würden erst morgen fahren." Wally nahm seinen Kulturbeutel vom Waschtisch mit ins Schlafzimmer und legte ihn auf seinen Koffer.

„Es ist erst vier Uhr. Bis heute Abend können wir es bis nach Lacrosse schaffen." Phillip griff sich den Koffer und den Kulturbeutel, während Wally im Kleiderschrank nach seinen Stiefeln kramte und eine Jacke herausholte. „Dann müssen wir morgen weniger fahren. Hast du jetzt alles?"

„Ich denke schon." Ein letztes Mal sah sich Wally um. Phillip schnaubte ungeduldig. Dann folgte er Wally aus dem Appartement und wartete, bis dieser die Tür abgeschlossen hatte. Gemeinsam gingen sie zum Aufzug. „Brauchst du Hilfe beim Einladen deiner Sachen?", fragte Wally.

„Nein. Mein Zeug ist schon im Auto. Wir müssen nur noch deins einladen, dann können wir los." Die Aufzugtüren teilten sich, sie stiegen ein und fuhren nach unten in die Lobby. Phillips Auto stand direkt vor dem Gebäude. „Ich mach mal den Kofferraum auf." Phillip stellte den Koffer ab und ging um das Auto herum zur Fahrerseite. Der Kofferraum ging auf und Wally warf einen Blick hinein.

„Willst du mich veralbern? Da passt doch nichts mehr rein, beim besten Willen nicht."

Phillip lachte und fing an, seine Sachen umzupacken. Die Kühlbox stellte er auf den Rücksitz. „Siehst du, da ist Platz genug. Gib mir deinen Koffer." Phillip räumte noch ein wenig um, so bekam er schließlich alles in den Kofferraum. Nachdem er den Rest auf dem Rücksitz verstaut und den Kofferraumdeckel geschlossen hatte, setzten sich beide Männer in den Wagen und Phillip startete den Motor. „Dann mal los, Schätzelein." Sie lächelten sich an, Phillip trat aufs Gas und reihte sich auf dem Weg zum Highway in den Stadtverkehr ein.

„Warst du jemals im Westen?", fragte Phillip ein paar Minuten später, als sie Milwaukee auf der Schnellstraße verließen.

„Nein. Als ich noch klein war, haben wir ein paar Ausflüge Richtung Osten gemacht, aber Dad hielt nicht viel vom Verreisen, da wir uns das eigentlich auch gar nicht leisten konnten. Wir waren nur einmal weiter weg, auf einer Hochzeit. Als Student habe ich ein paar Touren gemacht, aber meistens nur hier in der Gegend."

Wally und Phillip hatten sich kennengelernt, als Wally noch Student an der Marquette Universität gewesen war. Sie hatten im selben Haus gewohnt und waren schließlich gute Freunde geworden. Als Wally nach Madison gegangen war, um Tiermedizin zu studieren, hatten sich ihre Wege getrennt. Nachdem er den theoretischen Teil seiner Ausbildung hinter sich hatte, war Wally als Assistenzarzt wieder nach Milwaukee zurückgekehrt. Dort hatte er sofort Kontakt zu Phillip aufgenommen. Zufällig war damals in Phillips Wohnhaus gerade eine Wohnung frei gewesen und so waren sie wieder Nachbarn geworden. Sie hatten sich auch gleich wieder so gut verstanden, als seien sie nie getrennt gewesen.

„Du hast mir doch mal erzählt, dass dein Vater zwei Vollzeitjobs hatte."

„Hatte er auch, deswegen hatte er nie viel Freizeit. Für ihn war es Urlaub, wenn er nur in einem Job arbeiten musste und ansonsten Schlaf nachholen konnte." Wally lehnte sich in seinem Sitz zurück. „Warst du schon mal im Westen?"

Phillip nickte langsam. „Als ich vierzehn war, sind wir mal mit dem Wohnmobil zwei Wochen lang durch Colorado, Nebraska und South Dakota gefahren. Einige der Orte, an denen wir vorbeikommen werden, habe ich also schon mal gesehen. Aber in Wyoming war ich auch noch nie."

„Wo kommen wir denn überall vorbei?" Wallys Aufregung war spürbar.

„Heute Abend übernachten wir in Lacrosse, morgen fahren wir durch Minnesota und South Dakota bis Rapid City. Wenn wir dort früh genug ankommen, können wir vielleicht noch Mount Rushmore besichtigen. Dann fahren wir quer durch Wyoming weiter zu Dakotas Ranch. Die liegt in der Nähe vom Yellowstone Nationalpark und Grand Teton Nationalpark, da gibt's also für uns genug zu unternehmen."

Wally hüpfte schier auf seinem Sitz. „Ich weiß. Ich freu mich schon darauf, die Parks zu besuchen." Er sah aus dem Fenster und beobachtete, wie sich die Landschaft von städtisch zu ländlich veränderte. „Als Kind wollte ich eine Zeit lang Parkaufseher werden, dann Feuerwehrmann und schließlich Tierarzt. Ich kann es kaum erwarten, all die Tiere zu sehen."

„Das möchte ich wetten. Auf PBS kam neulich eine Sendung über die Nationalparks. Die haben schon was", meinte Phillip.

Wally spürte wie sich seine Aufregung noch steigerte. „Die Sendung habe ich auch gesehen. Ob wir wohl die Wölfe heulen hören werden?"

Phillip lachte. Wally sah ihn an und fragte sich, was so witzig war. „Nach dem, was Dakota mir so erzählt hat, wirst du sie hören und vielleicht auch einige sehen. Er hatte in letzter Zeit ein paar Probleme mit ihnen."

Da klingelte Wallys Handy. Er fischte es aus der Hosentasche. „Hallo, Mama."

„Ich wollte nur wissen, ob du für deinen Urlaub alles hast."

„Hab ich. Wir sind schon eine Weile unterwegs." Er schaute aus dem Fenster, um ihr sagen zu können, wo sie waren, beschloss dann aber, dass das nicht so wichtig war. „Ich ruf dich im Laufe der Woche mal an."

„Nur, wenn du Zeit hast." Fast konnte er sie lächeln hören. „Ich wünsch' dir viel Spaß und mach' viele Bilder." Das sah seiner Mutter ähnlich. Sie war am liebsten zu Hause und hatte fürs Reisen nicht viel übrig, aber sie schaute sich liebend gern Bilder an.

„Ganz bestimmt, Mama. In zwei Wochen sind wir wieder zurück."

„Dann erwarte ich dich und Phillip zum Abendessen, damit ihr mir alles erzählen könnt." Wally gab die Einladung an Phillip weiter, der sich die Lippen leckte und begeistert mit dem Kopf nickte. „Phillip freut sich schon auf das Abendessen. Ich melde mich bald bei dir."

„In Ordnung. Ich liebe dich, Wally." Nachdem sie aufgelegt hatten, schob Wally sein Handy zurück in die Hosentasche.

„Du hast die beste Mutter der Welt."

„Das sagst du doch nur, weil sie dich jedes Mal rund und satt füttert, wenn du zu Besuch kommst. Sie gibt dir ja sogar immer einen ganzen Kuchen mit."

Phillip warf ihm einen unschuldigen Blick zu. „Es wäre doch unhöflich abzulehnen", meinte er, bevor er lächelte. „Deine Mutter liebt dich und zeigt es dir auf die bestmögliche Art – durch leckeres Essen."

Während die Sonne am Himmel immer tiefer sank, fuhren sie Stunde um Stunde und unterhielten sich dabei angeregt. Nachdem sie in Madison zu Abend gegessen hatten, fuhren sie weiter, vorbei an den Wisconsin Dells und Baraboo, bis sie schließlich Lacrosse erreichten. Die Straßenlaternen gingen gerade an, als sie auf den Parkplatz eines Hotels fuhren und aus dem Wagen stiegen. „Gott, tut das gut, endlich wieder auf den Beinen zu sein", stöhnte Wally. Er hievte seinen Koffer aus dem überfüllten Kofferraum, wobei er hoffte, dass ihm nicht gleich alles andere entgegenkam.

„Das war noch gar nichts", sagte Phillip mit sanftem Spott. „Morgen haben wir noch mal sechshundert Meilen vor uns."

Wally unterdrückte ein weiteres Stöhnen. Sich beschweren half ja nichts: Es war eben so, wie es war.

„Nur gut, dass die Geschwindigkeitsbegrenzung in Minnesota bei 70 Meilen in der Stunde liegt und in South Dakota darf man sogar 75 fahren. So kommen wir gut voran." Phillip griff sich seinen Koffer und schlug den Kofferraumdeckel zu. Die Kühlbox trug er auch. Wally checkte sie ein, danach gingen sie den Flur hinunter zu ihrem Zimmer. „In einer halben Stunde schließt der Pool. Nutzen wir das doch noch aus."

Sie zogen sich ihre Badehosen an, schnappten sich Handtücher und folgten dem Chlorgeruch zum Pool. Wally glitt in das Wasser, schwamm ein paar Runden, bevor er sich im Whirlpool niederließ. „*Das* ist der Himmel", seufzte er wohlig, während das heiße Wasser ihn einhüllte und den Stress einfach wegspülte. Ein paar Minuten später stieg Phillip auch in den Whirlpool.

„Es gibt da was, das ich dich schon immer mal fragen wollte", sagte Wally. Er blickte sich um, um sich zu vergewissern, dass ihnen niemand zuhörte. „Gary hat einmal erzählt, dass ihr beide miteinander geschlafen habt, als er dich kennengelernt hat."

„Ja, das haben wir", antwortete Phillip sachlich.

„Warum hast du es bei mir nie versucht?" Wally sprach eher zum Wasser als zu Phillip.

Ein Lachen war die letzte Reaktion, die er von Phillip erwartet oder gewollt hätte. „Das habe ich, du Dummkopf. Ich dachte, du wärst einfach nicht interessiert. Erst später habe ich erkannt, dass du einfach zu unschuldig warst, um das zu merken. Eigentlich bin ich froh, dass wir es nicht getan haben."

Leicht beleidigt blickte Wally auf. Na ja, wenn er die Antwort nicht hören wollte, hätte er die Frage nicht stellen dürfen. „Bin ich so hässlich?"

Phillip hörte auf zu lachen. „Gott, nein! Du bist sogar ziemlich attraktiv für einen, der viel zu viel Zeit in der Bibliothek verbringt. Danach wurden wir eben Freunde und es gibt kaum etwas Peinlicheres, als seine Freunde nackt zu sehen. Ich hab's versucht und glaub' mir, es ist schwer, jemandem in die Augen zu sehen, nachdem man mal alles von ihm gesehen hat."

„Ich schätze, du hast recht."

Phillip stand auf und stieg aus dem Pool. „Ich geh dann mal wieder zurück ins Zimmer. Bis dann." Wally folgte ihm ein paar Minuten später. Er duschte, trocknete sich ab und fiel dann ins Bett. Phillip löschte das Licht und beide schliefen sofort ein.

AM NÄCHSTEN Morgen machten sie sich fertig, frühstückten, checkten aus und waren noch vor sieben Uhr wieder auf der Straße. Nachdem sie erst mal den Mississippi überquert hatten und in Minnesota waren, gab es meilenweit nichts weiter zu sehen als flache Prärie. Gegen Mittag hielten sie in Sioux Falls, aßen ein paar Burger, tankten und fuhren weiter, diesmal mit Wally am Steuer.

Nach einer weiteren Stunde Fahrt Richtung Westen verdunkelte sich allmählich der Himmel und Wally schaltete die Scheinwerfer ein. „Jesus, wird das dunkel." Am Horizont zuckten Blitzstrahlen herab und der Himmel wurde immer dunkler und bedrohlicher. „Heilige Scheiße!" Wieder blitzte es. Wally zeigte in Richtung Horizont. „Hast du das gesehen?", fragte er und packte das Lenkrad fester.

„Ist das ein Tornado?"

„Scheiße, ja!" Als vor ihnen eine Straßenüberführung auftauchte, gab Wally Vollgas und raste wie ein geölter Blitz auf deren Schutz zu. Er fuhr auf den Seitenstreifen und parkte hinter einem anderen Auto.

„Was machen wir jetzt?"

Wally hatte schon die Tür offen. Ein tiefes Grollen lag in der Luft, wie das Geräusch eines herankommenden Güterzugs, und seine Haut knisterte vor Elektrizität. „Los, unter die Brücke, ganz rauf bis unter die Fahrbahn und bleib dort!" Wally schlug die Tür zu und rannte die Böschung hinauf. Einige andere Menschen hatten bereits unter den massiven Betonpfeilern Schutz gesucht und Wally kauerte sich zu ihnen. Phillip war direkt an seiner Seite. Als das Grollen immer näher kam, hielten sie sich aneinander fest. Wally bekam immer stärkeren Druck auf die Ohren, sein Herz raste und der Wind pfiff ohrenbetäubend. Er kniff die Augen gegen den Staub und Dreck zusammen und klammerte sich an Phillip. Geräusche wie das Kreischen und Quietschen von Metall auf Metall klangen an sein Ohr, aber er ließ nicht los. Er konnte fühlen, wie Phillips Körper sich an ihn presste.

Es schien eine Ewigkeit zu dauern, bis der Wind endlich nachließ. Das Grollen zog an ihnen vorbei und wurde leiser, verklang schließlich. Wally öffnete die Augen und sah sich um. Niemandem schien etwas passiert zu sein. Als er in Richtung Fahrbahn blickte, sah er, dass das Auto, das vor ihnen geparkt hatte, verschwunden war; er entdeckte es sechzig Meter weiter im Straßengraben. Ihr eigener Wagen stand immer noch an der Straßenseite, allerdings gute fünfzehn Meter von der Stelle entfernt, wo sie ihn abgestellt hatten.

„Was ist mit unserem Auto?", fragte Phillip.

„Es sieht so aus, als hätte der Wind es nur herumgeschoben." Sie krochen unter der Brücke hervor und gingen hinunter zu ihrem Wagen. „Es ist o.k." Nicht einmal ein Fenster war zerbrochen. Wally spähte gen Himmel, der schon wesentlich heller geworden war. „Wie geht's jetzt weiter?" In dem Moment öffnete der Himmel seine Schleusen und es begann, in Strömen zu regnen. Wally ging dorthin, wo die Anderen beieinander standen. Allen schien es gut zu gehen, außer dem Pärchen, dessen Auto im Straßengraben gelandet war. Anrufe wurden gemacht und als es schließlich aufhörte zu regnen, war schon Hilfe unterwegs. Wally und Phillip setzten sich wieder in ihr Auto und Wally zog die Fahrertür hinter sich zu. „Das war echt cool!"

Phillip sah ihn kopfschüttelnd über seinen Sitz hinweg an. „Du bist echt krank, Mann." Dann fingen beide an zu lachen, ließen Panik und Furcht hinter sich, als sie wieder auf die Fahrbahn einbogen. Der Tornado hatte eine deutliche Spur hinterlassen: nördlich des Highways waren Häuser und Felder auf zwei Meilen Breite platt gewalzt. Danach sah alles ganz normal aus. „Fahr nicht zu schnell."

„Ich habe nicht vor …" Wally stieg auf die Bremse, als ein umgestürzter Sattelschlepper auf der Straße vor ihnen auftauchte. „Jee-sus." Weitere Autos waren von der Straße abgefahren. Wally schlich im Schneckentempo auf dem Seitenstreifen um das hintere Ende des Lkw-Anhängers herum, bevor er den Wagen wieder auf den Highway zurückmanövrierte.

Während sie wieder schneller wurden, hellte sich der Himmel auf und die Straße wurde vor ihnen sichtbar. Wally trat aufs Gas. Je weiter sie kamen, desto heller wurde es, bis die ersten Sonnenstrahlen die Straße erleuchteten. Phillip begann zu kichern.

„Ich habe ja schon einiges gesehen. Aber eine rosafarbene Straße? Das muss der schwulste Ort überhaupt sein."

„Wie kommt das?"

„Der Schotter, den sie hier dem Asphalt beigemischt haben, muss wohl rosa gewesen sein und das kommt durch, wenn es regnet."

„Ich werd' nicht mehr. Was es nicht alles gibt." Wally fuhr schneller, die Reifen flogen nur so über den rosafarbenen Asphalt. Allmählich waren sie wieder im Zeitplan. Unterwegs zählten sie zu ihrer Unterhaltung die Hinweistafeln für den berühmten Drug Store in Wall.

Ein paar Stunden später veränderte sich die Landschaft drastisch. Die Prärie ging in die Badlands über: eine wüstenartige Landschaft voller ausgewaschener, von Wind und Regen gefurchter Hügel, auf deren Kuppen sich noch Reste von Prärieland fanden. „Wie schön das hier ist", meinte Phillip ehrfürchtig.

„Auf eine trostlose Art und Weise, ja."

Sie überlegten, ob sie anhalten sollten, beschlossen aber, lieber bis Rapid City durchzufahren, wo sie eine Stunde später ankamen und sich ein Hotel suchten. Nach dieser Fahrt wollten sie nur noch raus aus dem Auto. „Das war der reinste Höllentrip", bemerkte Phillip, als er auf dem Parkplatz des Hotels seinen Rücken streckte.

„Das ist die Untertreibung des Jahrhunderts", fügte Wally hinzu. Sie lächelten sich an, luden ihre Koffer aus und gingen in das Hotel. Nachdem sie eingecheckt hatten, gingen sie erst etwas essen und fuhren dann die kurze Strecke bis zum Mount Rushmore hinaus. In der Abenddämmerung sahen sie sich die Präsidentenköpfe an. Sie blieben noch, bis die Scheinwerfer angingen, die den Berg anstrahlten, und fuhren dann zurück zum Hotel und zu ihren Betten.

NACH DER langen Fahrt und ihrem Abenteuer in South Dakota verlief die Tour durch Wyoming am nächsten Tag ohne Zwischenfall. Als sie sich dem Westteil des Staates näherten, rief Phillip Dakota an und folgte dann dessen Wegbeschreibung zur Ranch. Wally bog in die Einfahrt ein und hielt schließlich vor dem Haus neben einem riesigen Pick-up. Die Tür ging auf und ein hochgewachsener Mann trat auf die Veranda. Der Mann nahm den Hut ab und Wally hörte jemanden japsen. Einen Moment später wurde ihm zu seiner Verlegenheit klar, dass das Geräusch von ihm gekommen war.

„Ist das Dakota?" Wally merkte, wie er den Mann anstarrte, aber er konnte nicht anders. Das leise Lachen vom Beifahrersitz hörte er kaum.

„Ja, das ist er."

„Der ist ja riesig." Wally sah zu, wie Dakota die Verandatreppe herunterkam. Das brachte ihn wieder etwas zur Besinnung. Er schnallte sich ab und hörte dabei, wie Phillip die Beifahrertür öffnete und ausstieg. Er blieb sitzen und sah zu, wie Phillip und Dakota sich umarmten. Erst dann öffnete auch er die Tür und stieg aus dem Wagen. Er konnte definitiv sehen, was Phillip an Dakota so anziehend gefunden hatte.

Nachdem er die Autotür hinter sich geschlossen hatte, trat Wally zu den beiden Männer. „Dakota, das ist Wally", stellte Phillip ihn vor. Der große Mann gab ihm zur Begrüßung die Hand. Wallys Augen wanderten hinauf zu dem markanten Gesicht und dem freundlichen Lächeln.

„Freut mich, dich kennenzulernen. Danke, dass ich mitkommen durfte", sagte Wally förmlich und versuchte dabei, der Faszination Herr zu werden, die Dakota auf ihn ausübte. Phillip hatte zwar gesagt, dass zwischen ihm und Dakota nichts mehr sei, aber das musste ja nicht so bleiben. Wally zwang sich, das im Gedächtnis zu behalten.

„Es freut mich, dass du hier bist." Dakota ließ Wallys Hand los und trat einen Schritt zurück. „Kommt rein." Wally folgte Phillip durch die Tür. Dabei musste er sich einfach noch mal umdrehen, um noch einen Blick auf Dakota zu erhaschen. Gott, sah der Mann gut aus. Nicht, dass das eine Rolle gespielt hätte – Typen wie Dakota würdigten ihn für gewöhnlich keines Blickes.

„Habt ihr schon was gegessen?", fragte Dakota.

31

„Ja, danke", antwortete Wally. Er setzte sich in einen Sessel und sah sich um. Das Haus machte einen gemütlichen Eindruck, mit großen Sesseln und einem riesigen Fernseher. Die Küche war auf der linken Seite, zur Rechten gab es eine Art Flur.

„Ich weiß, dass ihr seit Tagen unterwegs seid. Möchtet ihr euch erst mal eine Weile ausruhen?"

Durch das große Vorderfenster konnte Wally auf die Koppel schauen, in der ein Pferd umher lief, und weiter bis zu den Bergen dahinter. „Dürfte ich mir vielleicht die Tiere ansehen?"

„Natürlich." Dakota stand auf. „Ich führe dich gerne herum."

Phillip stand ebenfalls auf. „Wenn du mir zeigst, wo unsere Zimmer sind, lade ich solange das Auto aus."

Dakota führte die beiden den Gang hinunter und öffnete zwei Türen. Hinter jeder lag ein helles Schlafzimmer. „Ihr könnt euch jeder eins aussuchen" Dakota blickte ein wenig verlegen zwischen den beiden hin und her. „Wenn ihr euch ein Zimmer teilen wollt, ist das auch okay. Aber die meisten meiner Männer wissen nicht, dass ich schwul bin, also …"

Phillip lächelte. „Dakota, Wally und ich sind nicht zusammen. Wir sind nur Freunde."

Wally sah einen Ausdruck der Erleichterung über Dakotas Gesicht huschen und dachte bei sich, dass es ja eigentlich gleichgültig war, welches Zimmer Phillip sich aussuchte. Wahrscheinlich würde er am Ende sowieso bei Dakota schlafen. Für eine Sekunde spürte er einen Stich von Eifersucht, obwohl er dafür weder einen Grund noch das Recht dazu hatte. Er wandte sich von den beiden Männern ab und warf einen Blick in das erste Zimmer. „Das sieht doch gut aus."

„Dann nehme ich das hier." Phillip ging in das Zimmer gegenüber. „Geht ihr beiden nur. Ich lade das Auto aus."

„Sicher?", fragte Dakota. Phillip lächelte nur und ging mit ihnen nach draußen. Er blieb beim Auto und Wally folgte Dakota zur Koppel.

„Das ist Sadie. Sie hat schon ein paar Jahre auf dem Buckel." Die Stute kam zu Dakota und knabberte an seinem Hemd. „Sie ist auf ein Leckerli aus." Als Sadie merkte, dass Dakota nichts für sie hatte, wanderte sie weiter zu Wally, schnüffelte an seinen Taschen herum und stupste ihn dann mit dem Kopf gegen die Brust.

„Du bist mir ja eine." Wally streichelte ihr sanft den Hals „Sie wird liebevoll gepflegt, was?" Er strich ihr mit der Hand über die Flanke. „Wie alt ist sie? Sechzehn?"

„Siebzehn. So langsam kommt sie in die Jahre, aber mein Vater hat sie geliebt und sie ist toll für Kinder. Ich reite sie immer noch, allerdings nicht mehr zu oft. In einem Jahr oder so schicken wir sie endgültig in Rente, dann kommt sie auf die Nordkoppel." Dakota sah lächelnd zu, wie sie Wallys Brust erneut anstupste. „Sie mag dich."

Ein Truck fuhr auf den Hof. Eine kleine Hundemeute raste aus der Scheune dem Truck entgegen und dann wieder zurück, auf Wally und Dakota zu. Die Tiere strichen ihnen um die Beine. „Ja, was wollt ihr denn?" Wally ging in die Knie und sofort fiel der ganze bunte Haufen über ihn her. „Sind sie freundlich?"

„Gott, ja." Der Kleinste, eine Art Terrier-Mischling, sprang Wally in die Arme und leckte ihm das Gesicht. „Der Köter, der dich gerade badet, heißt Max. Die Labrador-Hündin ist Libby und der Boxer-Mischling heißt Sparky." Beim Klang seines Namens machte Sparky einen Satz auf Wally zu und warf ihn auf den Hintern. Als der Boxermischling sich dann dem Freudenfest anschloss, machte Wally den Fehler zu lachen. Sofort bekam er eine Hundezunge in den Mund, was ihm aber nicht allzu viel ausmachte. Er kraulte mit beiden Händen Hundeohren und wurde dafür von allen Seiten beschmust.

„Mario", rief Dakota und der Mann aus dem Truck kam zu ihnen. „Das ist Wally."

Wally versuchte, ihm die Hand zu geben, doch die wuseligen, schwanzwedelnden Hunde kamen ihm ständig dazwischen.

„Wally, das ist Mario, mein Vormann." Dakota fing an zu lachen, als Wally aufzustehen versuchte, nur um sofort wieder unter dem Ansturm der Hunde zu Boden zu gehen.

Schließlich kam er doch noch auf die Füße und hielt Mario die Hand entgegen. „Freut mich, dich kennenzulernen." Sie tauschten einen kurzen Händedruck.

„Boss, wir hatten ein paar Probleme auf der Nordweide", wandte sich Mario mit ernstem Gesicht an Dakota.

„Schon wieder dieser Wolf?" Dakotas Lächeln verblasste und seine Stimme wurde düster. „Haben wir Verluste?"

„Das ist ja das Merkwürdige. Es war mit Sicherheit derselbe Wolf, aber es gibt kein Anzeichen dafür, dass er versucht hätte, auch nur ein Stück Vieh zu reißen. Er stand nur am Waldrand und hat die Herde beobachtet, bis ich auf ihn geschossen habe."

„Vielleicht war er gar nicht hungrig", meldete sich Wally zu Wort. Die beiden Männer sahen ihn an, als wäre er von einem anderen Planeten. „Wölfe töten nicht zum Spaß. Sie töten aus Hunger oder um ihre Weibchen und die Jungen zu versorgen, und außerdem reißen sie viel eher Kleinwild als einen ausgewachsenen Stier." Wally war so in Fahrt, dass ihm gar nicht auffiel, wie seine Stimme immer lauter wurde. „Und du hast auf ihn geschossen?" Wally warf dem Vormann einen bösen Blick zu. Er konnte fühlen, wie er immer zorniger wurde. „Entschuldigt mich."

Wally drehte sich um und ging zurück zum Haus, wobei er vor sich hin grummelte. Er war sich nicht sicher, ob sie ihn hören konnten, aber im Moment war ihm das auch egal. „Na toll. Wenn du was nicht kennst, bring' es einfach um und nagle es ans Scheunentor. Problem gelöst." Wally öffnete die Tür und marschierte ins Haus. Die Fliegentür schlug hinter ihm zu.

Sobald er im Wohnzimmer angekommen war, blieb er stehen und ließ sich auf das Sofa fallen. Himmel noch mal, er war kaum eine Stunde hier und schon hatte er seinen Gastgeber beleidigt.

„Was ist los?" Phillip setzte sich neben ihn.

„Ich konnte mal wieder meinen Mund nicht halten und hab mich komplett zum Idioten gemacht." Wally blickte auf. Durch das Fenster sah er Dakota auf dem Weg ins Haus. Er schaute nicht sehr glücklich drein.

5

„WER ZUM Teufel glaubt der eigentlich, wer er ist?", stieß Mario hervor. Dakota schaute Wally nach, der ihnen den Rücken gekehrt hatte und vor sich hinbrummelnd zum Haus zurückging. „So ein kleines Kerlchen und so 'ne große Klappe. Wenn der keinen Napoleon – Komplex hat, weiß ich auch nicht."

Als die Fliegentür zugefallen war, wandte Dakota sich wieder Mario zu. „Ich weiß nicht, was er hat, aber das krieg' ich schon raus." Dakota schaute zum Vorderfenster. Es sah so aus, als habe sich Wally auf das Sofa fallen lassen. Mit der Absicht, eine Erklärung zu verlangen, ging Dakota auf die Haustür zu. Auf halbem Wege blieb er jedoch stehen und atmete erst einmal einige Male tief durch. Dieser Mann war sein Gast, also musste er auch so behandelt werden.

Sobald er sich wieder ein wenig gefangen hatte, setzte er seinen Weg fort und zog die Tür ruhig auf. Er trat ins Wohnzimmer und starrte den Mann auf dem Sofa finster an, doch sein Ärger verschwand. Große blaue Augen blickten ihn aus dem schmalen Gesicht, das von kurzem, blondem Haar umgeben war, an. *Was zum Teufel hatte er überhaupt vorgehabt – hatte er den Mann verprügeln wollen? Ihn anschreien?* Wally wog doch höchstens 60 Kilo, großzügig geschätzt, und wenn er aufrecht stand, reichte er Dakota vielleicht gerade mal bis zur Schulter.

„Es tut mir leid, dass ich meine Klappe so weit aufgerissen habe. Das ist deine Ranch und ich bin nur Gast hier."

Verdammt noch mal, der Mann war ja bezaubernd, wenn er so an seiner Unterlippe nagte. Dakota ließ sich in einem Sessel nieder und starrte Wally unverhohlen an.

„Zu meiner Entschuldigung kann ich nur sagen, dass ich erst vor Kurzem meinen Abschluss in Tiermedizin gemacht habe. Während der letzten drei Jahre habe ich immer nur versucht, Tiere zu heilen. Auch solche mit Schusswunden."

Dakota bemerkte kaum, wie Phillip leise das Zimmer verließ. Er musste feststellen, dass er von dem kleinen Mann, der da auf seinem Sofa saß, völlig fasziniert war. Wally schien so aufrichtig und ernsthaft, dass er nicht länger böse sein konnte. Außerdem liebten ihn die Hunde und Sadie auch, was einiges zu bedeuten hatte. Dakota hatte schon immer gesagt, dass Tiere gute Menschen instinktiv erkennen konnten.

„Ich kann mir vorstellen, wie du dich fühlen musst, aber die Wölfe nehmen uns jedes Jahr einige Kälber. Sie reißen sogar einen ausgewachsenen Jungochsen, wenn sie hungrig genug sind und das Rudel groß genug ist. Ich muss meine Herde beschützen." Dakota sah, wie Wallys große Augen traurig wurden. „Das ist eben die harte Wirklichkeit, mit der wir hier draußen zurechtkommen müssen."

„Ist wohl so." Wally blinzelte ein paar Mal und dann erhellte sich seine Miene. „Das soll jetzt nicht heißen, dass es mir gefällt, aber ich kann es verstehen."

Verdammt, der kleine Kerl gab nicht einen Zentimeter nach, wenn er es verhindern konnte. Dakota musste unwillkürlich lächeln. „Du bist bestimmt ein guter Tierarzt."

„Ich habe gerade erst meinen Abschluss gemacht und eigentlich würde ich am liebsten mit Großtieren arbeiten. Bisher habe ich damit nur theoretische Erfahrung. Eigentlich hatte ich gehofft, dass ich mich mit deinem Tierarzt treffen kann, solange ich hier bin. Ich würde ihm gerne mal über die Schulter schauen."

„Na dann, was hältst du davon, wenn wir uns ein paar Pferde satteln und ein wenig ausreiten? Sobald ihr ausgepackt habt, natürlich." Dakota hielt inne, als ihm aufging, dass er etwas Wichtiges vergessen hatte. „Du kannst doch reiten?"

Wally nickte. „Ja."

Ein seltsamer Ausdruck huschte über das Gesicht des kleinen Mannes, aber er schien sich nichts weiter anmerken lassen zu wollen. Dakota stand auf. „Dann komm in einer halben Stunde zu mir in den Stall. Und bring Phillip mit." Auf dem Weg zur Tür drehte er sich noch einmal zu Wally um, der immer noch unbehaglich auf dem Sofa hin und her rutschte. „Nun mach dir mal keine Gedanken. Du hast ja nur deine ehrliche Meinung gesagt. Das ist keine Schande und geschadet hat's auch niemanden."

Das brachte ihm ein Nicken und ein zaghaftes Lächeln ein. Dakota ging zurück zum Stall, wo er Mario vorfand, der die Boxen kontrollierte und Kevin Anweisungen gab. „Die Boxen von Sadie und Chestnut müssen heute noch fertig werden. Die anderen können bis morgen warten." Kevin eilte davon und warf Dakota im Vorübergehen ein Lächeln zu.

„Hast du ihm den Kopf gewaschen?", fragte Mario.

„Wir haben geredet."

„Wenn es nach mir ginge, hätte ich dem Typ innerhalb von zwei Sekunden 'nen Tritt in seinen schwulen Arsch verpasst, dass er von der Ranch geflogen wäre."

Dakota starrte den Mann überrascht an. Einige von den Jungs gaben gelegentlich derartige Bemerkungen von sich, aber von Mario hatte er so etwas noch nie gehört. Dakota hielt den Mund und wandte sich zum Gehen, aber schon nach zwei Schritten blieb er stehen, drehte sich wieder um und winkte Mario in die Sattelkammer. Er machte die Tür hinter ihnen zu. „Ich weiß nicht, was in dich gefahren ist, aber solche Sprüche dulde ich hier nicht. Nicht von den Jungs und ganz bestimmt nicht von dir", presste Dakota zwischen zusammengebissenen Zähnen hervor.

Mario hob in gespielter Kapitulation die Hände. „Was zum Teufel, soll das denn jetzt heißen?"

„Mario." Dakota hatte ein Gefühl im Bauch, als würden eine Million Grashüpfer gleichzeitig darin herumhüpfen. „Ich bin schwul und ich kann den Scheiß nicht mehr hören. Seit ich ein Kind war, musste ich mir von den Männern so was anhören, und das lasse ich mir nicht mehr bieten!"

All die Telefonate mit Phillip während der letzten sechs Monate, ihre ganzen Gespräche darüber, dass er lernen musste, zu sich zu stehen—endlich hatte Dakota es begriffen. Je länger er sich versteckte, desto weniger war er im Einklang mit sich selbst. Dakota trat einen Schritt zurück und wartete auf Marios Reaktion. Aber eines wusste er, solche Sprüche würde er sich in seinem eigenen Haus nicht mehr gefallen lassen. Ihm war bereits viel leichter zumute, auch wenn er sich innerlich schon darauf gefasst machte, sich einen neuen Vormann suchen zu müssen.

Er hatte mit vielem gerechnet, aber nicht mit dem, was nun kam: Gelächter.

„Ich mach' keine Witze, Mario. Das hier ist kein Scherz und du regst mich langsam ziemlich auf." Dakota wurde allmählich richtig sauer.

Das Kichern seines Vormanns wurde zu einem schallenden Lachen. „Ich weiß, dass das kein Scherz ist." Mario brauchte ein paar Minuten, um sich wieder einzukriegen. Inzwischen konnte Dakota ihn nur wütend anstarren, obwohl er ihm am liebsten eine reingehauen hätte.

„Was ist denn dann so verdammt witzig, zum Teufel?" Machte sich Mario etwa über ihn lustig? Wenn ja, war Dakota nämlich bereit, ihm in den Hintern zu treten. Das hatte er vor Jahren schon mal getan und er würde es wieder tun.

Mario sah ihm fest in die Augen. „Ich bin auch schwul."

Sprachlos sah Dakota seinen Vormann an. Dann brach er selbst in Gelächter aus. „Wir sind schon so ein Paar." Er schüttelte den Kopf. „Was sollte dann die Bemerkung vorhin?"

„Selbstschutz, schätze ich." Mario schaute ein wenig beschämt drein. „Hab' jahrelang versucht, so zu tun, als wär' ich wie alle anderen, nur damit niemand Verdacht schöpft."

Dakota nickte zustimmend; er wusste wie das war. „Warum hast du jetzt was gesagt?" Da hörte er Schritte vor der Tür. „Wir reden später weiter." Er öffnete die Tür und sah Wally durch den Stall wandern. „Hey, Wally. Kommt Phillip auch?"

„Er wollte in ein paar Minuten hier sein." Wally blickte sich im Stall um. „Das ist toll. Also, welches Pferd soll ich reiten?"

„Ich wollte dir Sadie geben. Anscheinend mag sie dich." Dakota sah den Ausdruck auf Wallys Gesicht. „Lass dich nicht täuschen – sie ist vielleicht schon etwas älter, aber sie ist lebhaft und wirft jeden ab, den sie nicht mag."

„Wo ist ihr Sattel? , fragte Wally, offensichtlich freudig erregt. „Ich bürste sie und zäume sie auf."

„Ist alles in der Sattelkammer, beschriftet mit dem Namen jedes Pferdes", antwortete Dakota und deutete auf die Tür. „Wenn du etwas nicht findest, schrei einfach. Ich sattle inzwischen Barney für Phillip."

Dakota ging an die Arbeit, wobei er mit einem Ohr nach Wally lauschte. Er hörte, wie sich die Stalltür öffnete, dann das Geräusch von Hufen, als Sadie in die Box neben ihm gebracht wurde. „Also, wie lange ist es her, seit du das letzte Mal geritten bist?"

„Ungefähr zehn Jahre", antwortete Wally hinter der Trennwand. „Bis ich vierzehn war, habe ich drei Jahre lang Dressur geritten. Dann ist mein Vater gestorben. Mit seinen zwei Vollzeitjobs hat er sich zu Tode gearbeitet. Danach konnte meine Mutter das Geld dafür nicht mehr aufbringen und ich musste aufhören." Dakota hörte eine Menge Bedauern in der Stimme des kleinen Mannes.

„Hattest du ein eigenes Pferd?" Dakota fing an, das Pferd zu bürsten. Jahrelange Übung machte seine Bewegungen flüssig und mühelos.

„Ja, aber wir konnten es uns nicht leisten, ihn zu behalten."

Verdammt. Es lag eindeutig Schmerz in Wallys Stimme. Dakota konnte sich nicht vorstellen, was es hieß, vierzehn zu sein und sein Pferd verkaufen zu müssen. In dem Alter war Denali sein bester Freund gewesen. „Das muss hart gewesen sein." Er wusste nicht, was er sonst sagen sollte. Da er mit dem Bürsten fertig war, fing er an, den sanften kastanienbraunen Wallach zu satteln.

„Und wie." Dakota hörte ein Ächzen von Wally – anscheinend hob er gerade den Sattel hoch – gefolgt von einem kleinen Seufzen. „Wir hatten aber keine andere Wahl. Heute weiß ich das, aber mit vierzehn dachte ich einfach, dass die Welt nicht unfairer sein könnte. Innerhalb eines Monats hatte ich meinen Vater und meinen besten Freund verloren."

Dakota zog den Gurt straff und vergewisserte sich, dass Barney nicht die Luft anhielt. Das tat der alte Bengel öfter. „Ich bin fast fertig hier. Bist du so weit?"

„Ja." Wallys angenehme Stimme schwebte wieder über die Wand. „Könntest du dir das trotzdem noch mal anschauen? Ich bin nur englische Sättel gewöhnt."

„Natürlich." Dakota zäumte Barney fertig auf, bevor er in die nächste Box ging. Wally stand in engen Reithosen und Hemd neben der Tür. Als Dakota zu ihm trat, drehte Wally ihm den Rücken zu, um ihm zu zeigen, wie straff der Sattelgurt saß, und gewährte Dakota dadurch einen spektakulären Blick auf seinen kleinen, straffen Hintern. Dakota blickte auf seine Hände hinab und stellte sich vor, wie jede Pobacke perfekt in eine seiner Hände passen würde. „Verdammt", murmelte er und Wally fuhr herum.

„Stimmt etwas nicht?"

Dakota sammelte sich wieder, ging zu Sadie und kontrollierte den Gurt und die Länge der Steigbügel. „Sieht sehr gut aus." Eigentlich meinte er ja den Gurt, doch in seinen Gedanken blitzte gleich wieder dieser Hintern auf. „Hat sie dir beim Aufzäumen Schwierigkeiten gemacht?"

„Nein, macht sie das denn normalerweise?"

„Das kann sie. Wie gesagt, sie ist zwar alt, aber wählerisch. Anscheinend mag sie dich wirklich."

Mario streckte den Kopf über die Wand. „Das störrische Vieh lässt mich nicht an sich ran. Sie hat sich von ihm aufzäumen lassen?"

Dakota nickte.

„Ich bin beeindruckt."

Dakota lächelte seinen Vormann an. Es freute ihn, dass Mario Wallys Ausraster von vorhin so einfach abtat.

„Wo reitet ihr denn hin?", fragte Mario.

„Ich dachte, ich zeige ihnen die östliche Weide. Es ist eine einfache Route und wir können dabei auch gleich die Zäune überprüfen."

Marios Kopf verschwand und Dakota hörte ein Kichern von der anderen Seite der Wand. „Mann, was zum Kuckuck hast du denn da an?"

Phillips Stimme driftete in die Box. „Jeans."

Dakota sah Wally an, der mit den Achseln zuckte und den Kopf schüttelte. Neugierig schlossen sie die Boxentür und gingen um die Wand herum. Inzwischen lachte Mario schon und Dakota warf nur einen Blick auf Phillips Aufmachung und fing ebenfalls zu lachen an. „Was soll das sein?"

„Das ist eine Designer-Jeans", erklärte Phillip, offensichtlich gekränkt. Neben ein paar strategisch günstig platzierten Rissen zierte ein aufgenähter Adler die Jeans; die dazugehörigen Glitzersteinchen zogen sich an einem Hosenbein entlang und rauf bis zum Hosenboden.

„Die kannst du doch nicht zum Reiten tragen." Wally trat vor. Er war der Einzige, der noch sprechen konnte. Dakota tat sein Bestes, um mit dem Lachen aufzuhören und sich wieder unter Kontrolle zu bringen. „Sonst kannst du hinterher nicht mehr laufen", fuhr Wally fort. „Diese Glitzerdinger drücken sich nur in den Sattel und in deine Beine und werden dich wund scheuern. Hast du denn nicht was Schlichteres dabei?"

Phillip schüttelte den Kopf; ihm war offensichtlich nicht ganz wohl in seiner Haut. „Ich kann dir eine Jeans leihen", bot Mario an. „Ich bin gleich wieder zurück." Dakota sah, wie sein Vormann im Weggehen den Kopf schüttelte. Ein paar Minuten später kam er mit einer alten Wrangler wieder zurück. „Probier die mal an."

„Danke." Phillip zog seine Stiefel aus und schlüpfte direkt dort im Stall aus seiner Hose. Als er die Jeans anzog, fiel Dakota auf, dass Mario die ganze Zeit über seine Augen nicht von Phillips Hintern nahm. Er fragte sich unwillkürlich, ob sein Vormann ihn jemals so angesehen hatte. Mit einem leisen Lachen schob er diesen Gedanken von sich. Darüber wollte er gar nicht erst nachdenken.

„Ich muss noch mal eben nach meinem Vater sehen. In fünfzehn Minuten bin ich wieder hier, dann reiten wir los." Dakota verließ den Stall und ging über den Hof. Im Haus trat er ins Schlafzimmer seines Vaters und fand ihn schlafend vor. Die Krankenschwester saß auf einem Stuhl neben dem Bett.

„Er ist gerade wieder eingeschlafen", sagte Grace ruhig.

„Die nächsten paar Stunden bin ich weg."

„Dann lass ich ihn noch eine Stunde schlafen, bade ihn dann und setze ihn in seinen Stuhl. Er möchte deine Gäste sicher kennenlernen."

Dakota lächelte. „Danke dir, Grace. Damit ist er sicher einverstanden." Ein paar Minuten sah er seinem Vater beim Schlafen zu. Er unterdrückte ein Seufzen. „Bis in ein paar Stunden dann." Sie nickte ihm zu und Dakota verließ das Zimmer und ging zurück in den Stall.

Mario hatte die drei Pferde schon draußen und Dakota sah zu, wie Phillip sich abmühte, auf Barneys Rücken zu klettern. Schön sah es nicht aus, aber schließlich schaffte er es. Wally, so klein er auch war, schwang sich graziös und mit Leichtigkeit auf Sadie. Dakota stieg auf sein Pferd und führte sie in Richtung der östlichen Weide. „Phillip, gib ihm einen leichten Tritt, dann läuft er los. Wir werden nicht so schnell reiten und er folgt mir sowieso." Dakota ritt voran, gefolgt von Barney, und Wally bildete mit Sadie das Schlusslicht. Dakota musste lächeln, als er hörte, wie Wally Phillip eine schnelle Lektion im Reiten gab.

Die drei ritten ein paar Stunden lang die Zäune ab. Es war schön, draußen zu sein. Wally und Phillip schienen es zu genießen. Die beiden quasselten ständig miteinander. Wally unterwies Phillip in den Grundlagen des Reitens und beide gaben angeregte Kommentare zu der umgebenden Landschaft ab. Zäune abzureiten war normalerweise eine langwierige, einsame Angelegenheit, aber mit den beiden zusammen machte es Dakota richtig Spaß. Für sie war alles neu, sie wiesen sich gegenseitig auf die Berge und Bäche hin und stellten unzählige Fragen über alles Mögliche. Mit einem Lächeln beantwortete Dakota jede Einzelne davon, während sie in einem weiten Kreis an zwei Seiten der Weide entlang ritten.

Dakota bemerkte, dass Phillip immer entspannter im Sattel saß, je länger sie ritten; auch schien er allmählich verstanden zu haben, wie er sein Pferd kontrollieren konnte—zumindest ansatzweise. Von Wally hingegen war er wirklich beeindruckt. Irgendwann sah Dakota eine schwache Stelle im Zaun. Er hielt an, sprang von seinem Pferd, untersuchte den Abschnitt und nahm sich vor, gleich am nächsten Morgen ein paar Männer hierher zu schicken. „Sollen wir auf dich warten?", fragte Wally.

„Nein, ich komme euch in einer Minute nach." Wally lächelte ihn an und Dakota spürte ein Kribbeln tief im Bauch, das sich gleich in seinem Unterleib festsetzte. Er musste Wally einfach nachsehen, als dieser Sadie wieder in Bewegung brachte. Verdammt, sah der Mann gut aus im Sattel – Rücken gerade, Hintern angespannt, Beine fest am Pferd. Dakota beobachtete Phillip zwar auch, aber nicht auf dieselbe Art. Etwas an Wally faszinierte ihn. Der Mann war klein, fast schon zierlich, und doch hatte er Energie und Mumm. Die größte Überraschung für Dakota war, dass er Phillip nicht mehr begehrte. Auf dem Schiff hatten sie viel Zeit miteinander verbracht, aber die Leidenschaft, die sie dort miteinander geteilt hatten, beschränkte sich für Dakota jetzt auf eine Erinnerung. Dakota sah den beiden nach, bis ihm wieder einfiel, was er eigentlich hatte tun wollen. Er holte eine Zange aus seiner Gesäßtasche und flickte den Zaun provisorisch, dann stieg er wieder auf und versetzte sein Pferd in Trab. Wenige Minuten später hatte er die anderen wieder eingeholt.

„Wie geht es euren Beinen?", fragte Dakota. Den beiden musste allmählich alles wehtun; keiner von ihnen war es gewohnt, so lange im Sattel zu sitzen.

„Tun ein bisschen weh", antwortete Phillip, aber er hatte ein zufriedenes Lächeln auf dem Gesicht.

Dakota nahm das als Stichwort, um zurückzureiten. Er bog mit ihnen vom Weg ab und führte sie zurück zur Ranch. Sie brauchten nicht lange. Als sie am Stall ankamen, stieg Dakota ab und half Phillip vom Pferd. „Geht's dir gut?", fragte er, als er sah, wie steifbeinig Phillip daherkam.

„Alles bestens", antwortete dieser. „Das hat echt Spaß gemacht." Er klang überrascht und das Lächeln auf seinem Gesicht ließ Dakota vermuten, dass es eine angenehme Überraschung gewesen war. Wally humpelte ebenfalls ein bisschen, ging jedoch sofort an die Arbeit und führte Sadie in ihre Box.

Dakota half Phillip dabei, Barney zu versorgen. Als alle Pferde abgesattelt und auf der Koppel waren, um zu grasen, ging Dakota mit Phillip und Wally zum Haus.

Drinnen saß sein Vater in seinem Sessel und sah ihnen hellwach und mit einem leicht aufgeregten Funkeln in den Augen entgegen. Grace verabschiedete sich. „Phillip Reardon und Wally Schumacher, das ist mein Vater, Jefferson. Dad, das sind meine Freunde, Phillip und Wally." Während er sie vorstellte, deutete er auf jeden der beiden. Phillip sagte Hallo, wusste aber dann anscheinend nicht mehr, was er tun sollte; Wally trat vor, nahm behutsam die Hand von Dakotas Vater und schüttelte sie, wie er es bei jedem anderen auch getan hätte.

„Es ist mir ein Vergnügen, Sie kennenzulernen", sagte Wally höflich, und Dakota fiel eine leichte Regung im Gesicht seines Vaters auf, so etwas wie der Hauch eines Lächelns. „Dakota hat uns zum Abreiten der Zäune mitgenommen." Wally setzte sich auf einen Stuhl, Phillip tat es ihm gleich. „Ich habe schon seit Jahren nicht mehr auf einem Pferd gesessen, aber sobald ich im Sattel war, habe ich mich gefühlt, als hätte ich nie mit dem Reiten aufgehört. Es war gleich alles wieder da."

Dakota brachte Bier für alle. Phillip und Wally erzählten Geschichten über ihre Reise, einschließlich ihrer Begegnung mit dem Tornado. Dakota revanchierte sich, indem er ihnen vom Leben auf der Ranch erzählte.

Zu seiner Überraschung blieb sein Vater das ganze Abendessen hindurch und bis in den Abend hinein wach. „Ich muss Dad jetzt ins Bett bringen. Ihr könnt noch fernsehen, wenn ihr wollt, aber wir bleiben normalerweise nicht so lange auf." Dakota merkte, wie müde die Jungs waren; sie sahen aus, als würden sie gleich im Sitzen einschlafen. Sie sagten dann auch gleich Gute Nacht und verschwanden in ihren Zimmern, während Dakota seinen Vater ins Bett brachte. „Gute Nacht, Dad." Er berührte dessen Hand. „Ich liebe dich."

Dakota schaltete das Licht aus und ging in sein eigenes Schlafzimmer, duschte und machte sich bettfertig. Es war ein anstrengender Tag gewesen und der morgige Tag versprach, ebenso stressig zu werden. Doch sobald Dakota im Bett lag, sah er im Geiste nur noch Wally vor sich: wie seine Augen in rechtschaffener Empörung geblitzt hatten. Wie er gelacht hatte, als die Hunde über ihn hergefallen waren und ihn abgeküsst hatten. Wie er im Sattel ausgesehen hatte und wie er keine Mühe gescheut hatte, um Dakotas Vater in ihre Unterhaltung einzubeziehen. Niemals zuvor hatte er sich solche Gedanken über jemanden gemacht. Er dachte oft genug über andere Männer nach - ständig. Eigentlich, seitdem er herausgefunden hatte, wozu sein Schwanz gut war, aber nicht so. Statt sich nur zu fragen, wie es sein würde, sich Wallys knackigen Hintern vorzunehmen, malte Dakota sich aus, wie es wäre, neben ihm aufzuwachen oder wie er wohl riechen mochte. Er stellte sich die leisen Geräusche vor, die Wally machen würde, erinnerte sich an das Kribbeln im Bauch, das er unter dem Blick von Wallys großen blauen Augen gespürt hatte. Dakota atmete tief durch, drehte sich auf die Seite und versuchte, es sich bequem zu machen. Es waren nur zehn Tage, dann konnte er wieder zu seinem Leben zurückkehren, wie es vorher gewesen war. Mit diesem Gedanken schlief er schließlich ein.

BEWEGUNGEN UND leise Geräusche in dem immer noch dunklen Haus weckten Dakota aus seinem leichten Schlaf. Er schlief nie allzu fest, falls sein Vater ihn brauchte, aber dies war anders. Er stand auf, zog sich seinen Morgenmantel an und ging den Flur entlang auf das weiche, flackernde Licht zu. Im Wohnzimmer sah er Wally auf dem Sofa sitzen. Sein Kopf ruhte auf der Armlehne und er trug nur Boxershorts und ein T-Shirt. Gleich nachdem Dakota das Zimmer betreten hatte, fuhr sein Kopf hoch. „Tut mir leid, wenn ich dich geweckt habe. Ich konnte nicht schlafen und dachte, vielleicht würde fernsehen helfen."

Dakota setzte sich ans andere Ende des Sofas. „Ich habe einen extrem leichten Schlaf."

Wally nickte langsam und streckte seine Beine aus. „Vermutlich brauchst du den auch. Wie lange kümmerst du dich schon um deinen Vater?"

„Fast fünf Jahre." Unwillkürlich warf Dakota einen Blick in Richtung des Zimmers seines Vaters. „Wenn ich müsste, würde ich alles immer wieder genauso machen." Dakota würde alles für seinen Vater tun. „Viele haben mir gesagt, ich hätte ihn in ein Heim geben sollen, aber das konnte ich nicht. Er hat mir ein tolles Leben ermöglicht. Die Zeit, die ihm noch bleibt, soll er bei seiner Familie verbringen und nicht unter lauter Fremden, ganz gleich, wie lange er noch hat. Das hat er einfach verdient."

„Darf ich dich was fragen? Wenn es zu persönlich ist, sag es einfach."

Dakota nickte langsam.

„Weiß er, dass du schwul bist?" Wally lehnte sich gegen die Armlehne.

„Nein. Ich habe es nicht vielen Menschen erzählt. Hier draußen behält man manche Dinge besser für sich. Ich wollte es ihm sagen, habe es aber nicht getan. Es ihm jetzt zu sagen, fände ich nicht fair." Dakota sah, wie Wally verwirrt den Kopf zur Seite legte. „Er kann nicht sehr gut kommunizieren. Ich weiß zwar, dass er das meiste versteht, aber sein Leben ist jetzt sein Zimmer, dieses Haus und die Geschichten, die ich ihm fast jeden Tag über die Ranch erzähle. Vielleicht bin ich egoistisch, aber ich will nicht, dass er sich Sorgen macht, und ich weiß, dass er das tun würde."

„Denkst du, er würde dich akzeptieren?"

„Das würde ich gerne glauben. Darauf läuft für mich immer wieder alles hinaus." Dakota ertappte sich dabei, dass er Wally intensiv musterte. Suchte er Bestätigung bei ihm? „Was, wenn er es nicht tut? Es ist ja nicht so, als ob wir es ausdiskutieren oder darüber sprechen könnten."

Wally hatte wohl gesehen, wie sehr der Gedanke Dakota plagte; er nahm Dakotas Hand und hielt sie fest. Ein Kribbeln ging durch Dakotas Körper. „Ich wünschte mir so sehr, ich hätte es ihm erzählt", fuhr er fort. „Das ist mein größter Kummer. Wir haben immer alles geteilt und das war das Einzige, was ich vor ihm geheimgehalten habe. Und jetzt muss ich es weiterhin für mich behalten. Ich weiß, das klingt egoistisch, und vielleicht ist es das auch …"

Dakota sah Wally den Kopf schütteln. Nichts als Anteilnahme lag in seinem Gesicht. „Du musst tun, was du für richtig hältst, und ich werde dich deswegen weder kritisieren noch verurteilen." Dakota fühlte Wallys Hand aus seinem Griff gleiten und er vermisste die Berührung sofort. Wally machte den Fernseher aus und ging um den Couchtisch herum.

Dakota hatte schon so lange mit niemandem mehr so offen reden können und plötzlich fühlte er sich sehr einsam. „Wally …" Er hielt sich zurück, bevor er sich noch ganz und gar zum Narren machen konnte. „Gute Nacht. Bis morgen dann."

„Gute Nacht."

Dakota konnte immer noch hören, wie atemlos Wallys Stimme geklungen hatte, während dieser auf nackten Füßen leise den Flur entlang davonging. Wallys Schlafzimmertür schloss sich mit einem gedämpften Klicken. Dakota stand auf und ging durch das dunkle Haus. Er öffnete die Tür zum Zimmer seines Vaters einen Spalt breit und spähte kurz hinein, bevor er in sein eigenes Zimmer ging. Er legte sich wieder zurück in sein Bett und fiel in einen unruhigen Schlaf.

6

WALLY FRAGTE sich, woher die Stimmen kamen. Als er die Augen einen Spalt breit aufmachte und sich im Zimmer umsah, fiel ihm wieder ein, wo er war. Er konzentrierte sich darauf, auf die Stimmen zu lauschen, die durch das Fenster hindurch zu ihm hinein wehten. Es hörte sich an, als gingen Dakotas Männer bereits an die Arbeit und dabei konnte die Sonne kaum aufgegangen sein, nach dem rötlichen Schein hinter den Vorhängen zu schließen. Er schlug die Decken zurück, stand auf und ging ins Bad. Nach einer kurzen Katzenwäsche - duschen konnte er später immer noch - gähnte Wally herzhaft, ging zurück ins Zimmer und suchte sich saubere Kleider zusammen.

Einigermaßen angezogen ging er dem Duft frischen Kaffees nach in die Küche. Dort stand eine volle Kanne bereit, aber es war kein Mensch da. Wally schenkte sich einen Becher Kaffee ein und horchte dabei hinaus in den Flur. Er hörte leise Stimmen und folgte ihnen den Flur entlang bis zu einer Tür, die einen Spalt offen stand. Jeffersons Zimmer, vermutete er. Drinnen konnte er Dakota leise mit seinem Vater sprechen hören. Wally konnte nicht genau verstehen, was gesprochen wurde. Er wollte auch nicht lauschen, also ging er zurück in die Küche, setzte sich an den Tisch und hielt sich an seinem Becher fest. Kaffee war einfach ein Geschenk des Himmels.

„Du bist ja schon auf." Als Dakota die Küche betrat, zuckte Wally zusammen; er wäre fast wieder eingeschlafen.

Er schaute auf und bekam was fürs Auge. „Ich bin meiner Nase gefolgt." Ohne seine Augen von Dakotas breitem Rücken zu nehmen, hob Wally seine Tasse. Außer einer Jeans, die ihm locker auf den schmalen Hüften saß, trug der Mann nichts. Wally hatte freie Sicht auf breite Schultern, die sich zu einer schmalen Taille verjüngten. Selbst aus diesem Blickwinkel konnte Wally erkennen, wie jahrelange Arbeit auf der Ranch Dakotas Körper geformt hatte.

Dakota schenkte sich einen Becher Kaffee ein und setzte sich zu ihm an den Tisch. Wally führte seinen eigenen Becher an die Lippen, um ihn nicht ganz so offensichtlich anzustarren. Die Sonne hatte Dakotas Haut mit einem warmen Braun überzogen. Unter dem kurzen, schwarzen Haar auf seiner Brust wölbten sich harte Muskeln. Wally nippte seinen Kaffee in kleinen Schlucken und schielte dabei heimlich hinter seinem Kaffeebecher hervor, folgte mit den Augen dem dunklen Pfad aus Haar Dakotas Bauch entlang bis zur Tischkante. Im Geiste sah er sich diesen Pfad weiter verfolgen bis zu Dakotas Hosenbund ... ach, wie gern wäre er jetzt diese Jeans gewesen. „Was hast du heute so vor?", fragte er.

Die Frage schien Dakota aus seinen Gedanken zu reißen. „Die Krankenschwester sollte bald hier sein und ich muss das kaputte Stück Zaun reparieren, das wir gestern gefunden haben, und den Rest überprüfen." Wally sah Dakota einen Blick Richtung Flur werfen. „Wenn du willst, kannst du hier gerne auf Phillip warten." Dakota trank seinen Kaffee aus und stand auf, wobei er Wally einen erstklassigen Blick auf seinen flachen Bauch gewährte, bevor er sich umdrehte, um seinen Becher wegzuräumen.

Wally rang um Fassung; trotzdem entschlüpfte ihm ein nervöses Kichern. „Machst du Witze? Der steht die nächsten paar Stunden noch nicht auf." Er trank aus und stand auf, um seinen Becher ins Spülbecken zu stellen. „Wenn du Hilfe brauchst ..."

„Zu dem Angebot sage ich nicht nein. Ich freue mich über deine Gesellschaft — Zäune reparieren ist normalerweise eine langweilige, einsame Arbeit. Wir treffen uns in zehn Minuten im Stall." Dakota verließ das Zimmer und Wally sah ihm hinterher: seinen wiegenden Hüften, auf denen die Jeans bei jedem Schritt leicht auf und ab rutschte.

Gebannt von diesem Anblick folgte Wally ihm mit den Augen, bis Dakota seine Zimmertür hinter sich schloss. Dann eilte Wally in sein eigenes Zimmer und zog sich vollends an. Er ging in den Stall, holte Sadie rein und begann, sie zu striegeln. Ein paar Minuten später hörte er Schritte, dann ging Dakota in der Box nebenan pfeifend ans Werk.

Es dauerte nicht lange und die beiden Pferde waren gesattelt. Wally führte Sadie nach draußen, stieg auf und wartete auf Dakota. „Hast du keinen Hut?"

„Nein. Meine Reitsachen passen mir nicht mehr."

Dakota ging noch mal in den Stall und kam ein paar Minuten später mit einem braunen Cowboyhut zurück, der schon bessere Tage gesehen hatte.

„Das war meiner", sagte Dakota. Wally nahm den Hut und besah sich das abgenutzte Band und den weichen Filz. „Mein Vater hat ihn mir zu meinem fünfzehnten Geburtstag geschenkt", fügte Dakota hinzu, während er einen Fuß über Romans Rücken schwang.

Wally setzte den Hut auf und war überrascht, dass er fast perfekt passte. „Danke."

Dakota nickte und schnalzte mit der Zunge. Daraufhin setzte sich Roman in Bewegung. Wally stupste Sadie an und sie ritten gemeinsam den Weg entlang.

„Es muss toll gewesen sein, hier aufzuwachsen." Wally trieb Sadie an, um Dakota einzuholen. Seite an Seite ritten sie auf dem breiten Pfad. „Ich meine, die Berge, die Flüsse und die Prärie erinnern mich an ‚America the Beautiful': ‚Rote Berge thronen über fruchtbarem Land'. All das gibt es hier."

„Ja, es war toll." Dakota zeigte nach Norden. „Dort gibt es einen Fluss mit einer großen Biegung. Als ich noch ein Kind war, bin ich dort immer schwimmen gegangen. Es ist ein bisschen kalt, aber wenn du ein Kind bist, macht dir das nichts aus." Er deutete ein wenig weiter östlich. „In diesen Wäldern haben wir Festungen gebaut und gespielt, ausgerechnet Cowboy und Indianer."

„Ich wette, du hast schon damals einen beeindruckenden Cowboy abgegeben." Wally drehte sich zu Dakota um und sah dessen Augen glänzen. Unter dem hellbraunen Hut lugten ein paar Strähnen seines pechschwarzen Haars hervor.

„Ich war immer einer von den Indianern und in unseren Spielen haben oft beide Seiten gewonnen. Und ich habe unheimlich gerne Tipis gebaut." Dakota lächelte ihn an. „Im Nachhinein hätte ich wahrscheinlich wissen müssen, dass es mir bei diesen Spielen schon damals weniger um die Kämpfe als vielmehr um die Verkleidung gegangen ist." Dakotas Lachen war tief, um seine Augen bildeten sich Lachfältchen. „Und auf der anderen Seite der Wälder gibt es eine kleine Blockhütte, die schon vor Jahrzehnten gebaut wurde. Dort sind wir immer zum Rummachen hingegangen."

„Gibt es die noch?", fragte Wally schüchtern. Er wusste, dass das jetzt ein bisschen gemein von ihm war.

„Uh-huh." Dakotas Stimme wurde tief und brummte leicht in seiner Brust. Seine Augen sahen Wally für eine Sekunde fragend an.

Genauso hatte Dakota ihn gestern angesehen, als er ihm Gute Nacht gewünscht hatte, und Wally fragte sich, was dieser Blick zu bedeuten hatte. Letzte Nacht hatte er eine Sekunde lang gedacht, dass Dakota ihn etwas fragen wollte, bevor er es sich doch anders überlegt hatte. Und jetzt war dieser Blick wieder da und verwirrte Wally genauso wie beim ersten Mal. Wie auch immer, dieser Blick konnte nicht bedeuten, dass Dakota mit ihm in diese Blockhütte gehen wollte, da war Wally sich sicher. Wobei ihm der Gedanke eindeutig gefiel, in Anbetracht dessen, wie ihm gerade die Jeans zu eng wurde. Wally atmete tief ein, um sich zu beruhigen, und rief sich in Erinnerung, dass Typen wie Dakota an Typen wie ihm nicht interessiert waren. Und selbst wenn Dakota an ihm interessiert wäre, dann wäre das allenfalls der Reiz des Neuen und sonst nichts. Als Wally Dakota wieder ansah, war dessen vielsagender Gesichtsausdruck einem warmen Lächeln gewichen. Aber der sanfte Blick aus Dakotas Augen verwirrte Wally auch nicht weniger.

„Phillip wäre sicher begeistert, wenn du ihn dorthin mitnehmen würdest."

Dakotas Lächeln verblasste ein wenig. „Phillip und ich sind nur Freunde. Letzten Herbst hatten wir unseren Spaß miteinander, doch seither ist er ein guter Freund für mich geworden, jemand, mit dem ich reden kann." Wally sah, wie Dakota schluckte und seinen Blick wieder nach vorne wandte. „Und außerdem, wer sagt denn, dass ich mit *ihm* dorthin möchte?"

Dakota versetzte sein Pferd in Trab und ritt Wally voraus. Damit konnte er nicht *ihn gemeint haben*. Wally trieb Sadie an und trabte Dakota nach. Dabei fragte er sich die ganze Zeit, ob er es wagen konnte, auch nur für eine Sekunde daran zu glauben, dass der attraktive Cowboy möglicherweise ein gewisses Interesse an ihm haben könnte.

Sie ritten im Trab, bis sie sich der ersten schwachen Stelle im Zaun näherten. Daneben lag eine Rolle Stacheldraht für die Reparatur. „Die Jungs haben den Draht gleich heute morgen hergebracht", sagte Dakota, während er von seinem Pferd abstieg und in seiner Satteltasche herumkramte. „Die wirst du brauchen." Wally saß ab und nahm die angebotenen Handschuhe an.

Er zog sie an, aber als er die Hände sinken ließ, rutschten ihm die Handschuhe fast wieder runter. Sie waren ihm zu groß, aber immer noch besser, als von den Stacheln gestochen zu werden. „Danke."

Dakota holte die restlichen Werkzeuge heraus und begann, vorsichtig den Draht abzurollen. „Wir müssen diesen ganzen Abschnitt neu bespannen, damit der Zaun wieder hält." Dakota befestigte das Ende des Drahtes an einem der stählernen Zaunpfosten, hielt dann den Ballen von seinem Körper weg und rollte den Draht entlang der Zaunlinie ab. „Ich roll' ihn ab, du befestigst ihn an den Pfosten."

„Was ist mit dem alten Draht?"

„Den schneiden wir raus, wenn wir fertig sind." Dakota war ganz sachlich. Verschwunden waren das Lächeln und die lockere Kameradschaft, die sie auf dem Ritt hierher geteilt hatten. Wally wusste, dass das seine Schuld war, wusste aber nicht, was er sagen konnte, um es wieder in Ordnung zu bringen. Fürs Erste schob er diesen Gedanken zur Seite und konzentrierte sich auf die anstehende Aufgabe. Er nahm die Zange von Dakota entgegen und fing an, den Draht zu befestigen.

Während der folgenden Stunde sprachen sie nur miteinander, wenn es um die Arbeit ging. Als sie das letzte Stück neuen Draht gespannt hatten, nahm Dakota eine Kneifzange und begann, den alten Draht herauszuschneiden. „Als Kind habe ich diese Arbeit gehasst. Jetzt ist es gar nicht mehr so schlimm."

Wally sah zu, wie Dakota ein langes Stück des Drahtes abschnitt. Dann hob er es vorsichtig auf, rollte es zu einem Ring zusammen und legte es zum Rest.

„Solange wir nicht geschnitten werden." Dakota sprang zurück, als ein Stück Draht vom Pfosten wegschnellte, nachdem er es abgeschnitten hatte.

Mit seiner behandschuhten Hand schnappte Wally den Draht, bevor er zurückfedern konnte. „Was hast du vorhin gemeint?"

Dakota hatte nach dem Draht gegriffen, hielt jetzt aber mitten in der Bewegung inne. Er antwortete nicht. Wally sah, wie sich sein Gesichtsausdruck in vorübergehender Verwirrung anspannte und dann wieder weicher wurden. Dakota zupfte leicht an dem Draht und Wally ließ los; er sah zu, wie Dakota das Drahtstück vorsichtig auf den Boden legte. Die Kneifzange gesellte sich zu dem Draht und Dakota trat näher. Als sich ihre Blicke trafen, fielen die Handschuhe ins Gras. Mit einem Kribbeln in der Magengrube sah Wally ihm entgegen. Unter Dakotas glühendem Blick verwandelte sich das Kribbeln in ein sehnsüchtiges Ziehen; Wally war überzeugt, dass der große Mann ihn gleich küssen würde. Dakotas Lippen teilten sich, er strich sich mit der Zunge darüber und kam Wally immer näher, den

Kopf genau im richtigen Winkel geneigt. Wally spürte, wie seine Augen sich in Erwartung der festen Berührung auf seinen Lippen ganz von selbst schlossen.

Aber nichts passierte. Nach ein paar Sekunden öffnete er seine Augen wieder. Er fühlte, wie ihm die Hitze der Verlegenheit in die Wangen stieg. Dakota stand reglos da und Wally folgte seinem starren Blick zum Rand der Weide. Da erstarrte er ebenfalls und wollte seinen Augen nicht trauen. In der Nähe der Bäume stand ein großer, grauer Wolf, halb versteckt im Schatten. Wally wagte kaum zu blinzeln aus Angst, der Wolf wäre dann verschwunden. Er hatte das deutliche Gefühl, dass der Wolf ihn direkt anstarrte. Fast konnte er den Blick des Tieres spüren.

Der Wolf machte ein paar Schritte vorwärts und Wallys Herz schlug schneller, als die Sonne sein Fell aufleuchten ließ. Eine Bewegung, die er aus dem Augenwinkel wahrnahm, lenkte ihn ab. Er hörte ein gleitendes Geräusch und ein leises Klicken und als er sich umdrehte, sah er, wie Dakota das Gewehr an die Schulter hob. Der Herzschlag dröhnte Wally in den Ohren, als er sich wieder dem Wolf zuwandte. Mit zusammengekniffenen Augen spannte er seinen Körper an und wartete auf den Knall, der zwangsläufig gleich kommen musste. Er konnte es einfach nicht ertragen, dabei zuzusehen, wie Dakota dieses beeindruckende, prachtvolle Geschöpf erschoss. „Dakota, bitte", war alles, was er herausbrachte, während das Blut in seinen Ohren pulsierte.

Es kam kein Knall und Wally brauchte ein paar Sekunden, um zu begreifen, dass auch keiner kommen würde. Als er die Augen wieder öffnete, sah er, wie Dakota schweigend das Gewehr zurück in das Sattelholster steckte und sich daran machte, die Werkzeuge einzusammeln. Er drehte sich noch einmal zu den Bäumen um. Der Wolf war verschwunden. Dann sah er Dakota wieder an, der gerade die letzten seiner Sachen einpackte. „Danke."

Dakota nickte. Wally erhaschte einen Blick auf sein Gesicht, doch Dakotas Miene war hart und unergründlich. Sobald alles eingepackt war, schwang sich Dakota wieder in den Sattel. Wally dachte schon, er würde ohne ihn losreiten, aber Dakota wartete, bis Wally aufgesessen hatte. Dann ritten sie weiter.

Am nächsten Zaunabschnitt wiederholten sie das Ganze, nur dass Dakota Wally diesmal kaum ansah, geschweige denn mit ihm redete. Wally wusste nicht, was er tun sollte. Es hatte wirklich so ausgesehen, als wolle Dakota ihn küssen. Jetzt sprach er nicht einmal mehr mit ihm. Wally überlegte, ob er sich bei ihm entschuldigen sollte, wusste aber nicht, wofür – weil er ihn gebeten hatte, den Wolf nicht zu erschießen? Er befestigte den Draht an den Pfosten und suchte Dakotas Blick, wobei er sich fragte, was wohl in ihm vorging. „Es tut mir leid." Er hatte keine Ahnung, was er sonst sagen sollte.

Dakota hielt inne. „Du brauchst dich für nichts zu entschuldigen."

„Warum redest du dann nicht mehr mit mir? Ich dachte …" Wally schaute weg. „Vielleicht habe ich mich ja auch geirrt." Er ging wieder an die Arbeit, machte den Pfosten zu Ende und ging zum nächsten.

„Wally." Er drehte sich um und sah Dakota direkt hinter sich stehen. Dakotas Finger legten sich unter sein Kinn. „Du hast dich nicht geirrt."

Wally stockte der Atem, als Dakotas Lippen über seine strichen. Erst stand er ganz still und ließ sich von Dakota küssen, dann schlang er ihm die Arme um den Hals, um sich an dem viel größeren Mann festzuhalten. Als Dakota seine Lippen wieder von ihm löste, seufzte Wally leise und stellte seine Füße wieder fest auf den Boden.

„Ich bin froh, dass ich mich nicht geirrt habe …" Mit einem Finger rieb Wally sich über seine Lippen. „Aber warum hast du mich dann mit Schweigen bestraft? Ich dachte, du bist böse auf mich."

Langsam schüttelte Dakota den Kopf. „So habe ich das nicht gemeint. Es gibt da nur ein paar Dinge, über die ich mir klar werden muss."

„Möchtest du darüber reden? Ich höre dir zu, versprochen." In der Hoffnung auf einen weiteren Kuss trat Wally näher an ihn heran.

„Noch nicht." Dakota sah überall hin außer zu Wally.

„Okay." Wally hob die Drahtzange auf, wo er sie fallen gelassen hatte, bevor Dakota ihn geküsst hatte. „Möchtest du das hier zu Ende bringen oder können wir noch ein bisschen knutschen?"

Dakota lachte, beugte sich vor und küsste Wally noch einmal. „Wir sollten zusehen, dass wir fertig werden, bevor es hier draußen zu heiß wird." Allerdings machte Dakota keine Anstalten, sich in Bewegung zu setzen. „Das sollten wir wirklich."

„Dann lass uns weitermachen. Phillip steht wahrscheinlich auch bald auf und ich glaube, wir könnten ein Frühstück gebrauchen." Sie machten sich an die Arbeit, doch zwischen ihnen hatte sich etwas verändert. Die Stimmung war eindeutig gelöster, obwohl Wally den Eindruck gewann, dass Dakota sich wirklich über ein paar Dinge klar werden musste. Nach dem, was Dakota ihm erzählt hatte, konnte Wally sich denken, dass dieser wahrscheinlich noch nicht wirklich mit seiner eigenen Homosexualität ins Reine gekommen war, obwohl er Sex mit Männern hatte. Selbst unter idealen Bedingungen hatten die meisten damit Schwierigkeiten und vermutlich erst recht auf einer Ranch in Wyoming. „Das vorhin habe ich ernst gemeint – ich habe jederzeit ein offenes Ohr." Wally befestigte erneut den Draht an die Pfosten. „Du bist nicht allein."

Dakota lachte leise. „Das merke ich gerade."

„Was ist daran so lustig?" Wally wickelte den Draht um die Halterung und ging dann weiter zum nächsten Pfosten.

„Ich habe mich gerade Mario gegenüber geoutet und da hat er mir erzählt, dass er auch schwul ist."

„Ach nee." Wally schüttelte den Kopf und rollte mit den Augen. „Das habe ich sofort gewusst, als ich gesehen habe, wie er Phillip auf den Hintern gestarrt hat. Ich meine, Hetero-Männer hängen nicht mit den Augen an den Ärschen von anderen Männern."

49

„Sind wir so auffällig?" Unwillkürlich sah sich Dakota um.

„Nein." Wally lachte leise und fuhr mit seiner Arbeit fort. „Mannomann."
Der letzte Pfosten war fertig und Dakota schnitt den Draht ab.

„Reiten wir zurück. Ich sage den Jungs, dass sie das restliche Zeug hier
mit dem Truck holen sollen." Dakota steckte die Werkzeuge in seine Tasche und
sie saßen beide auf. Dieses Mal ritten sie nebeneinander und unterhielten sich, bis
sie wieder beim Haupthaus ankamen. Bei den Ställen saßen sie ab, nahmen den
Pferden die Sättel ab und ließen sie auf die Koppel. Dann gingen sie ins Haus zum
Essen.

Phillip war auf und hatte schon angefangen Frühstück zu machen, als
sie in die Küche kamen. „Ich kann vielleicht nicht gut reiten, aber ein Freund
hat mir das Kochen beigebracht. Schließlich habe ich versprochen, meinen Teil
beizutragen."

„Das hast du." Dakota lächelte und setzte sich auf einen Stuhl neben Bucky,
der schon kräftig zulangte. Wally setzte sich ebenfalls. Sein Stuhl quietschte über
den Fußboden, als Dakota ihn näher zu sich heran zog. Wally wusste nicht so
ganz, was er davon halten sollte, also lächelte er nur dazu. Er sah Philip grinsen,
als dieser jedem von ihnen einen vollen Teller brachte, bevor er sich selbst auch
etwas nahm.

Bucky sah gerade lange genug von seinem Teller auf, um mit vollem Mund
zu murmeln: „Das schmeckt großartig! Schlägt unsere Kochkünste um Längen,
Bursche."

„Stimmt." Auf Dakotas Lippen lag ein Lächeln, doch seine Augen sagten
etwas anderes. Er hatte eindeutig etwas auf dem Herzen und Wally stellte fest, dass
ihm das zu denken gab. Inzwischen konnte er gut genug zwischen den Zeilen lesen,
um zu wissen, dass irgendetwas Dakota bedrückte, er aber nicht bereit war, darüber
zu reden. Zumindest nicht mit ihm. Nicht, dass ihn das sonderlich überrascht hätte.
Schließlich hatten sie sich nur ein paar Mal geküsst und kannten sich erst einen Tag.
Zugegeben, er mochte Dakota. Himmel, er fühlte sich zu dem Mann unglaublich
hingezogen. In Dakotas Nähe zu sein fühlte sich für Wally einfach so richtig an.

Dakota beendete sein Frühstück und sagte: „Danke, Phillip. Das war wirklich
gut." Er stand auf und stellte sein Geschirr in die Spüle. „Wolltet ihr beiden euch
was ansehen, solange ihr hier seid?"

Langsam schob Phillip seinen Teller von sich. „Wir würden uns gerne den
Yellowstone Park und den Grand Teton ansehen. Ich will Geysire sehen und ich
weiß, dass für Wally dieser Urlaub kein Urlaub ist, solange er keine Bären, Büffel
und vielleicht einen Wolf zu sehen kriegt."

Wally sah Dakota an, doch dessen Gesicht verriet nichts.

„Ich habe heute und morgen einiges zu erledigen, aber am Dienstag fahre
ich mit euch mal einen Tag in den Yellowstone rauf. Ende der Woche oder Anfang
nächste Woche können wir dann in den Grand Teton." Wally nickte begeistert

Zustimmung. „Jetzt sehe ich erst einmal nach meinem Vater und dann muss ich zur Nordweide."

„Ich muss in die Stadt", sagte Bucky und sah Phillip an. „Möchtest du mitkommen?"

„Klar. Ich würde mich gerne ein wenig umsehen."

„Dann fahren wir in zehn Minuten." Bucky schob seinen Stuhl zurück und schlenderte durch das Haus zu seinem Zimmer. Phillip ging auch hinaus.

„Ich bin gleich wieder da", sagte Dakota.

„Reiten wir?", fragte Wally hoffnungsvoll.

„Dieses Mal nicht. Mit dem Truck sind wir schneller und wenn es heute Mittag heiß wird, sind wir damit besser dran."

„Ich warte hier, bis du soweit bist." Wally sah Dakota nach, als dieser den Flur entlang verschwand.

Während er wartete, konnte er genauso gut etwas tun, dachte Wally sich, also spülte er das Geschirr und stellte es zum Abtropfen hin. Danach ging er ins Wohnzimmer, setzte sich auf die Couch und schaltete den Fernseher ein. Die Bilder flackerten über den Bildschirm, doch er sah gar nicht richtig hin.

Kurze Zeit später gesellte Dakota sich zu ihm. „Bist du so weit?" Wally schaltete den dummen Kasten aus und folgte Dakota zu seinem Truck.

Sie wurden von den Hunden begrüßt, die begierig nach Zuwendung und Streicheleinheiten aus dem Stall gerannt kamen „Hey, Max. Geht es dir gut?" Der kleine Hund schonte seine Vorderpfote. „Lass mal sehen." Wally hob den Hund hoch und untersuchte vorsichtig die Pfote. „Sieht aus, als hättest du dir eine Klette eingetreten. Kein Wunder, dass das wehtut." Mit dem Hund im Arm ging Wally in den Stall, wobei Max ganz offensichtlich die Aufmerksamkeit genoss, die ihm zuteilwurde. „Ich muss das rausschneiden", sagte er zu Dakota und gab ihm das Tier zum Halten. Er ging wieder nach draußen, öffnete den Kofferraum von Phillips Wagen und holte eine Tasche heraus, die er dann in den Stall brachte. „Das dauert nicht lang, Max, versprochen." Mit einer Schere schnitt er vorsichtig die Klette und ein paar darin verwickelte Haare heraus. „Fertig."

Max schleckte ihn ab und rannte los, sobald Wally ihn wieder auf den Boden gesetzt hatte. Während er seine Sachen wegpackte, sah Wally lächelnd zu, wie der kleine Hund sich schwanzwedelnd davonmachte. Dann wandte er sich wieder Dakota zu. „Geht es deinem Vater gut?" Sie gingen zusammen zum Truck.

„Ja. Die Krankenschwester ist da, aber ich sehe im Laufe des Tages lieber noch mal nach ihm."

Wally kletterte in das riesige Gefährt, stellte seine Tasche auf den Sitz und zog dann mit einiger Mühe die schwere Tür hinter sich zu. Mit einem tiefen, dumpfen Grollen erwachte der Motor zum Leben.

„Ich habe vorhin Nachrichten geschaut und da kam etwas über die Kälber, die von den Wölfen getötet werden." Wally schluckte schwer. „Allmählich begreife ich, wie schwer es dir gefallen sein muss, heute morgen nicht auf diesen Wolf zu schießen. Glaube ich jedenfalls." Dakota sah ihn an, antwortete allerdings nicht. „Ich verstehe nur nicht, warum du nicht trotzdem geschossen hast."

Dakota bog auf die Straße und der dröhnende Motor machte jede weitere Unterhaltung unmöglich. Zehn Minuten später fuhr Dakota von der Straße ab, hielt an und stellte den Motor ab. Wally öffnete seinen Sicherheitsgurt, doch anstatt auszusteigen, rückte er näher an Dakota heran. „Danke für das, was du getan hast." Er kniete sich auf den Sitz, legte seine Hände an Dakotas Wangen und küsste ihn heftig. Als sich Dakotas Lippen öffneten, nahm Wally das als Einladung und ließ seine Zunge auf Entdeckungsreise gehen. Dakota schmeckte gut – so *richtig* gut – und das tiefe Grollen in seiner Brust ging Wally durch und durch. „Ich glaube, allmählich verstehe ich, wie viel das zu bedeuten hatte", fügte er noch hinzu und lehnte sich an Dakotas starke Brust.

Als ein anderes Fahrzeug die Straße entlang kam, mussten sie sich voneinander lösen. Wally war es zwar egal, ob jemand sie sah, doch er wusste, dass Dakota vorsichtig sein musste. Als er sich zurückzog, sah Wally, wie sich Dakotas Brustkorb bei jedem tiefen Atemzug hob und senkte. Solch eine Wirkung hatte er auf Dakota. Diese Erkenntnis brachte Wally zum Lächeln.

„Ich unterbreche das hier wirklich sehr ungern", flüsterte Dakota. Sobald der Truck an ihnen vorbei war, küsste er Wally wieder. „Aber wir müssen hier ein paar Dinge überprüfen."

Wally nickte lächelnd, öffnete die Tür und stieg aus dem Wagen. „Wo sind sie?", fragte er, als er um den Wagen herumging.

„Wahrscheinlich unten beim Wasserloch." Nach einem Wink in die entsprechende Richtung teilte Dakota die Zaundrähte und schlüpfte durch die entstandene Lücke. Er hielt den Draht für Wally hoch und sie gingen zusammen über die Weide. „Es ist nicht sehr weit, aber pass auf die Kuhfladen auf."

Wally hörte die Herde, bevor er sie sah. Die Rinder hatten sich um das Wasserloch versammelt; der Wind trug ihnen ihr tiefes Muhen zu. Vom Kamm der kleinen Anhöhe aus hatte Wally einen guten Blick auf die großen Tiere. „Guter Gott."

„Geh nicht zu nah ran. Wir müssen nur schauen, ob sie in Ordnung sind." Wally beobachtete, wie Dakota die Herde musterte. Er schien sich jedes einzelne Tier genau anzusehen, bevor er zum nächsten überging. „Sie sehen okay aus."

„Was ist mit dem da?" Wally zeigte auf einen Jungstier, der etwas abseits von der Herde stand.

Dakota schaute hin. „Er sieht okay aus."

Wally beobachtete den Gang des großen Tieres. Seine Beine zitterten ein wenig. „Das glaube ich nicht." Er trat ein paar Schritte vor, um besser sehen zu können. „Für mich sieht er ein bisschen wackelig aus." Sie gingen zu einer Stelle, von wo aus sie das Tier besser im Blick hatten. „Er ist verletzt." Wally deutete auf die hintere Flanke. „Das sieht aus wie Blut. Kein Wunder, dass die anderen von ihm fern bleiben."

Wally drehte sich um und sah Dakota zum Truck zurückrennen. „Ich hole den Notfallkoffer. Ich bin gleich zurück", rief er über seine Schulter.

Bis Dakota zurückkam, beobachtete Wally den verletzten Stier. Dann gingen sie langsam auf ihn zu. Der große Kerl bewegte sich nicht viel. Vorsichtig näherte sich Wally. Er konnte nicht allzu nah herangehen, aber er konnte etwas erkennen, das nach tiefen Kratzern aussah. Das Blut war anscheinend schon getrocknet. „Ich würde ihm nach Möglichkeit ein Antibiotikum spritzen, um die Gefahr einer Infektion zu verringern. Wie es aussieht, blutet er nicht mehr." Wally begutachtete die Wunden aus der Entfernung, so gut er konnte. In seiner Magengrube machte sich ein ungutes Gefühl breit. Hatte das der Wolf getan, den er heute vor Dakota beschützt hatte? Er wollte Dakota gar nicht ansehen aus Angst, was er wohl auf dessen Gesicht sehen würde. Bei dem einen flüchtigen Blick, den er wagte, sah er aber dort nichts als Konzentration auf die anstehende Aufgabe.

Dakota packte eine große Injektionsspritze aus. Mit einer geschickten Bewegung spritzte er das Tier und war schon wieder auf Abstand, bevor der Stier überhaupt wusste, wie ihm geschah. „Manchmal reißen sie sich am Draht auf, wenn sie dem Zaun zu nahe kommen. Das ist auch ein Grund, warum wir nach ihnen sehen." Sie entfernten sich und behielten dabei vorsichtshalber die Herde im Auge. Schließlich drehten sie sich um und eilten zurück zum Truck. „Du hast ein wirklich gutes Auge. Ich hätte das womöglich übersehen."

Wally freute sich, dass sich seine Hilfe als nützlich erwiesen hatte, aber er machte sich auch Gedanken. Im Gegensatz zu Dakota war er sich gar nicht so sicher, ob der Stier sich wirklich an einem Draht verletzt hatte – für ihn sahen die Kratzer eher wie Krallenspuren aus. In dem Fall hätte Dakota, möglicherweise Wallys Zartgefühl zuliebe, die Sicherheit seiner Herde aufs Spiel gesetzt. Wally konnte nur hoffen, dass dem nicht so war.

Lange nachdem alle anderen schon schlafen gegangen waren, wanderte Dakota noch durch das Haus. Sein Geist wollte einfach nicht zur Ruhe kommen. Im dunklen Wohnzimmer setzte er sich auf das Sofa, das einzige Licht kam von der Uhr am DVD-Player. Er hatte bereits mehrmals nach seinem Vater gesehen und er wünschte sich, mit ihm reden zu können. Während seiner Kindheit und Jugend war sein Vater immer derjenige gewesen, den er alles hatte fragen können, und gerade jetzt hätte er liebend gerne diese Möglichkeit gehabt.

Dakota schnappte sich ein Kissen und legte seinen Kopf auf die Armlehne des Sofas. Wally hatte ihn gefragt, warum er den Wolf nicht erschossen hatte. Da hatte er sich feige rausgeredet und so getan, als wisse er das selber nicht so genau. Aber als er den Finger schon am Abzug gehabt hatte, hatte er Wallys Gesichtsausdruck gesehen und da hatte er es einfach nicht tun können. Die zugekniffenen Augen, die Furcht und Enttäuschung in Wallys Gesicht waren einfach zu viel für ihn gewesen.

Dann hatte er Wally geküsst und von da an war ihm sowieso kein vernünftiger Grund mehr eingefallen.

„Bist du okay?" Dakota sah auf und da stand Wally im Türrahmen. Er sah richtig niedlich aus und sehr attraktiv. „Ich habe dich durchs Haus tigern hören und da wollte ich nachsehen, ob es dir auch gut geht." Wally trat näher und sogleich stieg die Zimmertemperatur um zehn Grad. Dakota konnte die Kontur seines vom Schlaf zerzausten Haars erkennen, große, blaue Augen und schmale Hüften in knapp sitzenden Boxershorts.

„Mir geht es gut. Ich hab' nur nachgedacht", entgegnete Dakota, während Wally ihm immer näher kam. Irgendetwas schien die ganze Luft aus dem Zimmer zu saugen.

„Ich weiß. Ich auch." Wally blieb direkt vor ihm stehen.

„Worüber hast du nachgedacht?"

„Über dich." Wally trat noch einen Schritt vor. Dakotas Hände legten sich wie von selbst um Wallys Taille und wanderten den Rücken des kleineren Mannes hinauf. Als Dakota ihn an sich zog, sagte Wally: „Ich weiß, was du heute für mich getan hast, und ich weiß gar nicht, wie ich dir dafür danken soll."

Dakotas Hände blieben still liegen. „Wenn du das hier nur aus Dankbarkeit tust …"

„Tu ich nicht", flüsterte Wally. Seine Lippen waren so nah, dass Dakota ihre Wärme spüren konnte. „Ich bin hier, weil es in meinem Hirn einen Kurzschluss gegeben hat, als du mich geküsst hast. Und weil ich wissen will, ob du dasselbe gefühlt hast."

Wally tat den ersten Schritt. Ihre Lippen vereinten sich zu einem feurigen Kuss, der Dakota den Atem nahm. Seine Schläfen pochten, sein Herz raste und seine Hände kribbelten, als sie über Wallys Haut glitten.

„Und, fühlst du es auch?"

Dakota fehlten die Worte, also brachte er ihre Lippen erneut zusammen und ließ den Kuss für sich sprechen. Er fühlte es, kein Zweifel. Was auch immer „es" war: Er wusste nicht, was es bedeutete, und das passte ihm gar nicht. Wally presste sich an ihn, bis Dakota umkippte und rücklings auf den Kissen landete. Wally schlängelte sich auf ihn, küsste ihn und schob ihm eine Hand unter das T-Shirt. „Oh, Scheiße!" Wo auch immer Wally ihn berührte, erwachte Dakotas Haut zum Leben, als hätte sie nur auf seine Berührung gewartet.

Bisher hatte Dakota beim Sex kaum einmal zugelassen, dass jemand anders die Führung übernahm. Er hatte immer die Kontrolle behalten – so fühlte er sich sicherer. Doch mit Wally konnte er loslassen, freiwillig und ohne Bedenken. Das Erstaunliche daran war, dass es ihn anturnte—er war erregter als je zuvor, soweit er sich erinnern konnte. Und dabei hatte Wally bisher nichts weiter getan, als ihn zu küssen und an Bauch und Brust zu berühren. „Kota", seufzte Wally leise, als er sich von Dakotas Lippen löste. „Ich sollte das nicht tun."

„Warum nicht?" Dies hier war alles, was Dakota je gewollt hatte—zumindest alles, was er normalerweise wollen würde.

Wally wurde ganz still und Dakota öffnete die Augen, fand sich gebannt vom Strahlen dieser blauen Sterne. „Ich kann das nicht tun, wenn es dir nichts bedeutet. Ich weiß, du und Phillip, ihr hattet auf dem Schiff euren Spaß miteinander und sonst nichts. Aber das bin ich nicht. So etwas ist nichts für mich. Und ich fürchte, das wäre alles, was ich im Moment von dir bekommen könnte."

Wallys blieb ruhig auf ihm liegen, sein Kopf ruhte an Dakotas Schulter. Seinen warmen Körper so nahe zu spüren trieb Dakota fast in den Wahnsinn. Sein Schwanz zerriss ihm bald die Boxershorts, um an Wally heranzukommen. Schon holte er Luft, um einen seiner üblichen dummen Sprüche von sich zu geben, aber diesmal wollten ihm die Worte nicht über die Lippen. „Ich weiß nicht, wozu ich in der Hinsicht momentan bereit bin." Dakota kniff die Augen zu, während er aussprach, was er wirklich fühlte. „Aber ich glaube, das muss ich herausfinden."

„Das ist ein Anfang, Kota", murmelte Wally. Dakota fühlte Wally von sich heruntergleiten und sah ihn dann neben dem Sofa stehen. „Ich gehe mal lieber wieder in mein Bett. Ich will dich nicht quälen."

„Bleib hier." Dakota hielt einen Finger hoch, schwang die Füße auf den Boden und sprang auf. Er rannte in sein Zimmer, holte eine Decke und ein Kissen und kam dann zurück, legte sich wieder hin und zog Wally zu sich aufs Sofa. Ihre Lippen trafen sich erneut, doch diesmal zu einem langsameren, tieferen Kuss. Dakotas Unsicherheit hielt bei beiden die animalischen Instinkte in Schach; er wusste, dass er für Wally mehr empfand als je zuvor für einen anderen. „Ich werde dir nie wehtun, wenn ich es irgendwie verhindern kann", sprudelte Dakota hervor, fast wie ein Gebet. Sobald es heraus war, wurde ihm klar, dass er das ebenso sehr zu seiner eigenen wie zu Wallys Beruhigung gesagt hatte.

„Ich weiß." Wieder spürte er Wallys Haar an seiner Schulter. Sie diente dem kleineren Mann als Kissen; den Rest seines Körpers hatte er über Dakota drapiert. Dakota griff nach der Decke und zog sie über ihre Beine und Füße. Seit Jahren hatte er seine Nächte fast ohne Schlaf verbracht. Er hatte sich das immer damit erklärt, dass er seinen Vater nachts hören musste. Doch als Wallys Atmung gleichmäßiger wurde, als Wallys Hände unter sein T-Shirt glitten und sich langsam über seine Haut bewegten, da fühlte Dakota sich in einen tiefen, zufriedenen Schlaf sinken. Er tat dasselbe, liebkoste den Rücken des kleineren Mannes, bis ihn zum ersten Mal seit Monaten ein tiefer, erholsamer Schlaf übermannte.

Ein paar Stunden später wurde Dakota wach. Der Raum war noch dunkel und Wallys leises Atmen blies sanft an seine Ohren. Warme, glatte Haut presste sich an seine. Er wollte sich nicht bewegen, doch er wollte auch nicht, dass seine Männer ihn und Wally zusammen sahen. Dafür waren sie noch nicht bereit und Dakota wusste todsicher, dass er es auch auch noch nicht war. Hinzu kam: Was er für Wally empfand, ging nur ihn etwas an, niemanden sonst.

Langsam schwang er seine Beine über die Sofakante, verlagerte dabei Wallys Gewicht so, dass er ihn hochheben konnte, und stand auf. Wally schlang die Beine um ihn und brachte Dakota damit zum Lächeln. Er hielt ihn, wie er ein Kind halten würde, nur dass Wally definitiv kein Kind war. Er mochte vielleicht nur eine halbe Portion sein, aber die harte Erektion, die sich nachdrücklich gegen Dakotas Bauch presste, sagte ihm sehr deutlich, dass Wally ein Mann war.

Während er langsam zu seinem Schlafzimmer ging, warf er einen Blick nach unten und sah, dass Wallys Augen immer noch geschlossen waren.

„Was ist los?", murmelte Wally, ohne seine Augen zu öffnen.

„Ich bring dich nur ins Bett." Mit einer Hand streichelte er Wallys Rücken, mit der anderen seinen Hintern, während er sich auf das Bett setzte. Er legte sich auf den Rücken und ließ Wally neben sich auf die Laken gleiten. Der kleinere Mann kuschelte sich sofort an ihn. Dakota zog ein Laken über sie und schlief mit Wally in den Armen wieder ein.

Er kam erst wieder zu sich, als das Licht, das durch die Fenster hereinströmte, ihn aus einem tiefen, erholsamen Schlaf weckte. Wally blickte mit einem strahlenden Lächeln auf ihn herab. „Morgen", sagte Dakota leise und streckte sich. Er entspannte sich wieder und legte einen Arm um Wallys Rücken.

„Hey." Wally beugte sich über ihn und küsste ihn sanft. „Wann sind wir hier hereingekommen?"

„Mitten in der Nacht", erklärte Dakota und musste dabei leise lachen. „Ich habe dich getragen. Aber ich fürchte, wir müssen jetzt aufstehen. Gleich kommt Dr. Hastings, er wird sich den Stier von gestern ansehen und wollte auch einen Blick auf die Pferde werfen. Ich habe ihm von dir erzählt und er sagte, es wäre ihm eine große Freude, wenn du ihn heute begleiten würdest." Dakota hatte nicht gedacht, dass Wallys Lächeln noch strahlender werden könnte. Nun, da er es sah, ging ihm das Herz auf. Bei dem Gedanken, dass er Wally so glücklich gemacht hatte, wurde ihm ganz warm ums Herz.

„Danke." Wally gab ihm einen Kuss, dann noch einen, bevor er aus dem Bett sprang und zur Tür hüpfte. Er hielt an, eilte zurück und küsste Dakota noch einmal. Dann war er weg. Die Tür schloss sich hinter ihm und seine schnellen Schritte entfernten sich den Gang runter. Selbst wenn er es versucht hätte, hätte Dakota ein Lächeln nicht unterdrücken können. Er stand auf, ging in sein Badezimmer und wusch sich. Er war gerade fertig mit Anziehen, als es an der Haustür klopfte. Als Dakota dorthin kam, stand Wally bereits unter der offenen Tür und machte sich mit dem örtlichen Tierarzt bekannt. Im ersten Moment dachte Dakota, Wally würde dem älteren Mann vor lauter Eifer gleich den Arm ausreißen.

„Es ist schön, jemanden mit so viel Enthusiasmus kennenzulernen", lachte der Tierarzt, kam herein und wandte sich an Dakota. „Sie haben mir gestern das mit dem Stier und den Pferden gesagt. Gibt es sonst noch etwas?"

„Nein. Wally war gestern mit mir da draußen, also kann er Ihnen den Stier zeigen und Ihnen sagen, was wir gesehen haben. Bei den Pferden wissen Sie ja schon Bescheid." Dakota sah Wally praktisch durchs Zimmer hüpfen und lachte leise. „Ihr macht euch wohl besser auf den Weg, bevor mir Wally noch durch die Decke geht."

Wally lachte über sich selbst und folgte dem Tierarzt nach draußen. Die Fliegentür knallte hinter ihm zu. Dakota sah den beiden nach, während er sich seine Schuhe anzog. Dann ging er in den Stall, wo sich die Männer schon zur allwöchentlichen Besprechung versammelt hatten. Sich um seinen Vater zu kümmern nahm normalerweise viel von Dakotas Zeit in Anspruch. Obwohl er jeden Tag auf der Ranch arbeitete, konnte er sich seinen Männern nicht in dem Maße widmen, wie er es eigentlich gern getan hätte. Daher hielt er schon seit Jahren jede Woche so eine Zusammenkunft ab, um mit ihnen allen in Kontakt zu bleiben. „Morgen", rief Dakota, als er den Stall betrat.

„Morgen!", erwiderte ein Chor vom Schlaf noch rauer Stimmen. Dakota bemerkte, dass einige der Männer seinem Blick auswichen. Er sah Mario an, der nur mit den Schultern zuckte.

„Was ist los, Jungs?" Das waren hart arbeitende Männer, die die ganze Woche auf der Ranch verbrachten und nur für ein, zwei Abende pro Woche in die Stadt fuhren. Die meisten wohnten auch in der Schlafbaracke auf der Ranch und normalerweise sagten sie ihre Meinung frei heraus. „Sagt es einfach."

Kirk, einer der älteren Männer, räusperte sich. „Wir haben gesehen, dass du Gäste hast. Naja, wir wollen ja nicht zur Debatte stellen, wie du die Ranch führst oder mit wem du befreundet sein willst, das steht uns ja auch gar nicht zu, aber…" Er schaute um Bestätigung heischend in die Runde.

„Was wollt ihr von mir wissen?" Dakota meinte zu wissen, worauf sie hinaus wollten, aber sie würden ihn schon fragen müssen.

„Sind das …" Kirk schien nach dem richtigen Wort zu suchen, bevor er herausplatzte, „… Schwuchteln?"

„Ja. Wally und Phillip sind schwul. Ich habe Phillip auf meiner Kreuzfahrt letzten Herbst kennengelernt." Freiwillig rückte er erst mal nichts weiter heraus.

„Sind die so was wie ein Paar?", fragte David, einer von den Jüngeren, und schaute dabei auf den Boden.

„Nein, sie sind nur Freunde", antwortete Dakota. Mit einem Blick in die Runde versuchte er abzuwägen, was er in den Gesichtern der Männer lesen konnte. Er hatte ein gewisses Maß an Feindseligkeit erwartet, vielleicht sogar Zorn, aber vor allem sah er Neugier.

Jemand stieß Kirk von hinten an. Dakota wusste, dass Kirk der Wortführer war und für alle sprach. „Boss", fuhr Kirk fort, „gibt es da was, was du uns erzählen willst?" Es war offensichtlich, dass ihm diese Frage nicht leicht fiel.

Dakota schaute zu Mario. Der war zwar inzwischen etwas blass im Gesicht, nickte ihm aber dann kaum wahrnehmbar zu. Dakota zog sich der Magen zusammen und er fühlte sich, als müsse er sich gleich übergeben. Doch er schluckte tapfer und atmete einmal tief durch. Genau diesem Moment war er jahrelang aus dem

Weg gegangen. So etwas wie das hier war der Grund, warum er im Urlaub immer weggefahren war und sein Sexleben von der Ranch ferngehalten hatte. In einem Augenblick der Klarheit erkannte er jedoch, dass er es damit lediglich geschafft hatte, sich in seinem eigenen Zuhause auszugrenzen. Wenn er wegfuhr, konnte er er selbst sein. Aber auf seiner eigenen Ranch, in seinem eigenen Haus, verbarg er, wer er wirklich war.

„Ja, ich schätze, da gibt es was." Dakota schluckte. Zum ersten Mal, seit er herausgefunden hatte, dass er Hengste lieber mochte als Stuten, wurde ihm bewusst, dass er sich nicht mehr verstecken konnte und das auch gar nicht mehr wollte.

Die Gruppe schien darauf zu warten, dass er weitersprach. Allerdings war sich Dakota nicht sicher, wie er ihnen sagen sollte, was er zu sagen hatte.

„Weil, wir haben uns gestern Abend in der Schlafbaracke drüber unterhalten", sagte Kirk und zerknautschte dabei die Krempe seines Hutes in den Händen. Dakota konnte sich dieses Gespräch sehr gut vorstellen, und ehrlich gesagt war er sehr froh, nicht dabei gewesen zu sein. Dabei wären sicher ein paar hitzige Worte gefallen, die dafür gesorgt hätten, dass er jetzt ein paar Arbeiter weniger auf der Ranch hätte. „Es ist uns egal, ob du auf Kerle stehst. Ich meine, irgendwann hast du jedem einzelnen Mann hier schon mal geholfen. Ohne dich würd' ich wahrscheinlich immer noch an der Flasche hängen wie damals, als mich meine Frau verlassen hat, und David hier, dem hast du einen Job gegeben, nachdem sein Vater gestorben war." Langsam fingen rundum Köpfe an zu nicken.

„Ja, Jungs. Es ist echt schwer für mich, das zu sagen, aber es ist wahr. Ich bin schwul." Er hatte nicht die Absicht, Mario zu outen: Das war dessen Sache.

Aus dem Hintergrund meldete sich Jake zu Wort. „Kann nicht sagen, dass mir das gefällt." Dakota hätte sich denken können, dass er einer der Stänkerer sein würde. „Aber der Junge von meiner Schwester ist schwul und der ist ganz in Ordnung, also denk' ich, bei dir ist es auch okay." Dakota fand, dass es schlimmer hätte kommen können.

„Gibt es sonst noch etwas?" Die Meisten schüttelten verneinend die Köpfe. „Können wir dann wieder zur Tagesordnung übergehen?" Allgemeines Kopfnicken und alles ging seinen gewohnten Gang, bevor sich die Versammlung auflöste. Dakota lehnte sich gegen eine der Boxen. Er konnte es kaum glauben. Auch wenn die Jungs ihn wahrscheinlich nicht verstanden, sie waren trotzdem bereit, weiter zu ihm zu halten. Er sah ihnen zu, wie sie einer nach dem anderen den Stall verließen, und ging dann zurück ins Haus.

Dort saß Phillip mit einer Tasse Kaffee am Küchentisch. Nachdem er sich selbst auch einen Kaffee eingeschenkt hatte, setzte Dakota sich zu ihm. „Ich brauche deinen Rat. Gerade habe ich den Jungs erzählt, dass ich schwul bin, und anscheinend nehmen sie das ganz locker."

Phillip trank seinen Kaffee und nickte bedächtig. „Das ist gut."

„Ist es, aber jetzt bin ich mir nicht sicher, wie ich es meinem Vater beibringen soll."

Phillip stellte seine Tasse auf dem Tisch ab. „Du sagst es ihm einfach. Ich weiß, dass du Angst davor hast, aber er wird es verstehen." Er blickte in Richtung Flur. „Er ist schließlich dein Vater und er hat es verdient zu wissen, wer du wirklich bist."

Dakota spürte, wie sein Magen erneut rebellierte. „Ich weiß nicht, ob ich das kann."

„Dakota, du hast gerade den Männern, die für dich arbeiten, gesagt, dass du schwul bist. Hier geht es um den einen Menschen, der dich mehr liebt als alles andere auf der Welt. Meinst du nicht, dass du zu ihm genauso ehrlich sein solltest?" Phillip seufzte leise. „Ich weiß, wie schwer das ist, aber er hat die Wahrheit verdient. " Phillip schob seinen Becher von sich und sah Dakota in die Augen. „Was wäre, wenn mit deinem Vater was passieren würde und du hättest es ihm nie gesagt?"

Phillip hatte recht, das wusste Dakota. Aber er wusste einfach nicht, was er sagen sollte oder wie er sichergehen konnte, dass sein Vater ihn verstand. „Aber was ist, wenn was passiert?" *Gott, was wäre, wenn der Schock zu viel für ihn wäre?*

„Du brauchst es ihm ja nicht gleich heute zu erzählen. Himmel, so wie sich's anhört, hattest du, was das betrifft, schon genug Aufregung, das reicht erst mal für eine Weile. Du hast mir doch gesagt, dass dein Vater gute und schlechte Tage hat. Warte doch einfach einen von den guten Tagen ab und sag's ihm dann." Phillip hob den Arm und legte Dakota eine Hand auf die Schulter. „Glaub mir, dann geht's dir besser."

Dakota nickte. In Gedanken legte er sich schon zurecht, was er sagen würde, wenn die Zeit gekommen wäre. „Wally ist heute Morgen mit dem Tierarzt draußen. Hast du heute auch schon was vor?"

Phillip grinste und schaute etwas verlegen drein. „Mario hat mich gefragt, ob ich zusehen möchte, wie die Jungs …", er zögerte, „… Kälberfangen und Fassreiten üben? Ich habe keine Ahnung, was das sein soll, aber es klingt interessant."

Dakota nickte verstehend. „Nächsten Monat gibt es hier ein Rodeo. David ist ein verdammt guter Reiter und Kirk kann besser mit dem Lasso umgehen als fast jeder andere hier im Staat." So langsam ging ihm ein Licht auf. „Lass mich raten – das Lassowerfen und Reiten ist dir herzlich egal." Phillip warf ihm einen vielsagenden Blick zu und Dakota hätte sich fast an seinem Kaffee verschluckt, als ihm klar wurde, was hier wirklich lief. „Ich glaub's ja nicht."

„Also, eigentlich hört es sich schon ganz interessant an und Mario hat gesagt, er wird mir alles erklären."

„Darauf möchte ich wetten." Auch wenn Phillip auf diesem Gebiet keinen Unterricht mehr brauchte.

Kläffen und Hundegebell lenkte Dakotas Aufmerksamkeit nach draußen. Durch das Fenster glaubte er, den Wagen des Tierarztes vor dem Haus stehen zu sehen. „Was zum Teufel ist da los?" Er sprang auf, rannte zur Haustür und riss sie auf. Zwei Männer rauften sich im Dreck. Einer der beiden war viel größer als der andere und die anderen standen drum herum und sahen zu. Herrje, einer der Raufbolde war Wally.

Dakota erreichte im Laufschritt die unterste Stufe und war unter Hundegebell und dem Geschrei der Männer schon halb über dem Hof. Als er näher kam, sah er Wally blitzschnell zuschlagen und Greg – dieser große, dämliche Blödmann – krümmte sich, ächzte laut und fiel mit einem dumpfen Schlag zu Boden. Wally tänzelte auf Zehenspitzen und warf einen Blick in die Runde der anderen Männer, ehe er seine Aufmerksamkeit wieder dem stöhnenden Mann auf dem Boden zuwandte. „Nenn' mich noch einmal Schwuchtel und du brauchst dir keine Sorgen mehr zu machen, ob dir einer auf den Hosenladen glotzt, weil ich dir nämlich die Eier abreißen werde!"

Dakota hätte wissen müssen, dass die verdammte Besprechung zu gut verlaufen war. „Das reicht!", brüllte er im Näherkommen und behielt dabei Greg im Auge. „Und du, auf mit dir." Dakota wartete, bis Greg auf wackeligen Beinen stand. „Was zum Teufel hast du dir eigentlich dabei gedacht?"

„Er hat mich angeglotzt", murmelte Greg.

„Und was mache ich hier gerade? Willst du dich mit mir prügeln? Dann bringe ich zu Ende, was Wally angefangen hat, und dann geb' ich dir einen Tritt in den Arsch und schmeiß' dich raus!" Anscheinend hatte das den gewünschten Effekt. Ein guter Job war nicht leicht zu finden und Dakota behandelte seine Männer gut. „Antworte mir."

„Nein, Sir." Greg blickte zu Boden. Dakota konnte nicht unterscheiden, ob Greg wirklich zerknirscht war oder ob Wally ihm nur den Schneid weggehauen hatte. Wahrscheinlich ein bisschen von beidem.

Dakotas Blick ruhten weiter auf Greg, doch die Botschaft war für alle: „Das hier ist meine Ranch und Wally ist mein Gast. Ja, er ist schwul, genauso wie ich. Wenn ihr damit nicht umgehen könnt, kommt zu mir und holt euch eure Papiere ab." Dakota sah auf und wandte sich den Männern zu. „Das ist euer Arbeitsplatz und unser Zuhause. Wir leben hier, arbeiten hier und manchmal spielen wir hier." Dakota senkte die Stimme. Etwas von seinem Ärger fiel von ihm ab. „Sicher wisst ihr hier alle, wer Matthew Shepard war?" Ein paar Köpfe nickten zustimmend. „Er wurde hier in Wyoming umgebracht, nur weil er schwul war. Sind wir so? Ganz sicher nicht, will ich doch hoffen." Da ließen schon einige die Köpfe hängen. „Ich bin hier aufgewachsen, auf diesem Land, und ich weiß, dass wir nicht so sind. Heißt es nicht: leben und leben lassen?" Niemand sagte ein Wort, doch alle hatten zumindest den Anstand, beschämt auszusehen.

„Ihr geht jetzt wieder zurück an eure Arbeit. Wer gehen möchte, kommt zu mir und holt sich seine Papiere und seinen Lohn ab." Dakota wartete nicht auf eine Antwort. Als er sich umdrehte, sah er, dass Wally immer noch außer Atem war. Seine Augen waren so groß wie Untertassen und er sah aus, als würde er am liebsten in einem der Koppelpfosten verschwinden. „Bist du okay?" Wally nickte und ließ den Kopf hängen. Dakota legte ihm einen Arm um die Schultern und

60

führte ihn ins Haus. „Nimm den Kopf hoch." Das brachte ihm einen verwirrten Blick von Wally ein, doch straffte der kleinere Mann neben ihm die Schultern und ging aufrechter.

Sobald sich die Tür hinter ihnen geschlossen hatte, ließ sich Wally auf das Sofa fallen, als hätte man die Luft aus ihm rausgelassen. „Es tut mir leid." Er sah todunglücklich aus. Dakotas Herz flog ihm zu.

„Nicht nötig." Dakota sah, wie Wally den Blick hob. „Ich habe nur eine Frage an dich."

„Was? Wie schnell ich meine Koffer packen kann?"

Verdammt, der Mann hatte wirklich und wahrhaftig ein schlechtes Gewissen. „Nein. Wo hast du gelernt, so zu kämpfen?"

Wally sah ihn aus weit aufgerissenen, ungläubigen Augen an. „Du bist nicht wütend?"

„Himmel, nein. Du hast dich nur gewehrt."

„Aber ich habe dir Ärger bereitet." Da, er tat es schon wieder. Er kaute an seiner Unterlippe. *Scheiße, war das süß.*

„Nein, hast du nicht. Diese Art von Ärger hätte es so oder so irgendwann gegeben. Ich bin nur froh, dass du dich verteidigen konntest." Hätte Dakota den Kampf nicht mit eigenen Augen gesehen, hätte er niemals geglaubt, dass Wally mit seinen gerade mal sechzig Kilo einen Kerl auf die Matte geschickt hatte, der fast doppelt so schwer und einen ganzen Kopf größer war.

„In der Highschool und im College habe ich Kampfsport gemacht. Nur weil du klein bist, denken alle, sie könnten auf dir herumhacken … " Die Andeutung eines Lächelns erschien auf Wallys Gesicht. „Du bist wirklich nicht böse?"

„Gott, nein." Dakota lehnte sich zu ihm. „Irgendwie war es sexy." Wally riss die Augen auf; Dakota sah es gerade noch, bevor er Wallys Lippen in Besitz nahm. Sobald sie sich berührten, lief Dakotas Körper auf Hochtouren. Die ganze Nacht über hatte er Wally berührt und ihn in den Armen gehalten und jede Faser seines Körpers schrie nach mehr. Dakota vertiefte den Kuss und spürte Wallys Zunge, die seinen Mund erkundete.

„Das reicht, ihr zwei." Phillips Stimme erklang im Zimmer. „Macht wenigstens die Vorhänge zu – ihr zieht hier vor aller Welt eine Show ab."

Wally fuhr zurück, während Dakota durchs Fenster spähte. „Da ist doch gar niemand."

„Dieses Mal." Phillip zwinkerte den beiden zu. „Ich gehe Mario suchen, damit ich beim Reiten und Lassowerfen zuschauen kann." Er kicherte, als er nach draußen ging.

„Ja", äußerte Wally, stand auf und nestelte an seinem Hosenschlitz herum. „Ich suche besser nach Dr. Hastings. Vermutlich sieht er sich gerade die Pferde an. Dann fahren wir noch zu ein paar anderen Ranches. Er meinte, dass er mich am späten Nachmittag wieder hierher zurückbringen würde."

Dakota stand ebenfalls auf und zog Wally an sich. „Letzte Nacht war etwas ganz Besonderes."

„Und ziemlich unerwartet."

Mit dem Daumen fuhr Dakota über Wallys Unterlippe. „Ich mag Überraschungen, besonders so hinreißend draufgängerische." Er beugte sich vor und küsste die Lippen, die er gestreichelt hatte. „Würdest du nach dem Abendessen noch mit mir spazieren gehen?"

Wally erwiderte den Kuss und wich dann zurück. Seine Augen waren dunkel von etwas, das Dakota nur als leidenschaftliches Verlangen beschreiben konnte. Dieser Blick allein ließ Dakota vor Erregung zittern.

„Ich muss gehen."

Dakotas Augen hielten Wallys fest. „Ich auch." Keiner der beiden rührte sich, bis ein Geräusch im Hof sie dazu brachte, ihren Blickkontakt zu unterbrechen. Sie lösten sich voneinander; Wally drehte sich um und ging hinaus und Dakota sah ihm durchs Fenster hindurch nach, bis der kleinere Mann den Stall erreicht hatte. Dann verließ er den Raum und ging den Flur entlang, um nach seinem Vater zu sehen.

Heute war kein guter Tag und Dakota blieb fast den ganzen Morgen bei ihm, bis die Krankenschwester kam. Er hatte eigentlich gehofft, seinen Vater aus dem Bett holen und ihn vielleicht sogar nach draußen bringen zu können. Jefferson war immer sehr gern zum Rodeo gegangen, aber heute konnte er allenfalls noch den Jungs beim Üben zusehen. Und so, wie es ihm heute ging, war selbst das nicht möglich. „Die Jungs üben gerade." Dakota redete wie ein Wasserfall, während er arbeitete, die Haut seines Vaters nach wunden Stellen untersuchte und mit einem Waschlappen über die jetzt gespenstisch weiße Haut fuhr. Schon lange war jegliche Sonnenbräune verblasst. „Ich weiß, du kannst nicht nach draußen. Wie wäre es mit der nächstbesten Alternative?" Dakota blickte in die Augen, die ihm zugesehen hatte, als er noch in der Little League gespielt hatte. Sein Vater hatte kein einziges Spiel verpasst und immer vor Stolz gestrahlt. Augenblicklich erhellte sich das Gesicht seines Vaters und Dakota zog die Vorhänge vor den großen Fenstern auf und stellte das Bett so um, dass sein Vater raussehen konnte.

David galoppierte über die Koppel, jagte einem Kalb hinterher, warf das Lasso und fing damit die Hinterbeine des Tieres ein. Im Geiste konnte Dakota die Jungs jubeln hören, als David vom Pferd sprang und das Kalb fesselte. Danach zog er seinen Hut vom Kopf und verbeugte sich vor der Menge. „Was für ein Angeber." Dakota sah den Hauch eines Lächelns auf dem Gesicht seines Vaters. Das war alles, was er zustande brachte. Einige der Männer wandten sich dem Fenster zu, hoben die Hände, winkten, um seinem Vater zu zeigen, dass sie wussten, dass er ihnen zusah und dass sie ihn mit einbezogen. Sein Vater hob die Hände auch ein bisschen, winkte zurück und tat sein Bestes, mit ihnen mitzujubeln.

Während einige der Männer die Fässer aufstellten, lenkte ein leises Klopfen an der Tür Dakotas Aufmerksamkeit vom Fenster ab. „Darf ich reinkommen?"

Dakota lächelte Wally an, der im Türrahmen stand. „Sicher, wir sehen gerade dem Rodeo zu." Wally trat ein und Dakota winkte ihm zu einem Stuhl neben sich. „Ich dachte, du bist beim Doc."

„Er wurde zu einem Notfall gerufen."

„Hättest du ihm nicht helfen können?" Nicht, dass er sich beschweren wollte. Die meisten Menschen, selbst die meisten der Jungs, fühlten sich nicht wohl in der Gesellschaft seines Vaters. Doch Wally, mit seinem herzlichen, offenen Wesen, ließ sich dadurch anscheinend nicht aus der Ruhe bringen.

„So ein Notfall war das nicht."

„Seine Frau, huh?" Sie lächelten sich an, lehnten sich aneinander und sahen sich zusammen mit Dakotas Vater die Show an. Die Situation verfehlte nicht ihre Wirkung auf Dakota. Ihm wurde bewusst, was ihm bisher gefehlt hatte. Er konnte beinah so tun, als wären sie eine Familie, als ob er noch ein anderes Leben neben der Ranch und seinem Vater hätte. Wally gab ihm die Hoffnung, dass er das eines Tages haben könnte.

„Was ist?", flüsterte Wally.

Dakota schüttelte den Kopf. Unmöglich hätte er jemandem erklären können, was er in diesem Moment empfand. Seine eigene Verletzlichkeit machte ihm Angst. Als hätte Wally seine Gedanken gelesen, tippte er Dakota sanft auf den Handrücken. Dakota sah Wally an und fand seine eigenen Gefühle in dessen Gesicht widergespiegelt. In einem Moment absoluter Klarheit wusste er, dass Wally behutsam mit ihm umgehen würde. Vielleicht würde er ihm das Herz brechen, aber niemals absichtlich. Ebenso wenig, wie er Wally das Herz brechen wollte.

Mit einem Blick auf seinen Vater stellte Dakota fest, dass dieser mit einem Lächeln auf den Lippen eingeschlafen war. Vielleicht träumte er ja gerade von der Zeit, als er selbst noch Rodeo geritten war. Er gab Wally einen Wink und stand auf. Sie gingen gemeinsam aus dem Zimmer. „Ich kann ihn nicht alleine lassen, bis die Schwester in …", er sah auf seine Armbanduhr, „einer Stunde hier ist. Falls du besser sehen möchtest, kannst du gerne nach draußen gehen."

Statt zu antworten, stellte sich Wally auf die Zehenspitzen und küsste Dakota zärtlich. „Was? Und den besten Platz im Haus hergeben?" Dakota spürte, wie sein Herz hüpfte, und da wusste er es.

7

WALLY WAR nervös. Es waren nur noch ein paar Minuten bis zu ihrem ersten
Date. Dakota hatte sein Herz berührt. Die ganze Nacht über hatte der Mann ihn
in den Armen gehalten und heute hatte er dafür gesorgt, dass Wally den Großteil
des Tages mit Doktor Hastings verbringen konnte. Dakota hörte ihm zu und tat
Dinge, nur um ihn glücklich zu machen. Als Wally auf den Stall zuging, sah er,
dass Greg ihn beobachtete. Wally starrte zurück und Greg wurde rot und sah zu
Boden. Wally lächelte in sich hinein und ging weiter zum Stall, wo Dakota auf ihn
wartete, an eine der Boxen gelehnt und den Hut tief in die Stirn gezogen. Jeder,
der auf Cowboys stand, konnte doch von so was nur träumen. Kaum etwas konnte
so sexy sein wie dieser spezielle Cowboy, stellte Wally fest, vor allem, als Dakota
ihm einen Blick zuwarf, als habe er wirklich Lust, Wally mit Haut und Haaren zu
verschlingen. Wally erschauerte, als sich Dakota von der hölzernen Wand abstieß
und auf ihn zugeschlendert kam. Als Dakota seine langen Arme um ihn schlang
und ihn küsste, füllte sich Wallys Geist mit Bildern und Gefühlen der Leidenschaft.
Er stöhnte leise in Dakotas Mund, spürte eine Zunge über seine Lippen gleiten
und die Oberseite seines Mundes kitzeln und eine Hand, die ihre Körper enger
aneinander drückte. Dakota hielt ihn in seinem Bann und dabei benutzte er nur
seine Lippen. Wally begann schon zu hoffen, dass ihr Date aus einem Besuch in der
Sattelkammer bestehen würde, da ließ der Druck nach. Dakota zog sich zurück und
Wally beugte sich vor, um nach diesen Lippen zu haschen.

„Lass uns spazieren gehen." Dakota nahm seine Hand und führte ihn aus
dem Stall. Während sie über den Hof gingen, ließ er Wallys Hand los, ergriff sie
aber gleich wieder, als sie durch den Hinterhof gingen, an einem alten Schuppen
vorbei und dann hinaus auf das offene Feld, auf eine Baumreihe zu.

„Wo gehen wir hin?"

„Dorthin, wo ich schon immer am liebsten hingegangen bin", antwortete
Dakota und drückte Wallys Hand, wobei seine Aufregung und Energie wie ein
lebendiger Strom Wallys Arm entlang floss. Als sie sich den Bäumen näherten,
hörte er Wasser, das über die Felsen strömte. „Als Kind bin ich hier immer
geschwommen." Sie gingen zwischen den Bäumen hindurch und hinunter zum
Wasser. „Hier hing früher mal ein Schaukelseil, aber das ist vor ein paar Jahren
abgefallen."

Wally ging in die Knie und hielt die Finger ins Wasser. „Gott, ist das kalt."

Dakota lachte ein tiefes, volltönendes Lachen. „Ja, das Wasser kommt direkt aus den Tetons."

„Und da drin bist du geschwommen?" Wally gab Dakota einen Klaps auf den Arm.

„Hey." Dakota wich zurück. „Du brutaler Kerl, ich war ein Kind und es war heiß."

Das gespielte Gemeckere wärmte Wally das Herz. Er genoss es, dass Dakota sich in seiner Gegenwart wohl genug fühlte, um ein wenig herumzualbern.

„Ich bin seit Jahren schon nicht mehr in diesem Wasser gewesen." Dakota legte Wally einen Arm um die Taille und hielt ihn an sich gedrückt, als sich der Himmel erst rosa, dann rot verfärbte. Während sie so dastanden, hallte ein tiefes Heulen über das Land. Wally spürte, wie sich Dakota anspannte. Das Heulen wurde von einem zweiten, etwas helleren und leiseren Ruf beantwortet.

„Als Phillip mich eingeladen hat, ihn hierher zu begleiten, habe ich unter anderem darauf gehofft, dieses Geräusch zu hören zu bekommen", bekannte Wally leise. „Dieses Gebiet ist einer der wenigen Orte, an denen das möglich ist." Wally hatte das Gefühl, er müsse seine Faszination irgendwie erklären – vielleicht würde Dakota dann verstehen, warum ihm das so wichtig war. „Ich glaube, für mich verkörpern die Wölfe etwas Ursprüngliches und Wildes. Etwas, dem der Mensch seinen Willen noch nicht aufgezwungen hat. Oder gar nicht aufzwingen kann." Wally schmiegte sich an Dakota, legte seinen Arm um ihn in der Hoffnung, dass körperliche Nähe dieses Gespräch leichter machen würde. „Wir können sie ausrotten, aber wir können sie nicht ändern." Er sah Dakota in die Augen, weil er wissen wollte, ob seine Worte für ihn einen Sinn ergaben.

„Das verstehe ich", begann Dakota, „aber für mich verkörpern sie eine Gefahr für die Ranch und für die Art, wie ich meinen Lebensunterhalt verdiene—und nicht nur ich, sondern alle, die auf der Ranch arbeiten und von ihr abhängig sind." Seine Stimme war gleichmäßig, doch Wally merkte ihm an, dass er eine Entscheidung zu treffen versuchte. „Vor drei Wochen habe ich die Nordweide überprüft und eine sehr nervöse Herde vorgefunden. Zuerst konnte ich nicht verstehen, warum sie so verstört waren, bis ich den Zaun überprüfte und ein totes Kalb fand. Oder eher: was davon übrig geblieben war. Und das war nicht viel."

Wally wollte sich abwenden, wusste aber, dass er das nicht tun konnte. Er hatte Dakota erzählt, was *er* fühlte, jetzt musste er auch bereit sein, zuzuhören und zu versuchen, Dakotas Sicht der Dinge verstehen.

„Ich weiß nicht, ob das der Wolf getan hat, den wir gesehen haben. Aber das war nicht das erste Kalb, das ich verloren habe. Und jedes einzelne kostet Geld, das mir dann fehlt, um die Ranch zu betreiben."

„Das tut mir leid."

Dakota klopfte ihm leicht auf den Rücken. „Ich weiß, und ich wünschte, es wäre anders, aber ich muss meine Existenzgrundlage beschützen."

„Ist die Ranch in Schwierigkeiten?"

„Nein. Aber jedes Stück Vieh, das wir verlieren, schadet uns. Außerdem sind die Wölfe nicht die einzige Gefahr für uns. Das ist ein hartes Geschäft. Mutter Natur kann es gut mit uns meinen, sie kann aber auch ein richtiges Miststück sein. Du weißt nie, was kommt. Unsere Gewinnspanne ist nicht groß und der Unterschied zwischen einem guten und einem schlechten Jahr ist manchmal erschreckend klein." Dakota zog Wally enger an sich. „Lass uns über etwas Schöneres sprechen."

Wie aufs Stichwort begann das Wolfsgeheul von Neuem: Dem tiefen Heulen folgte, wie zuvor, ein antwortender Ruf in höherer Tonlage. „Er ruft seine Gefährtin und sie antwortet ihm. Das ist ein Liebesgeheul."

Wally trat zurück, hob sein Gesicht gen Himmel und heulte leise mit, dann sah er Dakota an. Er schüttelte den Kopf und tat es noch einmal. Schließlich stimmte Dakota mit ein. Dabei zog er Wally wieder an sich.

„Ich mache es lieber so." Dakota legte seine Hände an Wallys Wangen und brachte ihre Lippen in dem Moment zusammen, als der tiefe Ruf erneut erschallte, und das Wolfsgeheul bildete die Begleitmelodie zu ihrem Kuss. Wally spürte, wie alles andere um ihn versank: der Sonnenuntergang, die reine Luft, die sanfte Brise—er nahm nur noch Dakotas Augen, den Geschmack seiner Lippen und seinen erdigen Duft wahr.

Wally wimmerte leise, als sich der Druck auf seine Lippen verstärkte. Er fühlte, wie Dakota ihn enger an sich zog, wie ihre Körper sich aneinander pressten und eine Hand über seinen Rücken strich. Langsam zog der größere Mann sich zurück. Er musterte Wallys Gesicht, und seine Finger streichelten über dessen Wange. Wally erzitterte unter der sanften Berührung und beugte sich vor, wollte mehr.

Langsam drehte Dakota sich um und Wally folgte seinem Blick in Richtung Westen. Die Schatten wurden länger und der Himmel verfärbte sich in ein tiefes Rot, als die Sonne langsam tiefer sank. Die Grand Tetons bildeten den Hintergrund für die Bäume und das Weideland. „Das hier war immer mein Lieblingsplatz auf der Ranch."

„Das kann ich verstehen. Es ist, als gäbe es nur noch uns beide", sagte Wally leise.

„Im Augenblick gibt es auch nichts anderes", fügte Dakota hinzu. Er legte Wally den Arm um die Taille und zusammen sahen sie zu, wie die Sonne hinter den Gipfeln versank. Dann nahm Dakota ihn bei der Hand und führte ihn zurück über das offene Feld und bis zur Hintertür des Hauses. Drinnen war alles ruhig und sobald sich die Tür hinter ihnen geschlossen hatte, fand sich Wally wieder von diesen starken Armen umschlungen. „Bleibst du heute Nacht bei mir?"

Dakota küsste ihn wieder. Wally nickte langsam. Er konnte Dakotas Lächeln nicht sehen, aber er fühlte es an seinen Lippen und im nächsten Moment wurde er hochgehoben. Er schlang die Beine um Dakotas Hüften. Ohne ihren Kuss zu unterbrechen, brachte Dakota Wally in sein Schlafzimmer, schloss klickend die Tür hinter ihnen und setzte ihn auf dem Bett ab.

Wally hielt ihn fest. Der Kuss dauerte an, während Wallys Rücken sich in die Matratze drückte. Dakotas Gewicht umgab ihn vollständig und Wally schlang seine Arme um Dakotas Nacken. Eine Hand glitt unter Wallys Hemd und strich über seine Brust. „Ich wusste, dass du dich so gut anfühlen würdest", murmelte Dakota zwischen Küssen. Seine Hand zog kleine Kreise auf Wallys Bauch. Mit einem wohligen Stöhnen wölbte Wally sich der Berührung entgegen—na ja, so gut er eben konnte. Schließlich hatte er neunzig solide Kilo Mann auf sich liegen. .

Dakotas Schuhe fielen auf den Boden, gefolgt von Wallys. Dakota schob Wallys Hemd hoch, ließ seine Finger um Wallys Brustwarzen kreisen. „Kota …", seufzte Wally, als eine rastlose Hand über seinen Bauch abwärts wanderte und aufreizend nahe an seinem Hosenbund liegen blieb.

„Ich werde mir Zeit lassen." Dakotas Stimme hüllte ihn ein wie eine Decke und dann saugten diese Lippen leicht an der Haut hinter seinem Ohr und strichen an seinem Hals entlang über seine Brust bis zu einer seiner Brustwarzen. Wally spürte, wie er erschauerte. Seine Hände wühlten in Dakotas Haar, er hielt Dakotas Kopf an sich gedrückt, wünschte sich fast schon verzweifelt mehr. „Du musst Geduld haben." Dakota hob Wallys Arme über dessen Kopf und drückte sie gegen die Matratze. „So ist es besser." Seine Blicke schweiften über Wallys bloße Haut.

„Kota, das ist nicht fair …" Ein erneutes Saugen an seiner Brustwarze unterbrach Wally und er warf den Kopf zurück und schrie leise auf, als Dakota mit der Zunge die feste Knospe umkreiste. „Was machst du nur mit mir?"

„Ich sorge dafür, dass du dich wohlfühlst." Dakota ließ Wallys Hände los. „Bleib so, okay?" Wally hatte gar keine Zeit, darauf zu antworten; schon öffnete Dakota seinen Gürtel und seinen Hosenschlitz und zog die beiden Seiten auseinander. Eine Hand glitt über Wallys Haut, Finger umfassten seinen Schaft. Wally schob sich ihnen entgegen und seufzte auf, als Dakota ihn umfasste und langsam massierte. „Ich liebe deine glatte Haut." Dakotas Zunge glitt über Wallys Bauch. Dieser zitterte vor Verlangen. Plötzlich verschwanden die Finger, zusammen mit Dakotas Gewicht.

Dakota half Wally, sich aufzusetzen, zog ihm das Hemd über den Kopf und die Hose von den Beinen. „Was ist mit dir?", fragte Wally. Er wollte Dakota unbedingt nackt sehen.

„Alles zu seiner Zeit." Dakota lächelte auf ihn hinab. Er küsste Wallys Lippen, seine Brust, seinen Bauch, legte eine Spur aus Küssen. „Zuerst will ich dich schmecken."

Dakotas Lippen glitten an Wallys Schaft entlang, umhüllten ihn mit einer feuchten Wärme, die ihm den Atem stocken ließ. Wallys Mund öffnete sich zu einem stummen Schrei, als Dakota ihn tief in sich aufnahm und fest an ihm saugte, ehe er ihn wieder freigab. Jedes Mal, wenn Wally Luft zu holen versuchte, raubte ihm Dakotas heißer, magischer Mund wieder den Atem.

„Ich komme!"

Dakota saugte fester. Ihre Blicke versanken ineinander, während Dakota ihn unaufhaltsam zum Höhepunkt brachte. Wally versuchte erst gar nicht, ihn daran zu hindern. Als die ersten Schauer des Höhepunkts ihn durchliefen, stieß er zu, so fest er konnte. Welle um Welle trieben Dakotas Lippen ihn weiter in Ekstase.

Gott sei Dank lag er auf einem Bett, denn Wally brach erschöpft und benommen zusammen, als er aus Dakotas Mund glitt. Warme Hände, die seine Haut liebkosten, brachten ihn sanft und langsam wieder in die Realität zurück. „Was war das?"

„Gut?" Dakotas Augen funkelten.

„Was glaubst du wohl", erwiderte Wally lächelnd. „Jetzt lass mich dich ansehen."

„Du kannst mehr tun als das." Dakota stand vom Bett auf, stellte sich so hin, dass Wally ihn sehen konnte, und zog sich das Hemd aus. Er streckte die Arme über den Kopf. Mit einem leisen Aufstöhnen setzte Wally sich auf, um näher an ihn heranzukommen, den Blick fest auf die sonnengebräunte, von kurzem, dunklem Haar bedeckte Haut geheftet. Dann machte Dakota seine Hose auf, drehte sich um und streifte sie sich langsam von den Beinen, wobei er Wally einen erstklassigen Blick auf seinen Hintern gewährte.

„Himmel", keuchte Wally, als Dakota aus der Hose stieg und zurück zum Bett ging.

Dakotas nackte Haut presste sich an ihn und Wally war wie verzaubert. Er vibrierte vor Erregung, als Dakotas Hand zwischen seine Beine glitt und ein Finger über seine Öffnung strich. „Ich will dich", keuchte Dakota leise und Wally konnte nur nicken. Dann war der Finger wieder weg, Dakotas Gewicht verlagerte sich über ihm und eine Schublade ging auf. Schon war Dakota wieder da und küsste ihn; gleichzeitig drang ein mit Gleitgel benetzter Finger tief in ihn ein.

„Kota. Oh Gott." Sterne tanzten vor Wallys Augen, als eine Woge der Lust ihn durchströmte, dicht gefolgt von einer weiteren. Statt eines Fingers dehnten ihn nun zwei.

„Dreh dich um, Baby", sagte Dakota leise.

Wally schüttelte den Kopf. „Ich will dich sehen."

Dakota nickte und Wally hörte, wie eine Verpackung aufgerissen wurde. Dann wurden seine Beine angehoben. Dakota küsste ihn erneut und drang dann in ihn ein, erfüllte ihn auf eine Weise, wie Wally es noch nie zuvor erlebt hatte. Das Gefühl war fast zu viel für ihn, aber es dauerte nur ein paar Sekunden an und dann hielt Dakota still.

Wally begann, sich zu bewegen. Dakota zog sich aus ihm zurück und stieß dann wieder tief in ihn hinein, ohne seinen Blick von Wallys Augen zu lösen. „Ist das okay?"

„Gott, ja!"

Dakota lächelte und küsste ihn heftig, sog an seinen Lippen, während ihre Körper von selbst in ihren Rhythmus fanden. Sie bewegten sich gemeinsam, vollkommen im Einklang miteinander. Dakota schob die Hände unter Wallys Körper, drückte ihn an sich, flüsterte ihm sanfte Worte zu. Er wurde immer lauter und Wally mit ihm. Zusammen erfüllten sie den Raum mit den Lauten ihrer Leidenschaft, die sie höher und höher trug, so hoch wie die Berge, die sie vorhin gesehen hatten, bis auf den höchsten Gipfel … und dort wurden sie eins.

ALS WALLY erwachte, war das Bett leer. Er drehte sich um und blinzelte in Richtung der offenen Tür. Im Haus vernahm er leise Bewegungen. „Kota?" Eigentlich glaubte er ja nicht, dass Dakota ihn einfach hier zurücklassen würde, aber seine Abwesenheit war trotzdem ein wenig befremdlich.

„Shhh …" Dakotas große Gestalt erschien in der Tür. „Ich hab nur ein Geräusch aus dem Zimmer meines Vaters gehört." Die Tür schloss sich und der große Mann trat ins Zimmer, schlüpfte unter die Bettdecke und zog Wally an sich. Seine Lippen wanderten federleicht über Wallys Schulter.

„Geht es ihm gut?", fragte Wally. Er drehte sich mit dem Gesicht zu Dakota. Die Hände des großen Mannes glitten seinen Rücken hinab, umfassten seinen Hintern.

„Er ist in Ordnung." Ein Finger streichelte ihn zwischen den Hinterbacken. „Habe ich dich wundgerieben?"

„Ein bisschen." Das war keine Beschwerde, ganz und gar nicht.

Dakota drehte ihn sanft auf den Bauch, seine Hände kneteten Wallys Hintern. Jegliche Missempfindung verflog und Wally drängte sich der Berührung entgegen. Dakotas Finger zogen seine Pobacken auseinander, dann strich etwas Warmes, Feuchtes aufreizend durch seine Spalte. „Kota, was …?"

„Du sollst dich gut fühlen, Baby." Er konnte Dakotas Lächeln nicht sehen, nur fühlen: es fuhr ihm etwas die Wirbelsäule entlang. Dakotas Zunge erkundete seine Öffnung und Wally konnte ein Wimmern nicht unterdrücken. Seine Hüften bewegten sich ganz von selbst, während Dakota ihn mit der Zunge fickte.

Eine große Hand glitt zwischen seinen Schenkeln hindurch und an seinem Schwanz entlang, der so steif war, dass es wehtat. Wally streckte den Hintern in die Luft und drückte sein Gesicht ins Kissen; er spreizte die Beine weit, gab sich selbst und seine Lust ganz in Dakotas fähige Hände. Finger spielten an seinen Eiern, strichen an seiner Erektion entlang, während Dakota an seiner Öffnung saugte und leckte und ihn gelegentlich in die Hinterbacken biss. Wally wollte gar nicht wissen, was er da morgen für Blutergüsse haben würde. Was Dakota da tat, beförderte ihn geradewegs in den siebten Himmel und nur das war wichtig.

Wally wusste, dass er nicht lange durchhalten würde. Er hätte seine Lust am liebsten lauthals hinaus gebrüllt. Als er seinen Höhepunkt kommen fühlte, vergrub er sein Gesicht im Kissen und schrie auf. Ganz benommen vor Ekstase brach er auf dem Bett zusammen. Er lag auf dem feuchten Fleck, aber das merkte er gar nicht. Er spürte nur noch, wie Dakota über ihn kletterte, und dann, wie er gehalten wurde. Zwar war das selbstsüchtig von ihm, aber er konnte keinen klaren Gedanken mehr fassen und so schlief er ein, begleitet vom Geräusch von Dakotas leisem Atmen und seinem Herzschlag.

DAS NÄCHSTE, was er wahrnahm, war eine Hand, die seinen Rücken streichelte und ihn aus der warmen Dunkelheit zog, die ihn umgeben hatte. „Wally, Süßer, wir müssen los."

„Huh." Er blinzelte sich den Schlaf aus den Augen und versuchte, seinen vom Sex noch ganz vernebelten Verstand zu entwirren.

„Wir wollen doch heute in den Park. Wir haben eine lange Fahrt vor uns, also sollten wir los."

Wally gähnte. Als er sich aufsetzte, schlug das Bettzeug Falten um seine schmalen Hüften. „Ist Phillip schon auf?" Er hob die Hände. „Vergiss, dass ich gefragt habe." Erneut gähnte er, glitt aus dem Bett und kratzte sich geistesabwesend am Hintern, als er auf das Bad zulief.

„Ich hoffe, das ist o.k. – ich habe Mario gefragt, ob er mitkommen möchte."

Wally blieb in der Tür stehen. „Wer kümmert sich dann hier um alles?" Als er abermals herzhaft gähnen musste, hielt er sich die Hand vor den Mund.

„Bucky hat alles im Griff. So hat Phillip jemanden zum Reden und fühlt sich nicht wie das fünfte Rad am Wagen." Dakota trat zu ihm. Er war schon fertig angezogen und sah selbst für Wallys übermüdete Augen sexy aus.

„Was ist mit deinem Vater?" Wally betrat das Badezimmer und wollte die Tür schließen.

„Grace bleibt bei ihm. Sie ist nicht nur eine Krankenschwester, sondern auch eine Freundin der Familie." Wally konnte einen Hauch Verärgerung in Dakotas Stimme hören.

„Ich wollte nicht neugierig sein", sagte er leise. Er wollte nicht so klingen, als würde er ihn verhören.

„Das warst du nicht." Dakotas Gesichtsausdruck entspannte sich, als ihm klar wurde, dass Wally nur besorgt war. „Gehst du Phillip wecken?"

„Er ist nicht im Haus. Ich habe so ein Gefühl, dass sich Mario um ihn kümmert."

Dakota beugte sich vor und gab ihm einen kurzen Kuss. „Wenn du fertig bist, treffen wir uns in der Küche." Dann zog er die Tür zu. Nachdem sich Wally erleichtert hatte, duschte er und zog sich an.

Als er fertig war, ging er in die Küche. Dort erwartete ihn ein leichtes Frühstück und eine Tasse Kaffee. Mario und Phillip waren auch da, wobei Phillip so aussah, als sei er noch im Tiefschlaf. Wallys Aufregung hatte inzwischen alle Reste seiner Müdigkeit vertrieben.

„Abfahrt in fünf Minuten", rief Dakota, gerade als Wally den letzten Bissen hinunterschluckte und seinen Kaffee austrank.

„Großer Gott." Phillip schlug seine Augen auf und sah aus dem Fenster zu der leeren Koppel. „Noch nicht einmal die Pferde sind um diese Zeit schon wach."

„Hör auf, dich zu beschweren. Wir sind hier, um Spaß zu haben. Du kannst ja im Auto weiterschlafen, du Morgenmuffel." Wally boxte Phillip auf den Arm, dann schnappte er sich seine Tasche und folgte Dakota zu seinem riesigen Truck.

„Ich dachte, dich und Phillip verfrachte ich auf die Rückbank", sagte Dakota. Woraufhin Wally seine Augenbrauen hob und seinen Kopf leicht neigte. „Mario und Phillip", berichtigte Dakota.

Wally grinste. „Gute Entscheidung." Mit einer Hand strich er über Dakotas Hüfte. „Außerdem sabbert Phillip im Schlaf."

Da musste Dakota lachen. „Dann soll Mario sich ansabbern lassen – meinst du das?"

„Genau."

Die anderen beiden gesellten sich zu ihnen. Phillip kletterte auf den Rücksitz, gefolgt von Mario. Dakota war noch nicht ganz vom Hof gefahren, da lehnte sich Phillip schon gegen den Vormann. Als sie auf die Hauptstraße fuhren, war er schon eingeschlafen.

Während sie nach Norden fuhren, sah sich Wally alles mit gespannter Aufmerksamkeit an. Dakota zeigte auf Berggipfel und die Highlights der Landschaft, als sie tiefe Täler passierten, durch die sich Gebirgsbäche schlängelten. „Wow!", rief Wally, der sich aus dem Fenster lehnte und links und rechts Fotos schoss.

„Du hast ja bald keinen Speicher für Parkbilder mehr frei", schalt Dakota mit einem Lächeln.

Grinsend griff Wally in seine Tasche. „Ich hab noch ein paar Speicherkarten und drei Batterien zum Wechseln mit dabei." *Na bitte.*

Am Eingang zum Yellowstone Park fuhren sie durch das Tor und dann die Parkstraße entlang. „Wo soll es zuerst hingehen?"

„Du bist der Reiseleiter", entgegnete Wally und drehte sich um. Phillip war wach, und Mario hatte tatsächlich einen feuchten Fleck an der Schulter. Wally stieß Dakota an, der in den Spiegel blickte und sein verstohlenes Grinsen erwiderte.

„Dann also zum Old Faithful." Dakota folgte den Schildern, die den Weg zu dem berühmten Geysir wiesen. Einige Zeit später bogen sie auf einen Parkplatz ein und gesellten sich zu den Menschenmassen auf dem gepflasterten Weg. Inmitten einer weißen Landschaft befand sich ein kleiner Hügel und um das ganze Gebiet drängten sich die Menschen. „Alle neunzig Minuten oder so bricht der Geysir aus und schießt fast sechzig Meter in die Luft", erklärte Dakota. „Laut der Tafel müsste er in fünf bis zehn Minuten ausbrechen."

„Hast du das schon mal gesehen?", fragte Phillip, der nahe bei Mario stand.

Dakota nickte mit dem Kopf. „Ist aber schon eine Weile her", sagte er mit einem traurigen, sehnsüchtigen Ausdruck auf dem Gesicht.

Wally lehnte sich an ihn. „Das war mit deinem Vater, richtig?" Die Antwort brauchte er gar nicht zu hören, Dakotas Gesicht sagte ihm alles, was er wissen musste. Ein Vibrieren unter seinen Füßen lenkte ihn ab; er konnte das tiefe Rumpeln im Boden in seinen Beinen spüren. Wally sah zu, wie eine Wassersäule aus dem Hügel schoss und unter ohrenbetäubendem Lärm immer höher und höher wurde. Die Energie jagte durch Wallys Körper. Ein Kribbeln lief seine Wirbelsäule entlang. Unbewusst hielt er sich an Dakotas Arm fest und lehnte sich noch enger an ihn, gefesselt von dem überwältigenden Naturschauspiel, dessen rohe Kräfte ihm durch und durch gingen.

Das Schauspiel ging immer weiter. Als es sich seinem Ende näherte, wurde das Getöse leiser, die Wassersäule verlor an Höhe und krachte schließlich in sich zusammen, zerstob am Boden zu Tropfen, die vom Wind davongetragen wurden. Dann war alles vorbei und es herrschte Stille, bis sich die Umstehenden wieder aus dem Bann des Naturschauspiels gelöst hatten und sich zu bewegen begannen. „Heilige Scheiße", murmelte Wally. Er konnte Dakota ansehen, dass das Schauspiel dieselbe Wirkung auf ihn gehabt hatte. Er lächelte, als er bei einem Seitenblick zu Phillip beobachten konnte, wie sein Freund die Augen verdrehte und diskret sein Gemächt in der Hose zurechtrückte. Wer auch immer behauptet hatte, dass Naturgewalt ein Aphrodisiakum war, hatte nicht gelogen.

Wally spürte warmen Atem an seinem Ohr.

„Ich weiß." Dakota zwinkerte ihm zu und Wally lächelte zurück. „Lass uns gehen. Es gibt noch einiges zu sehen."

„Mehr Geysire?", fragte Phillip.

„Jede Menge", erwiderte Mario, „und dazu Schlammvulkane, heiße Quellen und Wasserfälle, die aussehen, als würde der Fels schmelzen."

„Können wir laufen?" Wally beobachtete, wie die Menschen sich entlang eines Pfades entfernten.

„Na, und ob." Dakota führte sie den Pfad entlang zu weiteren Wundern des Yellowstone. Sie sahen blubbernde Schlammlöcher, die, wie Dakota erklärte, ebenfalls Geysire waren, nur mit weniger Wasser. Da gab es Wasserlöcher, in denen je nach Wassertemperatur Algen in allen Regenbogenfarben wuchsen, und noch mehr Geysire, die sie mit sporadischen Eruptionen überraschten.

Nachdem sie wieder zum Wagen zurückgekehrt waren, fuhr Dakota sie weiter in den Park und hielt an einem Aussichtspunkt, unter dem eine Herde wilder Bisons umherwanderte.

DEN REST des Tages verbrachten sie damit, sich so viele Sehenswürdigkeiten wie möglich anzusehen. Wally stellte fest, dass Dakota ihn oft leicht berührte oder ihm eine Hand auf den Rücken legte, wenn gerade niemand anders in der Nähe war. Er genoss diese Berührungen; jede einzelne davon schickte ein warmes Kribbeln durch seinen Körper. Ebenso bemerkte er, dass Mario und Phillip sich immer mal wieder gegenseitig anhimmelten. Sie verließen den Park kurz vor Sonnenuntergang und hielten bei einem der Restaurants unweit des Eingangs noch einmal an. Dort aßen sie sich satt und machten sich dann auf die Rückfahrt zur Ranch.

In der Geborgenheit des Trucks rückte Wally ganz nah an Dakota heran. Ein kurzer Blick auf den Rücksitz zeigte ihm, dass Phillip sich an Mario geschmiegt hatte und die beiden ganz verschmust aussahen. Bis sie die Ranch erreicht hatten, war Wally fast schon eingenickt. Dakotas Wärme und sein Duft hüllten ihn ein und versetzten ihn in einen Zustand entspannter, schläfriger Zufriedenheit.

Damit war es allerdings sofort vorbei, als Dakota auf den Hof fuhr und Wally die Tür öffnete. Geschrei, Gejohle und viel lautes Schulterklopfen begrüßte sie. Wally stieg aus und folgte Dakota, als dieser über den Hof zu der fröhlichen Truppe ging.

„Was ist los?", erkundigte sich Dakota. Die Feierstimmung wirkte ansteckend.

„Vor einer Stunde haben wir diese diebischen Wölfe wieder heulen hören und sind ihnen auf den Pelz gerückt", fing Bucky an und Wally hörte auf zu lächeln. Ihm drehte sich der Magen um, als ihm klar wurde, was hier gefeiert wurde. „Greg hat einen von ihnen kurz zu sehen gekriegt", sagte Bucky mit einem triumphierenden Grinsen und Wally hätte sich am liebsten die Ohren zugehalten. Er wusste ganz genau, dass er diese Geschichte nicht hören wollte. Ja, ihm war klar, dass Wölfe eine Bedrohung für die Ranch darstellten und dass die Männer ihre Existenzgrundlage beschützen mussten, aber es tat trotzdem weh. Zu denken, dass dieses Geschöpf, das er in der Nacht zuvor nach seiner Gefährtin rufen hörte … Wally erschauerte und entfernte sich still von der Gruppe.

„Ich hab' einfach einen Schuss in Richtung Bach abgefeuert und dann hab' ich ein Jaulen gehört und dann nichts mehr", nahm einer der Männer den Faden auf. „Ich glaub', ich hab' eins von den Mistviechern erwischt." Er strahlte vor Stolz und Wally konnte nur hoffen, dass der Mann sich irrte und den Wolf nur erschreckt hatte.

„Okay." Dakota lächelte den Männern zu und Wally schlug das tierliebe Herz bis zum Hals. „Jetzt ist es dafür schon zu dunkel, aber sobald es hell wird, gehen wir gleich nachsehen." Für einen Moment trafen sich ihre Blicke und Wally sah, wie das Lächeln auf Dakotas Gesicht verblasste. „Übrigens ist das schon ziemlich bald", fügte Dakota zu Wallys Erleichterung hinzu.

„Okay Jungs, nun kommt mal zur Ruhe", rügte Mario. Allmählich verschwanden die Männer im Schlafhaus, wobei sie Greg immer noch auf die Schultern klopften. „Bis morgen früh dann", setzte Mario noch hinzu und stieg dann in seinen Truck. Phillip folgte ihm und die beiden sprachen leise miteinander, bevor Mario Phillip einen schnellen Kuss gab, nicht ohne sich vorher umzusehen. Dann fuhr er davon.

Im Hof wurde es still, nur aus dem Schlafhaus drangen noch einige Stimmen heraus. Wally schluckte schwer und folgte Dakota zur Haustür. Als er die unterste Stufe betrat, trug der Wind ihnen ein tiefes, trauriges Heulen zu. Mit schwerem Herzen stieg Wally die restlichen Stufen hoch und ging hinein.

„Es tut mir leid, Wally", sagte Dakota leise, nachdem sich die Tür hinter ihnen geschlossen hatte. Er bedauerte es nicht, dass die Gefährtin des Wolfs tot war, das wusste Wally, Dakota tat es nur leid, dass Wally sich deswegen schlecht fühlte. Seufzend machte er sich auf den Weg in sein Zimmer. Eine Hand auf seiner Schulter hielt ihn zurück, er drehte sich um und sah in Dakotas warme Augen. Wally nickte langsam, ging dann in sein Zimmer und machte die Tür hinter sich zu. Er zog sich aus, löschte das Licht und schlüpfte unter die Decken. Wally wusste, dass Dakota und er in dieser Sache niemals einer Meinung sein konnten, das war schlichtweg unmöglich.

Wally hörte ein leises Klopfen und sah, wie seine Tür sich langsam öffnete. Er hatte Phillip erwartet, aber stattdessen konnte er gegen das schummrige Licht des Flurs Dakotas Gestalt erkennen. Er trat ins Zimmer und setzte sich auf die Bettkante. „Es tut mir wirklich leid, Wally. Ich weiß, wie du dich jetzt fühlst." Eine Hand strich durch Wallys Haar. „Und ich weiß, wie weh dir das tut." Dakota beugte sich über ihn und Wally schloss die Augen. Von der Sonne ganz spröde Lippen strichen über seinen Mund.

„Dakota, ich glaube nicht, dass ich …" Ein Daumen legte sich auf seine Lippen und unterbrach seinen Gedankengang.

„Ich weiß." Dakota verlagerte sein Gewicht. Wally erwartete schon fast, dass Dakota jetzt gehen würde, aber dieser hob die Decke an und schlüpfte zu ihm hinein. Er zog Wally an sich und hielt ihn in den Armen, seine Finger streichelten tröstend über Wallys Haut. „Du bedeutest mir mehr als nur Sex, Wally. Sehr viel mehr."

Wally rückte näher und legte seinen Kopf auf Dakotas Arm. „Mir ist klar, dass ich dir wie ein kleines Mädchen vorkommen muss, aber ich höre immerzu dieses Heulen." Langsam drehte er sich um. „Wölfe paaren sich fürs Leben, Dakota. Kannst du dir das vorstellen? Deinen Partner zu finden, den, der für dich bestimmt ist, und ihn dann so zu verlieren?"

„Das sind keine Menschen. Solche Emotionen haben sie nicht."

Wally hielt inne und sah Dakota in die Augen. „Hast du dieses Heulen gehört?" Im Dunkeln sah er, wie Dakota nickte. „Wie kannst du dann sagen, dass sie keine Gefühle haben? Stell dir vor, wie du dich fühlen würdest, wenn dein Vater sterben würde. Und sag mir nicht, dass du nicht dasselbe Geräusch machen würdest, wenn auch nur in deinem Kopf." Er wartete auf Dakotas Reaktion.

„Wally." Dakota hörte sich leicht frustriert an und Wally fühlte langsam Ärger in sich aufsteigen. „Können wir uns darauf einigen, dass wir hier unterschiedlicher Meinung sind? Ich weiß, wie du dich fühlst, und ich versuche, es zu verstehen."

„Ich weiß." Er schmiegte sich wieder an ihn. „Bei dem Thema sind wir wohl beide emotional beteiligt." Das waren sie. Sie konnten das nicht vernunftmäßig angehen, dafür ging es ihnen beiden zu nahe und wahrscheinlich war auch keiner von ihnen bereit, seine Denkweise zu ändern. Sie konnten versuchen, einander zu verstehen, aber ihre Gefühle konnten sie nicht ändern. „Das Eine kann ich dir sagen: Ich möchte nicht, dass diese Sache meinen Gefühlen für dich in die Quere kommt."

Der Arm um seinen Körper hielt ihn etwas fester. „Das möchte ich auch nicht." Wally stellte fest, dass keiner von ihnen bereit war, über die besagten Gefühle offen zu sprechen. Später vielleicht einmal, aber jetzt war es genug, Dakota hier zu haben, von ihm gehalten zu werden. Es gefiel ihm und er wollte jetzt nicht noch mehr Staub aufwirbeln. Doch er wusste, dass sich an seinen Gefühlen nichts ändern würde – nichts ändern konnte. Und tief in seinem Inneren wusste er auch, dass es Dakota genauso ging.

Dakota drehte sich um und legte sich hinter ihn. Der starke Körper presste sich von den Füßen bis zum Rücken an ihn. Wally gähnte, schloss die Augen und schlief überraschend schnell ein.

Leider konnte er nicht durchschlafen, sondern wachte alle paar Stunden auf, sah auf die Uhr und schlief wieder ein. Schließlich bekam er leichte Rückenschmerzen, also stand er auf, zog sich an und ging nach draußen. Libby trottete auf ihn zu und stupste mit dem Kopf seine Hand an, damit er sie kraulte. Die anderen Hunde folgten direkt dahinter.

Im Osten ging gerade rosig die Sonne auf und erhellte allmählich das Gras um das Haus herum. Die Luft roch frisch und kühl, eine leichte Brise strich wie ein Kuss über Wallys Haut. Wally überlegte, ob er Kaffee machen sollte, aber er wollte niemanden aufwecken. So setzte er sich hin, genoss die Morgendämmerung und hörte dem Wind zu.

Als er ein leises Geräusch hörte, spitzte Wally die Ohren. Er sah sich um, ob es vielleicht einer der Hunde gewesen war. Doch die lagen alle eingerollt um seine Füße herum, die Köpfe auf ihren Pfoten. Wally lauschte, da hörte er das Geräusch erneut, nur ein wenig lauter; die Hunde erwachten und legten die Köpfe schief. Damit zeigten sie Wally, dass er sich nicht verhört hatte. Er stand auf und horchte weiter. Dann trat er von der Veranda und ging über die Weide. Die Hunde folgten ihm auf dem Fuße. Je lauter das Geräusch wurde, desto klarer konnte Wally es als hohes Winseln und Fiepen erkennen und desto aufgeregter wurden die Hunde. Zum Glück blieben sie aber weiter hinter ihm. Als Wally den Rand eines ausgewaschenen Grabens erreichte, war das Winseln ganz nah.

Dort unten, ein paar Meter entfernt, lag etwas, das aussah wie der Körper eines großen Hundes. Darüber stand ein großer Wolf, der dem auf dem Boden liegenden Wolf winselnd die Wunden leckte.

„Scheiße", flüsterte Wally.

Der große Wolf musste ihn gerochen haben. Sein Kopf drehte sich Wally zu und er fletschte knurrend die Zähne. Wally erstarrte, teils vor Angst, teils vor Ehrfurcht. Sein erster Instinkt war, sich zurückzuziehen, doch das konnte er nicht. Alles, was er während seiner jahrelangen Ausbildung je gelernt hatte, drängte ihn dazu, dem verletzten Wolf zu helfen.

Noch ehe Wally einen klaren Gedanken fassen konnte, kam ihm bellend die Kavallerie zur Hilfe. Die Hunde kamen über den Hügelkamm, kläfften wie verrückt und veranstalteten einen Heidenspektakel. Der Wolf sah hinunter auf den schlaffen Körper, dann zu den Hunden und noch einmal zurück, dann rannte er vor Wally davon. Ein letztes Mal blickte er sich noch um, dann sprang er aus dem Graben und flüchtete über das offene Land.

Wally sprang rasch in den Graben; der andere Wolf konnte jeden Moment zurückkommen. Am Hals der Wölfin ertastete er einen schwachen Herzschlag. Sie war am Leben, gerade noch so. Zum Glück blutete sie nicht mehr, aber ohne Hilfe konnte sie unmöglich überleben. Die Hunde standen schwanzwedelnd und hechelnd am Rand des Grabens und sahen aus, als seien sie sehr zufrieden mit sich.

Wally sah sich suchend um. Er wünschte, er hätte etwas dabei, worin er die Wölfin einwickeln konnte. „Scheiß drauf." Er schob die Arme unter die Wölfin und hob sie ächzend hoch. Sie war verdammt schwer. Dann kletterte er die Böschung hinauf. Der Kopf der Wölfin hing schlaff herab und Wally hoffte, dass er ihr nicht noch mehr Schaden zufügte, während er mit ihr im Laufschritt das freie Feld überquerte. Die Hunde waren direkt hinter ihm. Er sah über seine Schulter, um sicherzugehen, dass er nicht verfolgt wurde. Es war ihm klar, dass der andere Wolf ihn durchaus angreifen konnte. Wölfe paarten sich fürs Leben und für einen Alpha-Wolf gab es keine größere Bedrohung, als wenn ihm jemand sein Weibchen wegzunehmen versuchte.

Bei jedem Schritt betete Wally, dass der männliche Wolf seine Gefährtin für tot halten möge. Seine Beine wollten ihn kaum noch tragen und er atmete schwer, als er endlich den Stall erreichte. In der Sattelkammer legte er die verletzte Wölfin auf den Boden und schloss die Tür.

Auf der Ranch war es noch ruhig, doch sie konnte jeden Moment zum Leben erwachen. Wally eilte zur Tür, schlich sich hinein und in Phillips Zimmer. Zum Glück war Phillip allein. Wally schüttelte ihn wach.

„Shhh … Ich brauche deine Hilfe."

„Was ist denn los, zum Teufel?", gähnte Phillip blinzelnd.

„Sei still und zieh dich an, schnell." Wally wusste, dass er nicht viel Zeit hatte, bevor die anderen aufwachen würden.

Leise vor sich hin grummelnd zog sich Phillip an, aber wenigstens blieb er still, während er Wally zum Stall folgte. Als Wally die Tür zur Sattelkammer öffnete, keuchte Phillip auf. „Was, zum Teufel, tust du da?"

„Sei still", zischte Wally. „Sie stirbt, wenn ich ihr nicht helfe. Sie wurde angeschossen und ich glaube, sie ist trächtig."

Phillip kniete sich auf den Betonboden. „Was soll ich tun?" Wally blickte von dem Wolf auf und lächelte nervös. Auf Phillip konnte man sich eben verlassen—für seine Freunde tat er alles.

„Bring mir Wasser und meine Tasche aus deinem Auto. Und es darf dich um Gottes willen niemand sehen, vor allem Dakota nicht. Er würde mich umbringen."

Phillip sprang auf und kam ein paar Minuten später zurück. „Du kannst sie nicht hier lassen."

„Ich weiß, aber ich kann sie nicht bewegen, nicht jetzt." Wally nahm die Tasche und das Wasser entgegen. Er säuberte die Wunde so gut er konnte und griff dann zu seinen Instrumenten. „Jetzt halt sie gut fest und bete."

Er zog die Wundränder etwas auseinander und folgte dem Schusskanal durch das Hinterteil der Wölfin, bis er die Kugel fand. „Alles wird gut, mein Mädchen. Es hätte schlimmer sein können." Ihr Körper zuckte und Wally beeilte sich. Er packte die Kugel mit einer Pinzette und holte sie heraus.

Er legte das Instrument beiseite, vernähte die Wunde, säuberte und verband sie. „Die Wunde ist gar nicht so schlimm, aber das arme Ding wäre fast verblutet."

„Wir müssen sie hier rausschaffen."

„Da ist ein Holzschuppen hinter dem Haus, Dakota und ich sind gestern Abend daran vorbeigekommen. Vielleicht können wir sie dorthin bringen", sagte Wally schnell und mit gedämpfter Stimme. Er hatte eine alte Decke gefunden und breitete diese jetzt auf dem Boden aus, dann legte er die Wölfin sanft darauf ab.

Jeder ein Ende fassend hoben sie die Decke hoch und trugen sie gemeinsam hinten aus dem Stall hinaus und um das Haus herum. Währenddessen hörten sie schon Schritte und das Schlagen von Türen. Kurze Zeit später erreichten sie den Schuppen.

Dieser war zum Glück fast leer. Doch im Dach war ein Loch und in der hinteren Wand noch eins. „Da kommt sie doch raus!", sagte Phillip, als er das sah.

„Das geht schon in Ordnung. Setz die Decke ab." Sie legten sie auf den Boden. „Ich habe getan, was ich konnte. Nun liegt es an ihr und Mutter Natur. Entweder schafft sie es und läuft weg oder sie stirbt." Eine Welle der Hilflosigkeit durchlief ihn, doch das gehörte zu seinem Job. Die Wölfin war immer noch ein Wildtier – er konnte sie nicht gesund pflegen wie ein Haustier. Er konnte der Natur nur ein wenig unter die Arme greifen.

„Oh." Phillip machte einen Schritt zur Tür.

„Geh ruhig schon zurück zum Haus. Ich komme gleich nach. Ich hol' ihr nur noch ein wenig Wasser." Phillip ging und Wally lief schnell nach hinten, füllte ein Gefäß mit Wasser, brachte es in den Schuppen und stellte es in der Nähe der Wölfin ab. Er warf einen letzten Blick auf das grau-gelbbraune Fell und streichelte ihr über den Rücken. *Ich hätte nie gedacht, dass ich das einmal tun würde – einen Wolf streicheln.* Im Stillen wünschte er ihr alles Gute, stand auf und ging hinaus. Nachdem er die Tür leise hinter sich geschlossen hatte, ging er zurück zum Haus.

Er bog um die Ecke zum Stall und blieb wie angewurzelt stehen. Dort stand Dakota, die Arme über der Brust verschränkt, und starrte ihm entgegen. Er sah wütend aus, verletzt und mordlustig, alles zur selben Zeit. Wally hielt seinem Blick stand, während sein Geliebter mit diesen widerstreitenden Gefühlen kämpfte. Er hatte Gebrüll oder eine Explosion erwartet. Stattdessen senkte Dakota den Blick und Wally sah nur noch Schmerz und Enttäuschung darin liegen. Ohne ein Wort zu sagen drehte Dakota sich um und marschierte ins Haus. Hinter ihm knallte die Tür zu.

8

„WIE KONNTE er mir das nur antun?", murmelte Dakota vor sich hin, als die Tür hinter sich zuschlug. „Ich dachte …" Dakota schluckte, während er im Wohnzimmer auf und ab tigerte. Er stampfte über den Holzboden. „Wie konnte er nur?" Durch das Fenster sah er Wally zum Stall gehen, gefolgt von den Hunden und Phillip. Er hätte es wissen müssen. Für einen Moment schaute Wally zum Haus herüber. Er sah kreuzunglücklich aus. In dem Wissen, dass Wally ihn nicht hören konnte, rief Dakota: „Geschieht dir recht! Tu jetzt bloß nicht so!"

„Kota." Die Stimme seines Vaters, die vom Flur her zu ihm drang, lenkte ihn von seinem Zorn ab. Er kehrte dem Fenster den Rücken, ging den Flur entlang und stieß die Tür auf. Sein Vater war wach, sein Blick so klar wie schon lange nicht mehr. „Was ist denn los?" Die Worte waren undeutlich, aber verständlich, was ein großer Fortschritt war.

„Nichts", sagte er abwehrend, da er nicht wollte, dass sich sein Vater Sorgen machte.

„Wenn du verärgert bist, läufst du immer auf und ab." Sein Vater hustete und räusperte sich. Dakota hielt das Glas und den Strohhalm für ihn, damit er einen Schluck trinken konnte. „Was ist los?" Sein ganzes Leben lang war sein Vater der einzige Mensch gewesen, mit dem er immer reden konnte, und Dakota wollte sich ihm auch jetzt anvertrauen – er war sich nur einfach nicht sicher. „Rede mit mir, mein Sohn."

Dakota starrte seinen Vater an. Dann ließ er sich in einem Stuhl nieder. „Da gibt es etwas, was ich dir schon vor langer Zeit hätte sagen sollen."

Dann wusste er nicht mehr weiter und blickte zu Boden. Eine leichte Berührung an der Schulter brachte seine Aufmerksamkeit wieder zurück zu seinem Vater.

„Versuchst du mir hier gerade zu sagen, dass du nicht an Mädchen interessiert bist? Das weiß ich doch schon längst." Sein Vater wandte sich ihm zu und Dakota musste schlucken, weil er plötzlich so einen Kloß im Hals hatte.

„Woher weißt du das?" Dakota hob den Blick und sah seinen Vater an.

„Ich kenne meinen Sohn. Und ich bin zwar an dieses Bett gefesselt, aber ich bin nicht blind." Seine Sprache wurde wieder undeutlicher, doch Dakota verstand ihn perfekt. „Du weißt, dass ich dich immer lieben werde." Dakota nahm die Hand seines Vaters. Er wünschte sich nichts sehnlicher, als noch einmal von ihm umarmt zu werden, noch einmal von diesen Armen gehalten und getröstet zu werden, wie

79

damals, als er noch ein Kind gewesen war. Doch das war nicht möglich. Dakota konnte seinen Vater umarmen, doch sein Vater konnte seine Arme kaum bewegen, geschweige denn anheben.

„Ich weiß, Dad." Dakota kam sich dumm vor, dass er es ihm nicht schon viel früher gesagt hatte. Er hätte wissen müssen, dass sein Vater Verständnis für ihn haben würde. Himmel, sein Vater hatte doch auch Verständnis für ihn gehabt, als Dakota ihm eröffnet hatte, dass er Medizin studieren wollte, statt die Ranch zu übernehmen. Sie hatten sogar geplant, die Ranch zu verkaufen, wenn es soweit war und sein Vater hatte es verstanden. Vielleicht wurde am Ende ja doch alles gut.

„Also, wo liegt dann das Problem?" Während der letzten Jahre hatte Dakota sich oft gefragt, ob noch etwas von dem Mann, als den er seinen Vater einst gekannt hatte, in diesem verfallenen Körper steckte – und dann stellte er eine einfache Frage oder machte eine kleine Geste und Dakota wusste, sein Vater war noch da, ganz gleich wie. „Hat es was mit diesem jungen Mann, Wally, zu tun?"

Dakota nickte. „Ich hab' ihn erwischt, wie er ein paar Minuten nach Phillip aus dem alten Schuppen hinter dem Haus geschlichen kam. Es ist ja wohl ziemlich offensichtlich, was die beiden dort miteinander getrieben haben." Dakota spürte, wie der Schmerz wieder in ihm aufwallte. Er hatte gedacht, Wally hätte Gefühle für ihn. Auf jeden Fall war er gerade dabei, Gefühle für den kleinen Hitzkopf zu entwickeln.

„Nein, das ist es nicht." Dakota sah das leichte Funkeln in den Augen seines Vaters. „Schon als Kind hast du immer voreilige Schlüsse gezogen und das tust du jetzt auch. Hast du ihn gefragt, was er dort wollte?" Dakota schüttelte den Kopf. „Ich habe doch gesehen, wie der Junge dich angesehen hat, als wir neulich den Männern beim Üben zugeschaut haben." Seine Stimme wurde immer rauer. Dakota bedeutete ihm, sich auszuruhen, doch davon wollte sein Vater nichts wissen. „Er empfindet etwas für dich und ich weiß, dass du ihn magst."

„Wie kommt es nur, dass du so gar kein Problem mit all dem hast?" Dakota konnte es kaum glauben, dass er mit seinem Vater über seine Gefühle für Wally redete. Er konnte sich diese Gefühle ja selbst kaum eingestehen.

„Du bist mein Sohn." Damit schien für ihn alles gesagt zu sein. „Als deine Mutter und ich frisch verheiratet waren, haben wir uns gezankt, dass die Fetzen flogen, bis wir gemerkt haben, dass wir miteinander reden müssen. Nachdem wir das erst mal begriffen hatten, konnten wir mit allem fertig werden." Er fing an zu husten und Dakota griff wieder nach dem Wasserglas, doch sein Vater winkte ab. „Du warst so lange allein, doch ich will, dass du glücklich wirst. Ob mit einer Frau oder einem Mann, das spielt keine Rolle, solange du nur glücklich bist."

„Aber er hat mir wehgetan, Vater."

„Was ist, wenn du falsch liegst und dich ganz umsonst quälst?" Himmel, der Mann hatte eine Art an sich, die Dinge auf den Punkt zu bringen… Während Dakota noch überlegte, was er dazu sagen sollte, sah er, wie seinem Vater die

Augen zufielen. Ein schwaches Lächeln lag auf seinem Gesicht. Dakota blinzelte sich die Rührung aus den Augen. *Womit hab' ich nur so einen wunderbaren Vater verdient?*

Dakota verließ das Zimmer, ging in die Küche und machte für sich und seinen Vater ein leichtes Frühstück. Er brachte es ins Schlafzimmer und half seinem Vater beim Essen. Die Krankenschwester kam eine Stunde später, half seinem Vater in den Rollstuhl und fuhr ihn dann ins Wohnzimmer.

„Ich hab' was zu erledigen, Dad."

„Das würde ich auch so sagen", scherzte dieser. Dakota folgte seinem Blick. Durch das Fenster konnte er Wally sehen, der am Koppelzaun lehnte und die Pferde beobachtete. Phillip stand neben ihm. Sie unterhielten sich miteinander, doch selbst aus dieser Entfernung war es ganz offensichtlich, dass sie nur Freunde waren.

„Scheiße", fluchte Dakota leise. Es war so dumm von ihm gewesen, voreilige Schlüsse zu ziehen. Zwar ahnte er jetzt, dass er falsch gelegen hatte, aber warum hatte Wally dann so schuldbewusst dreingesehen? Es gab nur einen Weg, das herauszufinden – den Rat seines Vaters anzunehmen und Wally danach zu fragen.

Dakota ging zur Tür, hielt auf der Veranda inne und beobachtete, wie Wally und Phillip sich ernsthaft unterhielten. Wally sprach schnell und Phillip nickte ein wenig widerstrebend dazu. Ein paar Worte erreichten Dakotas Ohren. Er sagte nichts, aber es war deutlich zu erkennen, ab wann Wally wusste, dass Dakota ihn beobachtete. Wallys Rücken wurde ganz steif. Dakota sah, dass Phillip etwas zu Wally sagte und dann wegging. Langsam ging Dakota die Treppe hinunter und, sich zwingend weiterzugehen, lief er die Treppen nach unten. Als er näher kam, sah er das Feuer in Wallys Augen.

„Wally, es tut …" Bevor er weiter reden konnte, bekam er einen Schlag gegen die Brust, dass er auf den Hintern fiel. „Was, zum Teufel, sollte das jetzt?"

„Den ganzen Morgen hast du mich ignoriert! Bist du nicht Manns genug, um mit mir zu reden? Das ganze Gerede von wegen: Wir sind uns einig, dass wir uns nicht einig sind … war das nur ein Haufen Scheiße?" Wally stand über ihm und tänzelte auf den Zehenspitzen, als sei er bereit, Dakota windelweich zu prügeln.

Dakota hob die Hände, um sich zu ergeben, und Wally wurde ein wenig ruhiger. „Wovon redest du? Ich dachte, du und Phillip, ihr hättet euch im Holzschuppen ein wenig miteinander amüsiert." Dakota wandte den Blick ab. Ihm war klar, dass er kaum falscher liegen konnte, aber er wusste trotzdem nicht, was hier los war.

Wally hörte auf zu wippen, starrte aber weiter zornig auf ihn herab. „Du hast gedacht, Phillip und ich …?" Er rollte die Augen. „Oh, bitte. Der Mann ist ein wunderbarer Freund, aber komm schon, hast du mal seinen Kleiderschrank gesehen? Da ist mehr Leder drin als in deiner Sattelkammer." Immer noch über Dakota gebeugt erschauerte Wally dramatisch.

81

„Meinst du, ich kann wieder aufstehen, oder willst du mich noch mal umhauen?" Dakota rappelte sich wieder auf, hielt aber vorsichtig Abstand zu Wally. . „Was habt ihr denn nun in dem Schuppen gemacht?"

Nun schaute Wally etwas kleinlaut drein. „Ich glaube, das zeige ich dir besser. Ich fürchte allerdings, dass es dir auch nicht besser gefallen wird."

Dakota rieb sich die Brust. Wally hatte ihm dort nicht groß wehgetan; ihm tat allenfalls der Hintern weh. „Solange du nicht vorhast, mich wieder zu schlagen."

„Das werde ich nicht, solange du dich nicht wieder wie ein Arschloch benimmst und mich anschweigst." Wally lächelte nicht und Dakota fragte sich, was um Himmels willen wohl in diesem Schuppen sein konnte. Er ließ Wally über den Hof vorangehen. Dabei fiel ihm auf, dass Wallys Schritte immer langsamer und leichter wurden. Schließlich blieb er am Schuppen stehen und lauschte an der Tür.

„Was ist …"

„Shhh." Wally legte einen Finger an seine Lippen, öffnete die Tür einen Spalt und spähte hinein, bevor er sie so weit öffnete, dass Dakota einen Blick hineinwerfen konnte.

Zuerst glaubte Dakota, es wäre einer der Hunde. Ziemlich schnell realisierte er jedoch, was es war. Er schloss die Tür und trat einen Schritt von der Hütte zurück. Er konnte jeden einzelnen Schlag seines Herzens in den Schläfen spüren. „Was zum Teufel hast du dir nur dabei gedacht?", presste er zwischen zusammengebissenen Zähnen hervor, während er sich weiter von dem Schuppen und dessen möglicherweise lebensgefährlichem Bewohner entfernte.

„Sie war verletzt und brauchte Hilfe", erklärte Wally ruhig, als sei ein verletzter Wolf etwas ganz Alltägliches. Er hatte sogar den Nerv, Dakota anzusehen, als hätte dieser nicht alle Tassen im Schrank.

„Du hast einen Wolf, einen lebendigen Wolf, auf die Ranch gebracht?", schrie Dakota. Ihm platzte gleich der Kopf vor lauter Frust. „Sie hätte dich umbringen oder in Stücke reißen können." Er wusste, dass er gerade ziemlichen Unsinn redete, aber das war ihm im Moment scheißegal. „Wie, zum Teufel, hast du sie überhaupt hier rein gebracht?"

„Ich hab' sie getragen", antwortete Wally ruhig.

„Du hast sie getragen, einfach so? Ihr Gefährte hat dich einfach so mit ihr davonspazieren lassen?"

„Die Kavallerie hat ihn verscheucht." Wallys Stimme blieb ruhig und gelassen. Wie aufs Stichwort, wahrscheinlich wegen des Geschreis, kamen die Hunde über den Hof gerannt. Ihr Bellen übertönte Dakotas Stimme. „Siehst du? Die Kavallerie", sagte Wally, während die Hunde ihm um die Beine strichen.

Sprachlos und mit offenem Mund stand Dakota da. Was zum Teufel konnte er dagegen schon sagen? „Bist du wahnsinnig? Er hätte dich in Stücke reißen können." Bei dem Gedanken, dass irgendetwas oder irgendjemand Wally verletzen könnte, verflog Dakotas Zorn, und er zog Wally an sich und umarmte ihn fest.

„Mach so etwas ja nie wieder!" Er spürte, wie schnell er atmete, so als hätte er gerade einen Marathon hinter sich. Dann holte ihn die Realität wieder ein. „Was machen wir jetzt mit ihr?"

„Wir können nicht sehr viel tun. Ich hab' die Kugel entfernt und die Wunde genäht, aber ob sie überleben wird, weiß ich nicht. Auch wenn es so aussah, als würde sie schon besser atmen. Ich hoffe, sie wird sich soweit erholen, dass sie aus eigener Kraft hier wieder weg kann. Ich weiß, dass du zornig bist, weil ich sie hergebracht habe, aber ich konnte sie nicht einfach leiden und sterben lassen. Ich konnte es einfach nicht."

Scheiße, ein Blick aus Wallys großen Augen und Dakota konnte ihm nichts abschlagen. „Ich glaube, so langsam verstehe ich, wie sehr dir das am Herzen liegt."

„Es sind nicht nur die Wölfe, Dakota, es sind alle wilden Tiere." Wallys Kopf ruhte an Dakotas Brust. „Ich bin fest davon überzeugt, dass wir die Natur bewahren sollten, anstatt sie nur zu verwalten. Denn wenn wir nicht beschützen, was wir haben, wird es für immer weg sein. Ich weiß, sie sind eine Gefahr, aber hier geht es nicht nur um die Wölfe, sondern auch um die Bisons und die Geysire und die Berge dort drüben." Er zeigte auf die hohen Gipfel der Tetons in der Ferne. „Ich hoffe nur, du versuchst, es zu verstehen."

„Aber was sollen wir mit ihr machen? Ich meine, vielleicht kommt ihr Gefährte sie ja suchen und es geht einfach nicht, dass er sich hier auf der Ranch rumtreibt. Die Jungs werden ihn erschießen und ich werde sie nicht davon abhalten können." Dakota sah, wie Wally zu ihm aufblickte. „Dir ist hoffentlich klar, dass ich das nur für dich tue. Sie muss so bald wie möglich wieder hier weg." Scheiße, er konnte nur hoffen, dass er das nicht bereuen würde. Doch irgendwie war das wahrscheinlich unvermeidbar. „Keine gute Tat bleibt ungestraft", murmelte er vor sich hin.

„Was?"

Dakota schüttelte den Kopf. „Nichts." Langsam führte er Wally zurück zum Haus. Schließlich musste die Arbeit auch getan werden und es führte ohnehin zu nichts, sich über die Gefahr im Holzschuppen weiter den Kopf zu zerbrechen. Blieb nur zu hoffen, dass sie nicht lange dort drin sein würde. „Heute Morgen hat mein Vater nach dir gefragt."

„Hat er das?", fragte Wally, als sie die Veranda erreichten.

Bedächtig nickte Dakota. „Ich habe ihm gesagt, dass ich schwul bin. Na ja, genau genommen hat er mir gesagt, dass er das schon wusste. "

„Fühlt sich richtig gut an, wenn Menschen dich so akzeptieren, wie du bist, oder?" Dakota lächelte, als Wally mit strahlenden Augen zu ihm aufsah. „Es tut mir leid, dass ich dich so erschreckt habe, und ich hätte die Wölfin nicht ohne deine Erlaubnis herbringen sollen."

„Lass uns rein gehen." Dakota öffnete die Tür. Als Wally an ihm vorbeiging, griff er ihm an den knackigen Hintern. Wally quiekte auf und ging schneller, wobei er leise vor sich hin lachte.

„Hey, Dad", rief Dakota lächelnd. Jefferson saß in seinem Rollstuhl und schaute aus dem Fenster. „Es ist so schön draußen. Möchtest du ein bisschen auf der Veranda sitzen?"

Während Wally die Tür aufhielt, schob Dakota seinen Vater hinaus ins Freie. Dann setzte er sich mit seinem Laptop auf dem Schoß auf einen Stuhl. „Was machst du da?", fragte Wally und blickte ihm über die Schulter, so nahe, dass Dakota eine Nase voll von Wallys warmem Geruch abbekam. Einen Moment lang hätte er sich fast vergessen und Wally für einen Kuss an sich gezogen, aber er besann sich gerade noch rechtzeitig. Er sah auf und entdeckte Greg, der über den Hof lief und sie beide finster anstarrte. Wenigstens hielt er seinen Mund.

„Ich bringe die Aufzeichnungen über die Herde auf den neuesten Stand. Jedes Tier ist markiert und wir sammeln genaue Daten über jedes einzelne, von den Stellen, an denen sie grasen, über Tierarztbesuche bis hin zu allen möglichen Informationen. Das muss alles regelmäßig aktualisiert werden." Dakota machte sich wieder an seine Arbeit, aber Wally bewegte sich nicht von der Stelle. Schon bald spürte Dakota, wie Wallys warme Finger seine Schultern massierten. Dakota drehte sich zu seinem Vater um, konnte aber auf dessen Gesicht nur einen zufriedenen Ausdruck erkennen. Also arbeitete er weiter und genoss Wallys liebevolle Fürsorge.

Nach einer Weile schloss er den Laptop und lehnte sich entspannt auf seinem Stuhl zurück. Wally legte ihm die Arme um die Schultern und lehnte sich an ihn. Warmer Atem liebkoste Dakotas Haut. Es war ein schönes Gefühl, so umsorgt zu werden, und sei es auch nur für ein paar Minuten. Dakota kümmerte sich immer um alle anderen – seinen Vater, die Männer – und es war schön, dass sich zur Abwechslung mal jemand um ihn kümmerte. Dakota ließ eine Hand nach hinten gleiten, streichelte Wallys Bein und döste ein wenig vor sich hin—bis sein Handy klingelte. Zum Glück hatte er daran gedacht, es zusammen mit seinem Laptop mit nach draußen zu nehmen.

„Hallo, Doc. Was gibt's?" Der Tierarzt rief ihn selten an. Normalerweise war der Mann für beiläufige Gespräche viel zu beschäftigt.

„Ist Wally in der Nähe?"

„Sicher, bleiben Sie dran." Er gab das Handy an Wally weiter und lauschte mit halbem Ohr Wallys Seite des Gesprächs. Es dauerte nicht lange. Wally, der völlig entspannt gewesen war, wurde innerhalb weniger Sekunden total aufgeregt.

„Okay, ich werde bereit sein." Wally legte auf und gab das Telefon zurück. „Er ist auf dem Weg zu einem Hausbesuch und hat gefragt, ob ich mitkommen möchte. Er hat gemeint, eines der Pferde bei …", Wally zögerte einen Moment, „den Milfords bekommt Zwillinge und er ist gerade auf dem Weg dorthin."

Dakota stieß einen Pfiff aus. „Das ist sehr selten." Wally gab ihm einen aufgeregten Kuss. Dann sprang er die Stufen hinunter zu Phillips Auto und schnappte sich seine Tasche. In dem Moment bog der Truck des Tierarztes in den Hof ein. Wally stieg ein, winkte noch einmal und schon waren sie weg.

„Siehst du, ich hab's dir doch gesagt." Dakota drehte sich zu seinem Vater um und hörte ihm zu. „Er schaut dich an, als könntest du ihm die Sterne vom Himmel holen." Sein Vater atmete schwer und Dakota fragte sich, ob er ihn wirklich mit nach draußen hatte bringen sollen. Doch dann normalisierte sich seine Atmung und wurde wieder ruhiger. „Scheint mir so, als war das heute Morgen doch was anderes als du dachtest."

„Nein. In mancher Hinsicht war es sogar noch schlimmer." Dakota erzählte seinem Vater von der Wölfin. „Er hätte dabei umkommen können." Es überraschte ihn ohne Ende, dass seine erste und größte Sorge Wallys Sicherheit galt, wo doch das, was sich im Schuppen befand, eine Gefahr für die ganze Ranch darstellte. „Findest du es schlimm, dass ich zuerst an Wally gedacht habe?" Er war sich nicht sicher, ob das die richtige Wortwahl war. Doch in seinen Gedanken wurde Wally immer wichtiger für ihn.

Die Augen seines Vaters waren geschlossen und Dakota dachte schon, er wäre eingeschlafen.

„Nein. Ich glaube, man sollte immer zuerst an die Menschen denken, die einem wichtig sind." Dakotas Kopf fuhr herum und er starrte seinen Vater mit offenem Mund überrascht an. „Ich kann sehen, dass er dir wichtig ist, und darüber bin ich sehr glücklich. Du solltest nicht alleine sein. Und was diese Wölfin betrifft: Wir kommen seit Jahrzehnten mit ihnen zurecht und das wird auch in Zukunft so sein. Das gehört zum Geschäft." Sein Vater hustete und Dakota gab ihm Wasser. „Ich weiß, ich habe früher anders gedacht, aber Fakten sind Fakten, und dieser Wally kann den Teil von sich genauso wenig verleugnen, wie du verleugnen kannst, was du für diese Ranch empfindest."

„Wie bist du nur so schlau geworden?" Dakota ließ sich wieder auf seinem Stuhl nieder.

„Ich war schon immer so schlau, du hast es nur nie gemerkt." Ein zufriedenes Lächeln erhellte die Miene seines Vaters; es kam Dakota fast so vor, als habe sein Vater diesen Satz schon seit Jahren gerne mal sagen wollen. „Jetzt mach dich mal wieder an deine Arbeit. Ich werde hier noch ein Nickerchen machen und dafür brauch' ich kein Publikum." Seine Augen schlossen sich. Dakota schüttelte den Kopf. Heute war wirklich ein guter Tag; es war beinahe so, als habe er seinen Vater zurückbekommen. Ob es nun an den neuen Medikamenten lag oder einfach nur Glück war: Dakota würde alle guten Tage mitnehmen, die er mit seinem Vater nur haben konnte.

Dakota stand auf und ging die Treppe hinunter in Richtung Stall. Er war glücklich und ihm war irgendwie leicht ums Herz. Während der letzten paar Tage hatte er sich gegenüber seinem Vater und seinen Männern geoutet. Zuvor war ihm gar nicht bewusst gewesen, wie sehr die Geheimnisse und seine Ängste an ihm gezehrt hatten. „Hey, Boss", rief ihm einer seiner Männer im Vorbeigehen zu. Dakota grüßte zurück und ging weiter zur Koppel.

Da hallte ein Schrei über den Hof: „Was soll der Scheiß?!" Als Dakota sich umdrehte, sah er Greg vom Holzschuppen zurückweichen. Greg ging rückwärts und Dakota rannte im Laufschritt auf ihn zu.

„Das ist schon in Ordnung", sagte Dakota, als er den erschrockenen Mann erreichte.

„Ich …" Greg warf einen Blick über seine Schulter zurück zum Schuppen, während Dakota ihn von dort wegführte. „Ich hab' die Kettensäge gesucht und Mario hat gesagt, sie wär' vielleicht im Schuppen, und …" Erneut blickte er über seine Schulter. „Herrgott. War das …?"

„Ich fürchte, ja. Den hat Wally heute Morgen gefunden. Er glaubt, dass das der Wolf ist, den du letzte Nacht angeschossen hast." Dakota sprach weiterhin leise.

„Was zum Teufel soll das Vieh da drin? Warum hat er es nicht einfach getötet?", fragte Greg sachlich, als wäre das die einzig logische Lösung. Alle Männer auf der Ranch würden so denken, das war Dakota schon klar. Aber Wally war da wirklich ganz anders, und Dakota musste feststellen, dass er genau das an ihm mochte. Wenn Wally allen seinen Patienten soviel Fürsorge entgegenbrachte wie der Wölfin, dann würde er einmal ein wirklich hervorragender Tierarzt werden.

„Wally könnte so etwas nicht tun. Er hat sie in der Schlucht gefunden und konnte sie nicht einfach sterben lassen. Ich weiß, das ist schwer zu verstehen. Herrgott, ich verstehe es ja selber nicht. Ich sehe das so: Tieren zu helfen ist einfach ein Instinkt für ihn. Deshalb ist er heute Morgen mit Doc weggefahren, um bei der Geburt der Zwillingsfohlen auf der Milford-Ranch zu helfen, und deshalb hat er auch der Wölfin geholfen." Dakota deutete mit dem Kopf in Richtung Schuppen.

„Das ist doch bescheuert!", entgegnete Greg, während sie zur Koppel zurückgingen. „Weiß er denn nicht, dass dieser Wolf das nächstbeste Kalb reißen wird, das er zu fassen kriegt? Das ist absolut verrückt, wenn du mich fragst." Kopfschüttelnd marschierte Greg davon in Richtung Stall, wobei er die ganze Zeit vor sich hin grummelte.

Dakota machte sich an die Arbeit. Er musste etwas Körperliches tun, also verbrachte er den Rest des Vormittages damit, den Stall zu säubern. Dann holte er den Rasenmäher heraus und mähte das Gras im Hof, um das Haus herum. Gegen Mittag machte er eine Mahlzeit fertig und aß mit seinem Vater zusammen auf der Veranda.

„Es wird langsam ein bisschen warm. Willst du wieder rein, Dad?"

„Himmel, nein. Ich fühle mich hier draußen fast lebendig."

Dakota lachte. Genau in dem Moment fuhr ein Auto auf den Hof, aus dem die Krankenschwester ausstieg. „Hallo, Mr. Holden, Dakota." Sie kam die Treppe herauf. „Kommen Sie, ich mach' Sie mal ein bisschen frisch." Sie löste die Bremsen seines Rollstuhls. „Keine Sorge, Mr. Holden, ich bringe Sie nachher wieder hier raus."

Dakota öffnete die Tür und sie schob ihn ins Haus. Als er die Tür wieder schloss, fuhr ein Truck auf den Hof. Er hielt an, Wally stieg aus und bedankte sich bei Doc, wobei er redete wie ein Wasserfall.

„Haben Sie noch Zeit, was zu trinken?", rief Dakota, während er dem Fahrzeug entgegen ging,

Der Tierarzt steckte seinen Kopf aus dem Seitenfenster. „Liebend gerne, aber ich muss zurück ins Büro." Winkend fuhr er vom Hof. Der Truck holperte die Einfahrt hinunter und hinaus auf die Straße.

„Gott, Kota. Es war unglaublich." Wally eilte auf ihn zu, und Dakota entfuhr ein leises Ächzen, als der kleinere Mann in ihn hineinschlitterte und ihn fest umarmte. Dabei hörte Wally keine Sekunde auf zu reden. „Ihr Bauch war so dick, dass es aussah, als würde sie jeden Moment platzen. Wir kamen gerade rechtzeitig, um die Geburt des ersten Fohlens mitzubekommen. Das Zweite kam gleich danach."

„Gab es irgendwelche Probleme?" Dakota strich Wallys Haar zurück und es gefiel ihm wirklich sehr, dass dieser nicht zurückwich.

„Nein. Zwei wunderschöne Hengstfohlen. Sie sind ein bisschen klein, aber das war zu erwarten." Dakota konnte spüren, wie Wally vor lauter Energie nahezu vibrierte.

„Möchtest du etwas essen?" Wally nickte und löste sich aus der Umarmung. „Dann hol ich dir was. Danach können wir ausreiten." Dakota nahm Wallys Hand und führte ihn ins Haus.

„Wo ist Phillip?", fragte Wally und sah sich um.

Dakota grinste. „Er ist bei Mario, und ob du es glaubst oder nicht: Sie setzen Zaunpfähle."

Wally fing an zu lachen. „Du meinst, er hat Phillip dazu gebracht, körperlich zu arbeiten? Guter Gott. Ich würde glatt dafür bezahlen, um das zu sehen."

Dakota machte Wally ein Sandwich und brachte es ihm an den Tisch. „Ich glaube, Mario will was von Phillip." Er setzte sich Wally gegenüber und sah ihm beim Essen zu. Was auch immer er tat, der Mann war hinreißend. Dakota überlegte gerade, ob Wally für ein wenig Spaß zu haben wäre, als ein dumpfes Geräusch aus dem hinteren Teil des Hauses ihn daran erinnerte, dass sie nicht alleine waren. So begnügte er sich damit, sich grenzwertig pornografische Gedanken zu machen, und ließ Wally sein Sandwich essen.

Nachdem sie sich satt gegessen und die Pferde gesattelt hatten, ritt Wally voran über das Weideland. „Kannst du mir zeigen, wo du den Wolf gefunden hast?", fragte Dakota und trieb sein Pferd an, bis er neben Wally ritt.

„Sicher." Wally deutete in die Richtung. „Es war in dem Graben gleich dort drüben." Er ritt voran und als sie in die Nähe des alten Bachbetts kamen, hielt er an und stieg vom Pferd. „Der Sand ist ein wenig unsicher."

Dakota stieg ebenfalls ab und stellte sich neben ihn. Er hielt sein Pferd am Zügel und blickte in die lange Vertiefung im Boden. Er konnte sehen, wo die Erde verkrustet wirkte und deutlich dunkler war. Vermutlich von dem Blut. „Wie zum Teufel hast du eigentlich einen bewusstlosen Wolf da rausgeschleppt?" Dakota warf Wally einen plötzlich sehr besorgten Blick zu. „Sie *war* doch bewusstlos, oder?"

„Ja. Und ich denke, die Aufregung hat mir die Kraft gegeben."

„Du hast sie wirklich den ganzen Weg zurückgetragen?" Dakota schaute zu den Gebäuden der Ranch. „Das muss dir ja wie eine Ewigkeit vorgekommen sein." Er hatte Wally in Aktion gesehen. Der kleinere Mann war wirklich ein Energiebündel. Dakotas Pferd begann, nervös mit den Hufen zu stampfen, und schlug schnaubend mit dem Kopf. „Was ist los, mein Junge?", fragte Dakota und sah sich um, da Wallys Pferd anfing, sich genauso zu benehmen. „Riechst du etwas?"

Wally dachte dasselbe. „Da ist etwas im Gras, drüben bei den Bäumen." Wally deutete an die Stelle und Dakota sah genau hin. Tatsächlich, eine schwache Bewegung im Gras, die nicht durch den Wind verursacht wurde, erregte seine Aufmerksamkeit.

„Wir sollten von hier verschwinden. Er sucht nach ihr, und hier, wo wir gerade sind, wird er damit anfangen", sagte Dakota mit mehr als nur einer Spur von Besorgnis. Wally drehte sein Pferd, stieg auf und trieb es zurück zum Haus. Dakota folgte direkt dahinter. Als sie sich den Gebäuden näherten, wurden die Pferde wieder ruhiger. Dakota hielt neben Wally an, der schon auf ihn wartete. „Er wird nicht aufhören, nach ihr zu suchen, das ist dir doch klar, oder? Früher oder später kriegen wir Besuch von ihm, wenn sie auf der Ranch bleibt."

Das Licht in Wallys Augen verschwand und Dakota wusste, dass ihm das auch klar war. „Was soll ich tun?"

„Heute Abend bringen wir sie in den Graben zurück, wo er sie zuletzt gesehen hat. So wird er zumindest nicht auf die Ranch kommen."

„Ich hoffe, es geht ihr dafür gut genug." Widerstreitende Gefühle lagen in Wallys Augen. „Ich sehe sie und möchte ihr helfen, und dann sehe ich dich und will dir nicht schaden oder der Ranch Probleme bereiten."

„Aber du hast ihr geholfen, Wally. Sie ist ein wildes Tier und du hättest ihr nicht mehr helfen können, als du es getan hast, ohne ihr die Freiheit zu nehmen." Gott, er konnte es kaum glauben, dass er Mitgefühl mit einem Wolf hatte. Wally fing definitiv an, auf ihn abzufärben, oder vielleicht – er schaute sich den besorgten Gesichtsausdruck des kleineren Mannes an – vielleicht kamen sie einander einfach immer näher.

„Ich schätze, du hast recht." Ein Lächeln breitete sich über Wally s Gesicht. „Und danke für das „Wir". Das bedeutet mir sehr viel." Wally neigte sich zu ihm und Dakota kam ihm auf halbem Weg entgegen, um diese weichen Lippen zu küssen. „Ich weiß, wie schwierig das ist, und ich mache alles nur noch härter für dich."

„Das kannst du laut sagen." Dakota sah zuerst auf seinen Schoß, dann Wally ins Gesicht, der ihn angrinste.

Wally schnappte ihn am Hinterkopf und zog ihn in einen innigeren Kuss. „Das geht nicht nur dir so." Sie küssten sich, bis Wallys Pferd entschied, dass sie nun schon lange genug an demselben Fleck standen. Es marschierte in Richtung Ranch los und beendete damit ihren Kuss. Sie nahmen das als Wink mit dem Zaunpfahl, zum Stall zurückzureiten. Als sie durch den Hof kamen, sah Dakota, dass sein Vater friedlich schlafend in seinem Rollstuhl auf der Veranda saß. Die Krankenschwester packte gerade ihre Sachen zusammen und machte sich zum Heimgehen bereit.

Als Dakota vom Pferd stieg, kam sie zu ihm herüber. „Er hat gebadet und dann wollte er einfach nur draußen sein. Wo er schon mal auf war, habe ich gleich das Bett frisch bezogen und alles für die Nacht bereit gemacht", lächelte sie. Dakota bedankte sich bei ihr und schaute dabei zu seinem schlafenden Vater. „Er hat heute einen tollen Tag. Er hat mir alles über euer Gespräch erzählt." Dakota machte große Augen; er war sich nicht sicher, ob er sich darüber freuen sollte. „Manchmal nimmt einem die Krankheit die Fähigkeit zur Selbstzensur." Sie tätschelte ihm die Schulter. „Dass er es mir erzählt hat, heißt ja nur, dass er stolz auf dich ist." Mit einem erneuten Lächeln packte sie ihre Sachen ins Auto und winkte, als sie davonfuhr.

Wally kam aus dem Stall und nahm die Zügel von Dakotas Pferd. „Alles in Ordnung?", fragte er.

Dakota blinzelte ein paar Mal, um sicherzugehen, dass er nicht träumte. „Eigentlich hätte ich eine Menge Geschrei und Beschimpfungen erwartet, vielleicht sogar ein paar Drohungen, wenn jemand herausfindet, dass ich schwul bin."

„Hast du Greg schon vergessen?" Wally führte das Pferd in den Stall. Dakota löste sich aus seinen vorübergehenden Tagträumen und folgte ihm.

„Wie könnte ich? Wie du ihn umgehauen hast—das Bild werde ich wohl nie vergessen." Dakota öffnete die Boxentür und Wally führte das Pferd hinein. „Er ist nur ein Großmaul, der ständig Angst davor hat, was die Leute wohl denken könnten. Der Mann hat in seinem ganzen Leben noch nie eine eigene Meinung gehabt."

„Das sind die, auf die du aufpassen musst." Wally trat aus der Box heraus und lehnte sich mit dem Rücken gegen die geschlossene Tür. „Versteh mich nicht falsch—ich finde es großartig, dass du dich entschieden hast, mit den Lügen und der Heimlichtuerei aufzuhören. Und bisher hast du damit ja auch nur gute Erfahrungen gemacht, aber sei nicht überrascht, wenn das nicht so bleibt. Besonders, wenn es sich in der Stadt herumspricht – und das wird es."

„Das fürchte ich auch." Dakota trat nervös von einem Bein auf das andere.

„Da werden dich einige Leute überraschen, in beide Richtungen. Manche, von denen du dachtest, sie wären aufgeschlossen, werden nicht mehr mit dir reden. Andere werden dich ohne mit der Wimper zu zucken akzeptieren."

„Ist dir das passiert?" Dakota fühlte, wie seine Nervosität nachließ. Es war schön, jemanden zum Reden zu haben. Am Telefon hatte er mit Phillip schon über solche Dinge gesprochen, aber es tat gut, dafür jemanden zu haben, den er mochte und dem er vertraute.

Wally nickte. „Nach meinem Coming-out hat sich mein bester Freund aus dem College geweigert, mich zurückzurufen. Ein Jahr haben wir zusammengewohnt, unsere ganze Freizeit haben wir miteinander verbracht. Nach meinem Bachelorabschluss habe ich mich geoutet und seither hat er keinen meiner Anrufe mehr beantwortet." Wallys Augen schimmerten feucht und er zuckte ein wenig dramatisch mit den Schultern. „Es ist jetzt keine große Sache mehr, doch damals hat es echt schlimm wehgetan. Ich hatte wirklich geglaubt, er würde mich unterstützen." Wally trat näher, und Dakota konnte seine Wärme spüren sowie den Duft des weiten Landes an ihm an ihm riechen, als er ihn umarmte. „Das Wichtigste ist, du selbst zu sein, dann werden es die anderen schon einsehen. Du musst ihnen nur zeigen, dass du derselbe Mensch bist, der du immer warst. Für die meisten Menschen wird es sowieso keine Rolle spielen."

Dakota ging davon aus, dass Wally ihn gleich küssen würde. Aber sie wurden durch näher kommende Schritte unterbrochen und Wally wich zurück. Dakota drehte sich um und erblickte Greg, der verlegen und ziemlich unbehaglich dreinschaute. „Brauchst du etwas?"

„Nur ein paar Sachen aus der Sattelkammer", erwiderte Greg und Dakota sah ihm misstrauisch nach, als er durch den Stall ging. Es fiel ihm auf, dass Greg zwar einen weiten Bogen um sie machte, aber Wally kurz zunickte.

Sie hörten weitere Schritte und dann tönte Phillips Stimme durch den Stall. „Eine richtige Tanzveranstaltung?"

„Ja, mit echten Cowboys." Mario folgte Phillip, der ziemlich steifbeinig ging. „Du hast die Wahl, da bin ich mir sicher", fügte Mario etwas kurz angebunden hinzu.

„Ich hab schon den Cowboy, den ich will. Aber du wirst wohl kaum mit mir tanzen können," neckte Phillip. Dakota lachte laut auf, als Phillip doch tatsächlich mit den Wimpern klimperte.

„Das ist Linedancing, also können wir nebeneinander stehen."

Das schien Phillip zu beschwichtigen, sehr zu Marios Belustigung. „Wollt ihr beiden mitkommen?", fragte Phillip.

Dakota sah Wally an, der mit den Schultern zuckte. „Ich kann nicht besonders gut tanzen." Dakota fühlte, wie ein Prickeln ihn durchrieselte, als Wallys Hand über seinen Rücken strich. „Wir haben erst noch eine Kleinigkeit zu erledigen. Und ich glaube, danach hast du dir eine Belohnung von mir verdient. Dafür, dass du so viel Verständnis hast." Wally zog leicht die Augenbrauen hoch.

Dakota musste sich einfach näher zu ihm neigen. „Was für eine Belohnung?"

„Das kommt darauf an." Wally kniff ihn leicht ins Ohr und Dakota erschauerte unwillkürlich. *Verdammt, was konnte der Mann herrlich boshaft sein.*

Dakota unterdrückte gerade noch das lustvolle Aufseufzen, das ihm zu entschlüpfen drohte. „Ich glaube, wir passen. Trotzdem viel Spaß Euch beiden und passt auf, dass sich die Männer an die Regeln halten", warnte Dakota in leichtem Ton.

„Die Regeln?", fragte Phillip.

„Unter der Woche dürfen sie nicht so viel trinken. Am Samstagabend ist es okay, aber wenn sie sich unter der Woche betrinken, kriegen sie am nächsten Tag nichts auf die Reihe", erklärte Mario, bevor er seine Aufmerksamkeit wieder Dakota widmete. „Wir haben die Zaunpfosten gesetzt, also können wir morgen den Draht spannen. Ich hab' den Männern gesagt, sie können für heute Feierabend machen." Dakota nickte zustimmend und sah dann zu, wie Mario Phillip aus dem Stall führte.

„Ich muss nach Dad sehen." Dakota hätte nichts lieber getan, als den Rest des Nachmittags mit Wally zu verbringen. Aber er hatte noch was zu tun, komme, was da wolle. Und wenn er sich nicht bald an seine Arbeit machte, würde er sich am Ende noch mit Wally auf dem Heuboden wälzen und der Mann hatte etwas Besseres verdient – etwas viel Besseres. Dakota schüttelte den Kopf über sich selbst. Mit anderen Männern wäre ein kleines Abenteuer auf dem Heuboden das Ziel seiner Wünsche gewesen, aber von Wally wollte er mehr, auch *für* Wally. Heilige Scheiße, was sollte er nur machen, wenn Wally wieder nach Hause fuhr? Die Erkenntnis traf ihn wie ein Schlag in die Magengrube.

„Alles in Ordnung?" Wallys Frage riss ihn aus seinen Gedanken. „Einen Moment lang hast du ausgesehen, als hättest du Schmerzen."

„Mir geht es gut." Dakota versuchte, sich den Ausdruck vom Gesicht zu wischen. „Ich muss nach Dad sehen." Er hoffte, dass sich das nicht zu sehr danach anhörte, als suche er einen Grund, sich zu verdrücken. Doch genau das brauchte er jetzt.

„Dann sattle ich die Pferde ab und wir treffen uns später drinnen." Wally sah verwirrt aus. Dakota wusste, dass er etwas sagen sollte, aber ihm fiel nichts ein. Seine eigenen Emotionen waren plötzlich zu nah an der Oberfläche. Er hob die Hand, und in der Hoffnung, dass die Berührung für Wally genug Beruhigung wäre, strich er ihm mit den Fingern über den Arm, bevor er wegging. An der Tür drehte er sich noch einmal um und tat sein Bestes, um zu lächeln. Wally lächelte zurück.

Als er zur Veranda kam, hatte sein Vater die Augen immer noch geschlossen. Doch sobald Dakota die Stufen hinaufging, machte er die Augen auf und Dakota sah ein halbes Lächeln auf seinem Gesicht. „Und, hat es euch Spaß gemacht?"

„Wir haben nichts Besonderes getan."

„Aber hattet ihr Spaß?"

Dakota nickte. „Ja."

„Dann weißt du es jetzt also, Kota."

„Was weiß ich?" Doch eine Antwort bekam er nicht. Die Augen seines Vaters schlossen sich wieder. Als Dakota die Frage wiederholte, reagierte sein Vater nicht. Dakota wusste, dass er sich wahrscheinlich nur schlafend stellte, aber er konnte ihn nicht drängen. Es würde ihm sowieso nichts nützen. „Anscheinend hält er sich jetzt schon für eine Art Orakel", brummte Dakota und ging ins Haus, um sich ein Bier aus dem Kühlschrank zu holen. Vermutlich würde Wally auch eins brauchen können, wenn er fertig war, also schnappte Dakota sich gleich zwei und ging wieder hinaus.

Draußen sah er den Mann, der seine Gedanken anscheinend ständig in Anspruch nahm, mit einem breiten Lächeln im Gesicht auf sich zukommen. „Der Tierarzt hat gerade angerufen. Er sagte, den beiden Fohlen geht es gut." Dakota bot ihm das Bier an und Wally setzte sich neben ihn. Das Bier machte die warme Sommerbrise gleich erträglicher.

Als die Sonne unterging, schob Dakota seinen Vater ins Haus und kümmerte sich um das Abendessen. Während er kochte, konnte er hören, wie Wally und sein Vater sich im anderen Zimmer leise miteinander unterhielten. Als er genauer hinhörte, musste er lächeln. Sein Vater fragte Wally übers Schwulsein aus. „Hab ich irgendwas falsch gemacht? Hätte ich ihm helfen können?" Dakota schätzte, dass es wohl normal war, dass sein Vater sich das fragte. Es fiel ihm wohl leichter, diese Fragen jemandem zu stellen, der die Antworten nicht beschönigen würde. Doch Wallys Antworten überraschten ihn. Sie waren bedacht und mit Sorgfalt formuliert. „Durch Sie ist Dakota zu dem ganz besonderen Menschen geworden, der er heute ist. Haben Sie ihn schwul gemacht? Nein. Haben Sie ihm geholfen, ihn zu dem Mann und Sohn zu machen, auf den Sie stolz sein können? Ja. Und nur das ist wichtig." Dakota blinzelte ein paar Mal, als er sich wieder dem Kochen zuwandte. Er versuchte, nicht daran zu denken, wie er sich nächste Woche fühlen würde, wenn Wally nicht mehr da wäre.

Nach einem ruhigen Abendessen entschuldigte sich Dakota und ging hinaus zum Stall. Er hörte die Männer, die in der Nähe des Arbeiterhauses beieinander standen, wie sie redeten und lachten und sich gegenseitig wegen der Mädchen neckten, mit denen sie tanzen wollten. Während er sich vergewisserte, ob alles für die Nacht sicher verschlossen war, hörte er die Trucks davonfahren. Auf der Ranch wurde es still.

„Bist du so weit?"

Dakota zuckte leicht zusammen. „Ja."

„Hab' ich was falsch gemacht? Bist du sauer, weil ich mit deinem Vater gesprochen habe?"

„Gott, nein." Dakota drehte sich um und sah in große, sorgenvolle Augen. „Ich musste nur daran denken, dass du bald wieder fortgehst."

„Ich wollte es dir eigentlich erst später erzählen, aber Doktor Hastings hat mir heute einen Job angeboten. Er hat allmählich mehr zu tun, als er allein bewältigen kann, und hat mir eine Stelle bei ihm angeboten. Vielleicht sogar eine Partnerschaft, wenn alles gut läuft."

„Du meinst also, dass dieser Urlaub vielleicht nicht alles für uns sein könnte?"

„Das hängt von uns ab. Mir war nicht klar, wie gut es mir hier gefallen würde." Wally kniff die Augen zusammen. „Und bevor du fragst: wenn ich die Stelle annehme, dann aus diesem Grund und nicht deinetwegen. Diesem Druck möchte ich dich nicht aussetzen. Das wäre nicht fair." Wally trat näher. „Obwohl du ein ziemlich netter Bonus bist."

„Bin ich das, hm?" Wally wand sich, als Dakota ihn an den Rippen kitzelte. „Das ist nicht fair!" Kichernd versuchte Wally, sich zu befreien.

Dakota hörte auf, trat noch näher an ihn heran und zog ihn in seine Arme. „Also, wie lautet dein Plan, um die Wölfin von hier wegzubringen?"

„Vor ein paar Minuten habe ich nach ihr gesehen. Sie ist wach, kann aber noch nicht richtig laufen. Es wird ein paar Tage dauern, bis die Muskeln in ihrem Hinterbein verheilt sind. Ich werde ihr wohl eine leichte Betäubung geben müssen und dann können wir sie zurück in den Graben bringen. Am besten tragen wir sie in der Decke, so wird unser Geruch nicht zu sehr an ihr haften."

Dakota ließ ihn los und ging zum Haus.

„Wo gehst du hin?", fragte Wally.

„Ich hole mein Gewehr."

„Wofür?"

„Wally." Er blieb stehen und drehte sich um. „Ich gehe nicht ohne Schutz. Wegen der Wölfin mache ich mir keine Sorgen, aber ihr Gefährte kommt vielleicht auf dumme Gedanken, besonders, wenn er ihren Geruch erkennt. Er wird sich durch nichts von ihr fernhalten lassen und für uns könnte es kritisch werden, wenn wir ihm dabei im Weg sind."

„Du wirst ihm doch nichts tun, oder?"

Dakota hasste es, den Zweifel und die Besorgnis in Wallys Stimme zu hören. „Ich tue mein Bestes. Aber ich werde nicht zulassen, dass du verletzt wirst." Wallys Gesichtsausdruck entspannte sich zu einem halben Lächeln. „Geh und hol' deine Ausrüstung. Wir treffen uns dann hinten."

Wally nickte. Dakota ging ins Haus, schnappte sich sein Gewehr und ging durch die Hintertür wieder nach draußen. Er sah, wie Wally vorsichtig auf die Hütte zuging, sie umrundete und die Tür einen Spalt öffnete. Ein gedämpfter Schlag drang an sein Ohr. Wally trat zurück, und Dakota sah, wie die Wölfin humpelnd aus dem Schuppen herauskam und dann auf dem Boden zusammenbrach, und eilte hinüber. Als er näher kam, wickelte Wally sie schon in die Satteldecke. „Wie machen wir das am Besten?"

„Wir benutzen die Decke als Tragetuch. Jeder nimmt eine Seite. So schwer ist sie nicht und wir können sie ziemlich schnell rüber tragen." Wally lagerte sie auf der Decke um, ohne sie zu berühren. Als er zufrieden war, hoben sie die Ecken an und liefen mit ihr über die Weide. Dakota trug sein Gewehr. Er war bereit, die Decke sofort fallen zu lassen, sollte das Männchen auftauchen.

„Wenn er nach ihr sucht, könnte er uns schon beobachten." Dakota suchte das Gelände nach Anzeichen für die Anwesenheit eines großen Raubtiers ab.

„Ich weiß." Sogar Wally war nervös. Je näher sie dem Graben kamen, desto höher stieg die Anspannung bei beiden.

Bei der Anhöhe nahe dem Rand der langen Bodensenke setzten sie ihr Bündel vorsichtig ab und Dakota gestattete sich zum ersten Mal einen genaueren Blick auf die Wölfin. „Sie ist wirklich schön, oder?" Wally antwortete nicht, warf ihm aber einen Ich-hab'-es-dir-ja-gesagt-Blick zu. Dakota drehte sich um und suchte ein letztes Mal mit Blicken die Umgebung ab. „Wir müssen uns beeilen. Ihr Geruch ist sehr stark und bei dem Wind wird er sie bald erschnüffelt haben."

Sie hoben die Ecken wieder an und stiegen langsam und vorsichtig die Böschung hinab. Dakota spürte, wie ihm der Kies unter den Füßen wegrollte; fast wäre er hinuntergerutscht. „Kota!", rief Wally hinter ihm. Dakota fing sich wieder.

„Alles in Ordnung. Sei bloß vorsichtig." Dakota machte einen weiteren Schritt und sah zu, wie Wally den Hang herunterkam. Er rutschte ebenfalls aus, aber sie schafften es trotzdem irgendwie bis nach unten.

„Kota, sie kommt zu sich." Wally setzte die Decke ab und Dakota tat es ihm nach, als die Wölfin den Kopf hob. Hastig krabbelte Dakota die Böschung hinauf, Wally direkt hinterher. Sie hatten es gerade über den Rand geschafft, als ein tiefes, bedrohliches Knurren sie herumfahren ließ. Über den Graben hinweg starrte das Männchen sie an. Für Dakota sah es so aus, als wolle er jeden Moment springen.

„Geh zurück, Kota", sagte Wally heiser vor Angst, während er Schritt für Schritt rückwärts ging.

Dakota folgte ihm und hielt dabei sein Gewehr bereit. Während sie weiter langsam zurückwichen, hörte er ein leises Winseln und sah das Alphamännchen in die Senke springen. Er nahm seine Augen nicht von der Stelle, an der der Wolf verschwunden war, und blieb nicht stehen, bis sie weit genug weg waren. „Okay, lauf." Gemeinsam drehten sie sich um und rannten über das offene Feld zur Ranch. Alle paar Minuten sahen sie sich um, doch sie schienen nicht verfolgt zu werden. „Er ist bestimmt zu beschäftigt mit ihr." Keiner der beiden hörte zu rennen auf, bis sie die Veranda des Hauses erreichten. Beide hatten die Hände auf die Knie gestützt und schnappten nach Luft, als ein schrilles Heulen über die Ranch hallte, gefolgt von einem viel schwächeren Ruf.

„Danke dir, Kota." Wally blinzelte ein paar Mal und lächelte zu ihm auf. Die Anspannung fiel vom Körper des kleineren Mannes ab.

„Lass uns reingehen. Wir brauchen dringend eine Dusche und vielleicht ein wenig Alkohol." Ein Rancher, der Wölfen half – das schrie geradezu nach Alkohol. „Wir stinken beide nach Wolf, Dreck und Pferd." Wally nickte und folgte Dakota ins Haus, den Flur entlang bis in sein Schlafzimmer, und schloss die Tür hinter ihnen. „Willst du nicht duschen?"

„Natürlich", erwiderte Wally und zog sein Hemd und die Schuhe aus. „Ich dachte mir, wir könnten Wasser sparen." Als Nächstes kam die Hose dran und dann stand Wally vor ihm, nackt und sehr erregt und pirschte sich näher an ihn heran. „Ich schlage vor, du ziehst dich aus, es sei denn, du möchtest in deinen Klamotten duschen."

„Oh Mann", keuchte Dakota auf und knöpfte sein Hemd auf.

„Ganz genau." Wally griff nach dem Knopf an Dakotas Jeans, machte ihn auf und streifte Dakota den Stoff von den Beinen. Seine Finger schlossen sich um Dakotas steifen Schwanz. Dakota fummelte immer noch an seinem Hemd herum und als Wallys Lippen sich an einer seiner Brustwarzen festsaugten, bäumte er sich ihm entgegen. Da gab er einfach auf, ließ die Hände sinken und ergab sich Wally vollkommen. Er konnte nur hoffen, dass seine Knie nicht nachgaben.

9

„GOTT, DU schmeckst gut", stöhnte Wally leise gegen Dakotas Haut, als er spürte, wie der größere Mann den Rücken durchbog und die Hüften seiner Berührung entgegen stieß.

„Ich schmecke besser, wenn ich sauber bin", keuchte Dakota. Wally saugte fester und bewegte seine Hand im Gleichtakt mit Dakotas Hüften. „Wally, ich halte nicht mehr lange durch, wenn du so weitermachst."

Wally schniefte pikiert, trat einen Schritt zurück und löste seine Finger von Dakota. Er musste lächeln, als er sah, wie sich Dakotas Brustkorb unter schweren Atemzügen hob und senkte. „Dann mach, dass du aus diesen Klamotten raus und unter die Dusche kommst. Ich fang' gerade erst an."

Dakotas Hemd fiel zu Boden, danach seine Hose. Wally folgte seinem nackten Hintern ins Badezimmer, eine Hand auf jeder Pobacke. „Kommt mir so vor, als willst du mit unter die Dusche", neckte Dakota, als sie im Bad waren und er das Wasser aufdrehte. Wally sah zu, wie Dakota sich unter den Wasserstrahl stellte und zu ihm umdrehte. Er ließ die Hände über seine Brust gleiten; Wasser rann über sonnengebräunte Haut und durchtränkte das dunkle Brusthaar. Wally lief das Wasser im Mund zusammen und er trat zu Dakota und legte die Arme um ihn. Er zog den Duschvorhang zu, hüllte sie beide in einen Kokon aus Wasser und Wärme.

Lippen saugten an seiner Schulter, küssten und knabberten zärtlich, während große Hände Wallys Rücken hinab glitten und seinen Hintern umfassten. „Kota." Er versuchte, sich ihnen zu entwinden.

„Was?" Die Hände hielten still. Dakotas Augen waren halb geschlossen vor Lust.

„Wenn du das tust, kann ich nicht denken." Wally ließ seine Blicke über den größeren Mann schweifen. „Nimm die Hände über den Kopf." Dakotas Augen wurden dunkel. Er hob die Arme, den Kopf fragend zur Seite geneigt. „Das hier ist für dich und ich will mir Zeit nehmen. Aber gegen deine Zauberfinger komm' ich nicht an." Wally wartete, bis Dakota mit beiden Händen die Halterung des Duschkopfs umklammert hielt, dann seifte er sich die Hände ein.

Er fing mit den breiten Schultern an, rieb und streichelte die straffe Haut, fühlte, wie die Muskeln darunter zuckten. Als Nächstes kam die Brust, seine Handflächen glitten über rasiertes Haar, das seine Hände kitzelte. Wally griff um Dakota herum, stellte das Wasser ab und es wurde still in dem kleinen Raum. Das einzige Geräusch war jetzt Dakotas Atmen. „Jetzt gehörst du ganz mir." Wally richtete sich auf und machte sich wieder daran, Dakota zu waschen, zog mit den Händen kleine Kreise auf seinem Bauch. Dakotas Muskeln bebten, seine Hüften zuckten. Wally folgte mit den Fingern der Spur aus Haaren, streichelte sich Dakotas Unterleib entlang bis zur Peniswurzel.

„Wally, das nützt auch nichts." Dakotas Kopf sank nach hinten an die gefliese Wand, als Wally mit beiden Händen an seiner Erektion entlangfuhr. Der Effekt, den er auf den großen Mann hatte, brachte Wally zum Lächeln.

„Soll ich aufhören?" Wally legte eine Hand nah der Basis um den steifen Schwanz und drückte fest zu, sah die pure, frustrierte Lust in Dakotas Gesicht.

„Neeiin", stöhnte er leise.

Wally genoss es, Dakotas Lust so unter Kontrolle zu haben. Er seifte sich die Hände noch einmal ein und fuhr damit Dakotas kräftige, muskulöse Beine entlang, spürte sie erzittern und einknicken, während er die festen Muskeln knetete. „Wally, du bringst mich um. Scheiße!" Dakota warf den Kopf zurück, ihm wurden die Knie weich, als Wally ihm einen Finger zwischen die Hinterbacken schob und die Fingerspitze um die Hautfalten dort kreisen ließ. Gott, alles an Kota fühlte sich gut an und Wally liebte es, wie der große Mann auf seine Berührungen reagierte. Er wusste ja schon, wie sehr sich sein eigener Körper nach Dakotas Berührung sehnte. Es war ein unglaubliches Gefühl zu wissen, dass Dakota dasselbe empfand, dass er den Körper des großen Mannes zum Singen bringen konnte.

Er drehte das Wasser wieder auf und wusch die Seife weg. Seine Hände lagen immer noch um Dakotas Schenkel und er spürte, wie die Muskeln dort zitterten. Er beugte sich vor, fuhr mit der Zunge über die pulsierende Erektion zwischen Dakotas Beinen, hörte ihn zischen und fühlte, wie das Zittern stärker wurde. „Du schmeckst so gut, Kota."

„Unhhhh." Wally liebte es, dass er Dakota dazu bringen konnte, nur noch unartikulierte Laute von sich geben. Er strich mit den Lippen an Dakotas Erektion entlang, bearbeitete mit der Zunge den Grat am Rand der Eichel. Dakotas Hüften zuckten wie wild, sein Stöhnen und Wimmern erfüllte den kleinen Raum. Wally packte Dakotas Hinterbacken, zog sie auseinander und strich mit einem Finger über die Öffnung. Schließlich drang er in ihn ein. Die Geräusche, die Dakota von sich gab, machten ihn verrückt. Wally merkte sofort, als er die richtige Stelle gefunden hatte. Dakota schrie seinen Namen und stieß ihm die Hüften entgegen. Er kam heftig, und Wally nahm mit Freuden alles, was Dakota zu geben hatte. Wally spürte, wie Dakotas Knie nachgaben, und hielt seinen Mann fest. Das Wasser strömte über sie beide. Schweres Atmen drang an seine Ohren, Dakotas Hände glitten über seinen Rücken. Wie lange sie so dastanden, wusste er nicht, und es kümmerte ihn auch nicht. Dann spürte er, wie Finger durch seine Haare fuhren und die Seife herauswuschen.

Dakota konnte sich kaum rühren, also duschte sich Wally noch kurz ab und drehte dann den Wasserhahn zu. „Was ist mit dir?", fragte Dakota, als Wally ihm ein Handtuch reichte.

„Wir sind noch nicht fertig, Cowboy. Noch lange nicht." Wally warf sich das Handtuch um die Schultern und trocknete seinen Rücken ab. Dann hängte er es auf und ging ins Schlafzimmer. Dakota folgte ihm und warf ihn auf die Matratze. Ihre Lippen trafen sich in einem heißen, tiefen Kuss. Wally bäumte sich auf und schrie leise auf, als Dakota mit seiner Zunge seine Brustwarze umspielte. Große Hände schoben sich unter ihn, jede umfasste eine Hinterbacke. „Ich will dich, Kota, ich will dich um mich spüren."

Dakota wurde ganz still und Wally fragte sich, ob er zu weit gegangen war. Sie hatten nie über ihre Rollen gesprochen und er hatte einfach angenommen, sie würden sich abwechseln. Doch vielleicht lag er damit falsch.

„Das habe ich noch nie getan."

Wally beugte sich vor, schlang seine Arme um Dakotas Hals. „Wir müssen das nicht tun, wenn du nicht dazu bereit bist. Ich werde dich nicht unter Druck setzen." Das Letzte, was er wollte, war, dass sich Dakota unwohl fühlte.

„Es ist ja nicht so, dass ich nicht will. Ich habe nur nie jemandem genug vertraut, um es zuzulassen." Ihre Blicke trafen sich und in Dakotas tiefgründigen Augen sah Wally etwas, das er nicht ganz zuordnen konnte. Er musste schlucken, als ihm klar wurde, dass das möglicherweise Liebe war. „Aber dir vertraue ich, Wally."

Ihre Lippen trafen sich, sanft, zärtlich; sie brannten immer noch vor Verlangen. Doch Wally zügelte sich aufgrund dessen, was Dakota ihm eben gesagt hatte. Er würde der erste Mann sein, der Dakota auf die Art besitzen durfte. Allein der Gedanke reichte schon fast, um ihn auf der Stelle zum Orgasmus zu bringen. Dakota vertraute ihm. Dieser Gedanke reichte aus, dass Wally vor Erregung zitterte. Immer, wenn er in den letzten Tagen in Kotas Nähe gewesen war, hatte er sich zu ihm hingezogen gefühlt. Und wenn er weg war, hatte er sich darauf gefreut, ihn wiederzusehen.

„Leg dich auf den Bauch und entspann dich." Er konnte sehen, dass Dakotas Beine immer noch ein wenig zitterten, und begriff, dass er ihm helfen musste. Er setzte sich rittlings über Dakotas Beine und strich mit beiden Händen über seinen breiten Rücken. „Denk' nur an das, was sich gut anfühlt." Er ließ seine Hände tiefer gleiten, streichelte flüchtig über Dakotas festen Hintern und dann wieder seinen Rücken hinauf. Er war so erregt, dass er spüren konnte, wie die Lusttropfen aus seinem Schwanz quollen, aber er zwang sich zur Geduld. Er musste daran denken, das hier für seinen Cowboy so schön wie möglich zu machen. „Fühlen sich meine Hände gut an? Fühlst du dich wohl?"

„Mm-hmmm."

„Dann denke einfach nur daran." Wally widmete sich wieder Dakotas Hintern, knetete und bearbeitete die festen Backen mit beiden Händen, ging mit den Fingern auf Erkundungstour. Er beugte sich vor, küsste sich an Dakotas Rücken entlang immer weiter nach unten. Zärtlich knabberte er an den Pobacken. „Ich wette, niemand hat dir jemals gezeigt, wie besonders das sein kann." Wally spreizte die Backen, ließ seine Zunge durch die Spalte und über die Öffnung gleiten. Dakotas Rücken wölbte sich, sein Kopf fiel zurück. Er schrie leise auf und Wally wiederholte die Bewegung, konzentrierte sich auf die kleine, faltige Öffnung, badete sie mit seiner Zunge, Nase und Mund erfüllt von Dakotas einzigartigem Moschusduft.

„Wally!" Er konnte spüren, wie Dakota seinen Unterleib gegen das Laken zu reiben begann. Mit einer Berührung brachte Wally die Bewegung zum Stillstand. Seine Zunge erforschte und lockerte den Muskel, während seine Hände sanft an den Seiten seines Liebhabers entlangstrichen.

Wally küsste sich zurück zu Dakotas Nacken empor, bis er ausgestreckt auf dem Körper seines heißen Geliebten lag. Er schob beide Hände unter Dakota und reizte seine Brustwarzen, bis sie harte Knospen waren. „Ist das wirklich okay?"

Dakota gab ein unbestimmtes Geräusch von sich und nickte. „Bitte, Wally." Er drehte den Kopf zur Seite und ihre Lippen trafen sich in einem unbeholfenen, feuchten und dennoch extrem heißen Kuss. „Ich will es, und ich will es mit dir."

„Lass mich dich vorbereiten." Wally griff nach der Flasche auf dem Nachttisch und benetzte seine Finger. Er drang langsam mit einem Finger in Dakota ein und schmiegte sich dabei eng an ihn, um sowohl für Dakota als auch für sich selbst so viel Hautkontakt wie nur möglich zu haben. „Wie fühlt sich das an?"

„Ungewohnt", hauchte Dakota, „gut."

Wally zog seinen Finger zurück und nahm einen Zweiten dazu, ließ Dakota Zeit, sich an das Gefühl zu gewöhnen, ehe er sie langsam zu bewegen begann. Der Druck auf seine Finger war stark und er malte sich schon aus, wie wundervoll es sich anfühlen würde, in Dakota zu sein. „Mehr", rief Dakota aus. Wally bewegte seine Finger und schickte damit Wellen der Erregung, die er auch selber spüren konnte, durch den Körper seines Lovers. „Wally, quäl mich nicht."

„Ich will dich ansehen", flüsterte Wally in Dakotas Ohr und Dakota drehte sich auf den Rücken und hob in einer liebevollen Einladung seine Beine. Wally nahm ein Kondom aus der Packung auf dem Nachttisch. Er rollte es sich über, presste sich an Dakotas Eingang und drang langsam in ihn ein.

„Gott!", keuchte Dakota und bäumte sich auf. Wally versank in Dakotas Körper und hielt inne, beugte sich vor und küsste seinen Liebhaber.

„Ich kann dir gar nicht sagen, wie gut du dich anfühlst." Langsam, und vorsichtig begann er, sich zu bewegen, beobachtete, wie sich die Neugier in Dakotas Augen in Erstaunen verwandelte, und dann: „Oh, mein Gott."

„Du bist wunderschön, weißt du das?", murmelte Wally. Dakotas Körper bewegte sich im Einklang mit seinem, ein leichter Schweißfilm ließ die dunkle Haut im Dämmerlicht glänzen. Wallys Hände gingen auf Wanderschaft, glitten über die sexy behaarte Brust, den Bauch hinab und über die jetzt harte Erektion.

„Wally, Wally", keuchte Dakota leise, als Wally ihn streichelte. Ihre Bewegungen fanden ganz von selbst in denselben Rhythmus. Dakota spannte seine Muskeln an und Wally verlor fast die Beherrschung unter dem heftigen Druck. Aber dies war Dakotas erstes Mal und Wally wollte ihn unbedingt zuerst zum Höhepunkt kommen lassen. Als er sein Tempo beschleunigte, sah er, wie Dakotas Bauchmuskeln sich anspannten, wie er stoßweise zu atmen begann. Dakota warf den Kopf auf dem Kissen hin und her; Wally konnte fühlen, wie er in seiner Hand noch härter wurde. Mit einem leisen Aufschrei kam Dakota und ergoss sich über Wallys Hand. Seine sämtlichen Muskeln zogen sich um Wally zusammen, rissen ihn mit zum Höhepunkt. Wally kam, tief in Dakotas Körper, und hinter seinen geschlossenen Augenlidern tanzten und sprühten die Funken.

Wally öffnete die Augen und lächelte auf den Mann unter sich herunter, der mit seinen halbgeschlossenen Augen, dem seligen Gesichtsausdruck und der vor Schweiß glänzenden Haut wie der Inbegriff sexueller Befriedigung aussah. Das Zimmer roch nach ihnen und ihrer Leidenschaft. Er hätte erwartet, dass Dakota etwas sagte – zumindest hoffte er, dass Dakota etwas sagen würde –, doch stattdessen fühlte er sich nach vorn gezogen. In einem heftigen Kuss nahm Dakota Wallys Lippen in Besitz, während dieser aus seinem Körper glitt. Hände streichelten Wallys Rücken hinunter, er gab ihnen nach, glitt Haut auf Haut an Dakota entlang. Das rasierte Brusthaar kitzelte angenehm. „Wir sollten uns wohl noch mal duschen", murmelte Wally zwischen ihren sinnlichen Zungenduellen.

„Im Leben nicht. Du würdest mich wahrscheinlich umbringen, wenn du das, was du vorhin getan hast, wiederholst." Dakota stieg aus dem Bett und öffnete eines der Fenster. Die Nachtluft strömte herein, strich über seine Haut.

Wally beseitigte ihre Hinterlassenschaften und warf den Abfall weg, während er Dakota beobachtete, der wieder zum Bett zurückkam. Der große Mann nahm ihn in die Arme, streckte sich mit ihm auf den Laken aus und hielt ihn fest. Fast sofort begann Dakota, gleichmäßig zu atmen, und Wally spürte einen zärtlichen Kuss an seinem Hals, während Dakota allmählich einschlief. Er fragte sich, ob er in sein Zimmer zurückgehen sollte, und machte Anstalten, das Bett zu verlassen. Doch Dakotas Arme hielten ihn nur noch fester. Er schniefte leise, doch entspannte sich, als Wally es sich wieder im Bett gemütlich machte.

„Schlaf, Süßer", beschwichtigte ihn Dakota, während seine Hand Wallys Bauch hinabglitt und zärtlich seine Hoden umschloss. „Will dich einfach nur halten", murmelte er mit schläfriger Stimme und öffnete dabei nicht einmal die Augen. Die leichte Brise kühlte seine Haut, und Wally schloss die Augen und versuchte, zusammen mit Dakota zufrieden einzuschlafen.

Es ging nicht. Seine Gedanken wollten keine Ruhe geben. In nicht einmal einer Woche würde er nach Hause fahren und er hatte Entscheidungen zu treffen. Noch nie in seinem Leben war er über ein Jobangebot so glücklich gewesen. Er hatte doch tatsächlich die Chance, zu bleiben und mit Doktor Hastings in seiner Praxis zu arbeiten. Mit dem älteren Tierarzt zu arbeiten war toll. Er hatte Verständnis dafür, dass Wally mit Großtieren noch nicht so viel Erfahrung hatte, und half ihm zu lernen, ohne ihn von oben herab zu behandeln. Dieser Teil des Problems war eigentlich gar keins. Nun musste er sich nur noch entscheiden, ob er hierher ziehen wollte.

„Wally." Dakotas raue Stimme vibrierte durch seine Brust an Wallys Haut. „Denk' nicht so viel. Morgen ist auch noch ein Tag."

Verdammt, manchmal konnte der Mann fast seine Gedanken lesen. Auf eine Art war das beruhigend.

„Schlaf jetzt." Eine Hand strich ihm besänftigend durchs Haar, und Wally konzentrierte sich auf das Gefühl von Dakotas Haut an seiner und spürte schließlich, wie er allmählich einschlief.

Das Bett wackelte, als Dakota sich umdrehte, und Wally öffnete die Augen einen Spalt. Die Sonne war gerade am Aufgehen und erhellte die Fenster. Er blickte neben sich und musste grinsen bei dem Anblick, der sich ihm bot: Dakota hatte sich im Bett breitgemacht und Arme und Beine weit von sich gestreckt. Er hatte das Bettzeug von sich geworfen, was hieß, dass Wally seine Augen an einer Menge nackter Haut laben konnte. Dunkle Haut am Rücken wich weißer Haut, wo die Sonne nie hinkam. Wer hätte gedacht, dass Bräunungsstreifen so attraktiv sein konnten? Er streckte die Hand aus und wollte das Muster gerade mit dem Finger nachfahren, als er Schritte auf dem Flur hörte. Da er vermutete, dass das Phillip war, schlüpfte Wally aus dem Bett und zog sich den Morgenmantel an, der über die Lehne eines Stuhls hing. Er war ihm viel zu groß, aber roch nach Dakota, und Wally hielt sich den Kragen an die Nase und atmete den Duft ein, ehe er langsam die Schlafzimmertür öffnete.

Tatsächlich fand er Phillip vor, der, noch halb schlafend, am Küchentisch saß und sich an einer Tasse Kaffee festhielt, als hinge sein Leben davon ab. „Was bist du denn schon so früh auf?"

Phillips Augen öffneten sich langsam. „Du meinst in aller Herrgottsfrühe? Ich warte auf Mario. Er nimmt mich mit zum Ausreiten. Anscheinend ist ein Teil der Herde davongelaufen und er muss ...", Phillip schüttelte den Kopf und machte eine merkwürdige Geste, „sie zusammentreiben ... oder so."

„Es tut mir leid, dass du keinen Spaß hast." Wally setzte sich auf einen Stuhl.

Phillip trank einen großen Schluck aus seiner Tasse. „Keinen Spaß! Scheiße, ich hab hier eine tolle Zeit. Ich darf den ganzen Tag mit knackigen Männern verbringen, auch wenn die meisten von ihnen hetero sind. Und abends gibt mir der Vormann ganz besondere Reitstunden. Mehr hätte ich nicht verlangen können."

Leicht verwirrt zog Wally die Augenbrauen zusammen. „Magst du Mario nicht?"

„Er ist großartig, aber ich verliebe mich nicht in ihn oder so was. Wir haben unseren Spaß miteinander. Er weiß das, und ich weiß das." Phillips Augen verengten sich. „So ist es doch auch bei dir und Dakota, oder?"

War es das? Das Gefühl, das sich bei dem Gedanken in seiner Magengrube ausbreitete, war Antwort genug. Er wusste, dass es nicht so war, zumindest nicht für ihn. Wally ließ seinen Blick von Phillip zur Tischplatte wandern.

Durch ein scharfes Einatmen zog sein Tischnachbar Wallys Aufmerksamkeit wieder auf sich. „Du bist dabei, dich in ihn zu verlieben, richtig?" Mit einem dumpfen Geräusch stellte Phillip seine Tasse auf den Tisch. „Himmelherrgott, nicht schon wieder." Wally sah ein gequältes Lächeln auf dem Gesicht seines Freundes. „In meinem letzten Urlaub, auf der Kreuzfahrt im vergangenen Herbst, hat Gary Scott kennengelernt, und die beiden leben jetzt seit Monaten glücklich und vergnügt zusammen."

Wally kannte die beiden Männer zwar, hatte aber nicht gewusst, dass Phillip daran beteiligt gewesen war, die beiden zusammenzubringen. „Was ist dann das Problem?"

„Mann, ich komm' mir schon vor wie die ewige Brautjungfer. Auf derselben Kreuzfahrt habe ich Dakota kennengelernt und jetzt turtelt ihr beiden auch schon miteinander herum." Phillip wedelte mit den Armen, griff dann wieder nach seiner Tasse und trank kopfschüttelnd einen Schluck. „Entschuldige, ich hatte gerade einen sentimentalen Moment." Er lachte leise über seine eigene Zickigkeit, bevor er fortfuhr. „Aber jetzt mal im Ernst, magst du ihn wirklich?"

Wally biss sich auf die Unterlippe. „Das tue ich."

„Was ist dann das Problem?", wiederholte Phillip frotzelnd Wallys eigene Worte. „Du hast dein Studium fertig, bist relativ frei und ungebunden. Du kannst arbeiten, wo immer du willst."

„Und Doc Hastings hat mir einen Job angeboten", warf Wally ein. Er tat sein Bestes, sich ein Lächeln zu verkneifen, scheiterte jedoch.

Mit beiden Händen animierte Phillip ihn zum Weiterreden. „Also noch mal: Was ist das Problem?", wollte er wissen.

„Was ist mit meiner Familie?"

Phillip rollte mit den Augen. „Da gibt es so Dinger, Autos und Flugzeuge, weißt du. Du würdest nach Wyoming ziehen, nicht nach Timbuktu."

Wally seufzte. „Mag sein, dass ich mich einfach frage, wie sicher ich hier wäre. Mit einem von Dakotas Arbeitern bin ich schon aneinandergeraten, weil der Volltrottel gedacht hat, ich hätte ihn ‚so angesehen'." Nun rollte Wally mit den Augen. „Wieso denken eigentlich alle Hetero-Männer immer, dass jeder schwule Mann was von ihnen will? Ich meine, Bierbäuche und hohle Köpfe sind schließlich nicht besonders attraktiv." Noch während sie beide kicherten, brachte Wally sich wieder auf Kurs, als sie beide prusteten. „Was mich beunruhigt, ist, dass wir hier im ländlichen Wyoming sind – ich will nicht verletzt werden und ich will auch Dakota nicht in Gefahr bringen."

„Ich glaube nicht, dass du dir darüber Sorgen machen musst. Das hast du bewiesen und Dakota kann auf sich selbst aufpassen." Phillip trank seinen Kaffee aus und stand vom Tisch auf. „Lass nicht zu, dass deine Ängste dich davon abhalten, glücklich zu werden."

Die Haustür öffnete sich leise und hielt sie davon ab, ihr Gespräch fortzusetzen. Wally stand auf, als Mario die Küche betrat. „Bist du soweit?", fragte er Phillip, der nickte, während Mario ihn an sich zog. Wally drehte sich weg, warf jedoch einen verstohlenen Blick auf die beiden und sah, wie Phillip rot wurde, als Mario etwas gegen seine Haut flüsterte.

„Was ist denn hier los?", fragte Dakota gähnend, als er sich zu ihnen gesellte und nach dem Kaffee tastete. Wally warf einen Blick auf Kota, der nur eine dünne, alte Trainingshose trug, die ihm tief auf den Hüften hing, dann stand er auf und stellte sich vor ihn.

„Was soll das hier werden, eine Gratis-Peepshow?" Nicht, dass es ihm etwas ausgemacht hätte, aber er wollte nicht, dass Phillip und Mario etwas zu sehen bekamen, das sie nichts anging. Er wusste zwar, dass Phillip und Dakota zusammen gewesen waren, aber das war Monate her und jetzt gehörte Dakota schließlich ihm. Scheiße. Wo kam das denn her? Fast hätte Wally sich den Mund zugehalten, um sicherzugehen, dass er seine Gedanken nicht aussprach.

„Irgendjemand …", Dakota neigte sich zu ihm, eine Tasse Kaffee in einer Hand, „ein hinreißend sexy, heißer Jemand hat meinen Morgenmantel gestohlen." Wally erschauerte und nicht wegen der kühlen Luft, als Dakota an seinem Ohr knabberte.

Mario, der offensichtlich Phillip zuliebe breitbeinig auf einem umgedrehten Stuhl am Tisch saß, lachte leise. „Warum ziehst du dir nicht ein Hemd an?" Er nahm einen Schluck aus seiner Tasse. „Ich habe letzte Nacht etwas gehört, das du wissen solltest."

Dakota schüttete seinen Kaffee hinunter und stellte dann den Becher ab. Er kratzte sich am Bauch, während er in sein Zimmer zurückging. Wally tat es ihm nach. In seinem eigenen Zimmer zog er sich den Morgenmantel aus und schlüpfte in ein paar Klamotten, bevor er wieder zu der Gruppe am Küchentisch zurückkehrte. Fast wäre er stattdessen in Dakotas Zimmer gegangen, dachte sich aber, dass er den Mann sich wenigstens alleine umziehen lassen sollte. Als er sich auf einen Stuhl setzte, hätte er eigentlich erwartet, Phillip und Mario beim Rumknutschen zu erwischen. Doch Mario blickte sehr ernst drein, und Phillip sah verwirrt und vielleicht ein wenig entrüstet aus.

Wally versuchte herauszufinden, was los war. In diesem Moment betrat Dakota die Küche, setzte sich auf den Stuhl neben ihm und strich ihm mit einer Hand sinnlich über den Arm. „Was hast du nun für große Neuigkeiten?" Er sprach mit gedämpfter Stimme. Wally wusste, dass er seinen Vater nicht wecken wollte.

„Gestern Abend, als wir in der Stadt bei der Tanzveranstaltung waren, haben wir einige von den Jungs gesehen."

„Ja, ich wusste, dass sie hingehen wollten. Haben sie sich daneben benommen?" Dakota sah aus, als wolle er aufstehen. Doch Mario schüttelte den Kopf.

„Nichts dergleichen, aber Greg hat fast den ganzen Abend lang jedem, der zuhören wollte, die Geschichte erzählt, wie er in deinen Holzschuppen gegangen ist und dort von einem Wolf zu Tode erschreckt wurde. Jedes Mal, wenn er es erzählt hatte, wurde der Wolf größer und er mutiger. Die Sache ist die, dass einige von den anderen darauf gekommen sind, dass jemand auf dieser Ranch einem verletzten Wolf geholfen haben musst. Ich brauch' dir ja wohl nicht zu sagen, dass sie darüber nicht gerade erfreut waren."

„Scheiße", fluchte Dakota und schob den vollen Becher von sich, den Wally ihm hingestellt hatte.

„Es wird noch schlimmer. Ein paar haben sich dann zusammengerottet und angefangen, Fahrzeuge zu organisieren. Sie wollten im Konvoi hierherkommen und selber nachsehen. Zum Glück hat der alte Smitty sie dann davon abgehalten, indem er ihnen Happy-Hour-Preise angeboten hat. Das hat sie wieder auf andere Gedanken gebracht." Mario sah todernst aus. „Übrigens schuldest du ihm dreihundert Mäuse."

Dakota nickte Wally mit einem halben Lächeln zu. Wally wusste, es sollte ihn beruhigen, aber es funktionierte nicht. Ihm war klar, dass das seine Schuld war, alles seine Schuld.

„Es ist jetzt nur so, dass die Männer, die Gregs Rumstänkern gehört haben, mittlerweile wieder auf ihren Ranches sind und die Geschichte ihren Freunden erzählen." Mario blickte in die Runde. „Du weißt, dass diese Leute für Wölfe nichts übrig haben. ‚Nur ein toter Wolf ist ein guter Wolf' und all das. Also *war* da ein Wolf in dem Schuppen?"

„Ja", meldete sich Wally zu Wort, bevor Dakota antworten konnte. „Ich hab ihn gestern Morgen gefunden. Er war angeschossen und ich hab' die Kugel entfernt und ihn verbunden. Phillip und ich haben ihn in den Schuppen gebracht. Das Gebäude ist in so schlechtem Zustand, dass wir dachten, dort würde ihn niemand stören." Er sah zu Dakota, der nickte. „Wir haben ihn gestern Abend wieder raus in den Graben gebracht. Er ist also nicht mehr da."

Wally sah von einem zum anderen. Er fühlte sich, als habe er alle im Stich gelassen. Ja, er hatte versucht, einem leidenden Lebewesen zu helfen, aber damit hatte er Dakota und die Ranch in Schwierigkeiten gebracht. „Ich hätte sie sterben lassen sollen." Die Worte blieben ihm im Halse stecken. Innerlich fühlte er sich, als werde er in zwei verschiedene Richtungen gezerrt.

Ein Arm legte sich um seine Schultern. „Wir werden damit fertig, Wally." Er bemerkte, dass Dakota nicht gesagt hatte, dass es nicht seine Schuld war. Wenigstens log er ihn nicht an. „Du hast getan, was du für richtig gehalten hast." Wally konnte Dakota oder die anderen nicht mehr länger ansehen. Er starrte einfach auf die Tischplatte. „Hey …" Ein Finger hob sein Kinn. „Du bist fürsorglich und liebevoll und hast getan, wozu du ausgebildet wurdest."

„Aber …" Wally brachte kaum ein Wort heraus.

„Wir finden schon eine Lösung, aber ich will nicht, dass du dich schlecht fühlst." Dakota stand auf und ließ seine Tasse zurück. „Das wird nicht einfach werden, aber es ist nicht das Ende der Welt." Dakota glaubte das vielleicht, aber Wally kam es fast so vor.

Wally konnte kaum noch atmen und hatte fast aufgehört zuzuhören. Er hatte Dakota das angetan. Seinetwegen würden die anderen Rancher über Dakota aufgebracht sein. Sein Vater hatte immer gesagt, er wäre zu unbedacht und impulsiver als gut für ihn sei, und dies hier war nun der Beweis dafür. Er hatte getan, was er wollte und was er für das Beste gehalten hatte. Er hatte nur in Betracht gezogen, woran er selber glaubte.

Er hörte Dakotas Stimme, die Mario versicherte, dass alles gut werden würde. Die Leute würden eine Zeit lang darüber reden und sich dann auf etwas anderes stürzen. Wally hörte die Worte und hoffte, dass sie der Wahrheit entsprachen. Das hoffte er wirklich.

„Dakota, die anderen Rancher werden uns bei lebendigem Leib die Haut abziehen, das weißt du, oder?", sagte Mario und lenkte Wallys Aufmerksamkeit damit wieder auf das Gespräch. Er schob seinen Stuhl zurück, stand auf und wollte gehen. Doch da spürte er, wie Dakota ihn bei der Hand nahm und ihn zurück zog, bis er ihm mehr oder weniger in den Schoß fiel.

„Nimm dir das nicht so zu Herzen, Kleiner." In Dakotas Tonfall schwang milder Tadel mit. „Ich weiß, dass du den Wolf auf die Ranch gebracht hast. Aber nachdem du ihn mir gezeigt hattest, habe ich zugelassen, dass er hier geblieben ist, also trage ich hierfür die Verantwortung." Wally war davon nicht überzeugt, blieb aber still. „Ich will nicht, dass du dich deswegen schlecht fühlst." Dakota blickte ihm in die Augen und Wally nickte schwach. Wie konnte er sich deswegen *nicht* schlecht fühlen? „Ja, ich war wütend, als du mir den Wolf gestern gezeigt hast, aber das spielt jetzt wirklich keine Rolle mehr."

Dakota sah Mario an. „Lassen wir einfach Gras über die ganze Sache wachsen. Der Wolf ist weg und die Natur wird den Rest übernehmen. Kümmern wir uns lieber um das, was ansteht."

Mario nickte und schob seinen Stuhl zurück. „Alles klar. Ich dachte nur, du solltest es wissen."

„Das hast du richtig gemacht", sagte Dakota leichthin, als Mario den Tisch verließ, gefolgt von Phillip, der ostentativ Marios Hintern beäugte. Wally sah ihnen nach, bis die Tür hinter ihnen zufiel.

„Es wird alles gut, Wally. Diese Männer sind geschwätziger als ein Haufen alter Weiber, aber sie sind nicht gewalttätig und werden sich bald auf etwas anderes stürzen. So etwas ist schon öfter vorgekommen."

„Wenn du das sagst." Wally rutschte von Dakotas Schoß und ging in den Flur. „Ich zieh mich um, dann können wir auch an die Arbeit gehen." Er senkte seine Stimme zu einem Murmeln: „Wenigstens kann ich etwas tun, um zu helfen."

Wally ging in sein Zimmer, zog sich eine leichte Jeans und seine Stiefel an und machte sich dann auf die Suche nach Dakota. Dieser war genau dort, wo Wally ihn zu finden erwartet hatte: im Zimmer seines Vaters. Als er sich der Tür näherte, hörte er von drinnen Dakotas leise Stimme, dann ging er weiter ins Wohnzimmer.

„In ein paar Minuten kommt die Krankenschwester, dann können wir los."

„Wie geht es deinem Vater?"

„Der Tag gestern war ein Geschenk des Himmels. Er liebt es, draußen zu sein. Es beruhigt ihn wie nichts anderes. Und ich denke, die neuen Medikamente wirken, zumindest bis jetzt. Er kann sich auch mehr bewegen und er ist definitiv aufmerksamer. Wer weiß, wie lange das so bleibt, aber Fortschritte sind immer gut."

Wally nickte. Unfähig, Dakota in die Augen zu sehen, drehte er sich weg und sah aus dem Fenster. „Wally." Er wandte den Kopf.

„Das, was ich gesagt habe, meine ich auch so. Im Großen und Ganzen ist es keine große Sache. Die Jungs sind ein wenig aufgeregt, sie beruhigen sich aber auch wieder."

„Ich hätte über meinen ersten Instinkt hinaus denken sollen. Ich hätte wissen müssen, dass das Ärger geben wird."

Dakotas Augen weiteten sich. „Und was dann? Hättest du sie zum Sterben dort im Graben liegen lassen?" Erregt schüttelte Dakota den Kopf. „Was wärst du dann für ein Tierarzt? Du hast einem Tier in Not geholfen." Mit entschlossenen Augen zuckte er mit den Schultern. „Du kannst deine Ausbildung und dein Bedürfnis zum Helfen doch nicht einfach so abschalten, und das kann ja auch niemand von dir verlangen, weder ich noch sonst irgendjemand. Das wäre nicht fair."

„Du hast deine Einstellung ja furchtbar schnell geändert." Dakota versuchte nur, nett zu sein, das war Wally klar. Um ihn zu trösten, sagte er die richtigen Dinge.

„Vielleicht." Dakota trat auf ihn zu, kam ihm so nah, dass Wally seine Körperwärme spüren konnte. „Und vielleicht haben meine Gefühle für einen gewissen Tierarzt—der zufällig ein ganz heißer Typ ist—dazu beigetragen, mir die Augen zu öffnen. Schließlich kann ich nicht von jedem erwarten, dass er so empfindet wie ich. Wie langweilig wäre das denn?"

Wally wagte kaum zu glauben, was er da hörte. „Wie kannst du nur so verständnisvoll sein? Wenn ich du wäre, würde ich wahrscheinlich rumschreien und -brüllen."

„Was würde das nutzen?"

Ihr Gespräch wurde durch einen auf den Hof fahrenden Truck unterbrochen. Wally sah einen hochgewachsenen, älteren Mann aussteigen. „Was der wohl hier will?" Wally erkannte den Mann, ging zur Haustür und trat auf die Veranda. „Mr. Milford", begrüßte er den Schrank von einem Mann. Mr Milford gab erst ihm und dann auch Dakota die Hand. „Was führt Sie hierher?"

Wally lief ein kalter Schauer über den Rücken, als Jonas Milfords durchdringender Blick auf ihm landete. „Letzte Nacht hatten wir einen Besucher und ich habe gehört, dass Sie beschlossen haben, hier ein Krankenhaus für Wölfe zu gründen."

Wally spürte, wie sich sein Innerstes verkrampfte. „Ist den Fohlen was passiert?"

„Denen geht es gut. Er hat keins erwischt", antwortete Mr. Milford. „Allerdings haben wir einen riesigen Wolf aus der Nähe einiger Rinder verscheucht."

„Sehr groß, schwarz und grau?", fragte Dakota und Mr. Milford nickte.

„Das ist er." Seine Augen verengten sich ein wenig, als er seinen Blick auf Wally richtete. „Ist das der Wolf, dem Sie geholfen haben?"

Wally schüttelte den Kopf. „Ich hab' dahinten im Graben ein kleines Weibchen gefunden." Er deutete in die ungefähre Richtung. „Sie war angeschossen worden." Es gab keinen Grund, die Wahrheit zu verschweigen. „Ich hab' die Kugel entfernt, sie verbunden, und wir haben sie noch am selben Tag dorthin zurückgebracht, wo ich sie gefunden hatte." Wally fühlte sich, als ob er sich für seine Taten rechtfertigen müsste. „Ich konnte sie nicht leiden lassen."

„Das war alles?" Auf Milfords Gesicht breitete sich ein leichtes Lächeln aus. „Himmel, nach dem, was man so hört, könnte man meinen, Sie hätten eine Klinik für verletzte Wölfe aufgemacht oder so was Ähnliches."

„Ich hatte nicht vor, irgendjemandem damit zu schaden", sagte Wally leise.

„Das weiß ich." Wally hob seinen Blick und sah, dass Milford das ernst meinte. „Bei Francine und ihren Fohlen haben Sie gute Arbeit geleistet. Es ist offensichtlich, dass Sie Ihren Job wirklich lieben. So etwas kann man nicht einfach abstellen. Selbstverständlich haben Sie einem Lebewesen in Not geholfen. Sie wären kein guter Tierarzt, wenn Sie das nicht getan hätten." Mr. Milfords Augen funkelten ein bisschen. „Und ich bin mir sicher, Dakota wird mit allem fertig, was sich daraus ergibt. Er ist ein großer Junge und das hier geht bald vorbei. Abgesehen davon hat derjenige, der den Wolf angeschossen hat, wahrscheinlich das Bundesgesetz gebrochen. Schließlich hat er versucht, eine vom Aussterben bedrohte Tierart zu töten. Ich weiß, dass jeder hier denkt, er darf einen Wolf ohne Weiteres erschießen und das Gesetz ignorieren, weil nie jemand etwas sagt. Doch das macht es nicht weniger illegal oder zu einem geringeren Vergehen, wenn mal einer erwischt wird."

„Warum sind Sie nun eigentlich gekommen?", wollte Dakota mit einem leichten Lächeln wissen.

„Ich wollte Wally fragen, ob er auf der Ranch vorbeikommen und noch mal nach den Fohlen sehen möchte, bevor er fährt."

Das war das Letzte, was er erwartet hätte, und Wally traute seinen Ohren kaum. „Natürlich, ich komme gern." Ihm drehte sich schon der Kopf. Als er Dakota ansah, konnte er ein Lächeln nicht zurückhalten.

Mr. Milford verabschiedete sich mit einem Lächeln und einem Klaps auf Wallys Schulter. Als er davonfuhr, wirbelte sein Truck eine Staubwolke auf, die sich kaum gelegt hatte, als sie bereits durch die nächste ersetzt wurde.

„Guten Morgen, Jungs!" Lächelnd stieg Grace aus dem Wagen. „Wie geht's euch heute Morgen?" Sie nahm die Kiste mit ihrer Ausrüstung und kam auf sie zu, gut gelaunt wie immer, in ihrer hellen Schwesternuniform.

Wally lächelte und ein wenig fielen seine Sorgen von ihm ab. „Uns geht es gut."

„Irgendwas, das ich wissen muss?", fragte sie Dakota. Als er den Kopf schüttelte, ging sie weiter zum Haus.

„Im Kühlschrank ist Tee, bedien' dich", rief er hinter ihr her. Dankbar lächelte sie ihn an und dann spürte Wally Dakotas Blick auf sich. „Lass uns die Pferde satteln. Ich glaube, wir müssen reden."

Wally spürte, wie sich sein Magen verkrampfte; das konnte nichts Gutes heißen. Dann lächelte Dakota und Wally entspannte sich wieder ein wenig. „Klar." Während er sich noch fragte, worüber Dakota mit ihm sprechen wollte, erlaubte er sich zu hoffen, dass es doch etwas Gutes sein könnte. Er sah zu, wie Dakota beschwingten Schrittes auf das Haus zulief, drehte sich dann um und ging zum Stall, um ihre Pferde von der Koppel zu holen und mit dem Satteln zu beginnen. Wally hörte Dakota hereinkommen und sie beendeten ihre Arbeit nahezu schweigend, was Wally nur noch mehr beunruhigte.

Als die Pferde gesattelt und bereit waren, führte Wally seines in den Hof, stieg auf und wartete auf Dakota. „Wo reiten wir hin?"

Dakota sah in den klaren Himmel. Die Luft war schon sehr heiß. „Lass uns ans Wasser reiten. Da wird es kühler sein."

Dakota übernahm die Führung und Wally sah zu, wie sich seine attraktive Hinterpartie im Sattel bewegte. Während sie ritten, redeten sie nicht miteinander. Wally versuchte ein paar Mal, Dakota in ein Gespräch zu verwickeln, doch dieser schien in Gedanken versunken zu sein. Also verfiel auch Wally in ein Schweigen, das ihm verhängnisvoll vorkam. Das Präriegras, durch das sie ritten, raschelte im Wind, und die Sonne knallte auf sie herunter. Sobald sie unter den Bäumen waren, fühlte es sich an, als habe jemand die Klimaanlage angeschaltet. Die Luft war sofort frisch und kühler, die Blätter an den Bäumen raschelten fröhlich. Dakota glitt aus dem Sattel, Wally tat es ihm nach und band ihre Pferde fest.

Dakota breitet eine Decke auf dem Boden aus und setzte sich darauf. Er lächelte Wally an und klopfte auf die Stelle neben sich. „Du hast mich beunruhigt", sagte Wally leise, während er sich hinsetzte.

„Das war nicht meine Absicht. Ich möchte dir was sagen und das wollte ich auf die richtige Art tun."

Dakota hielt Wally in einem warmen, vielsagenden Blick, ehe er sich zu ihm neigte. Ihre Lippen streiften sich in einer sanften Berührung, die kleine Schockwellen durch Wallys Körper sandte. Dakotas Gewicht presste sich gegen ihn und er fühlte, wie er nach hinten sank, bis Dakota rittlings auf ihm saß und Wally zu diesen ausdrucksstarken Augen aufblickte. Er spürte Dakotas Erektion an seinem Bein; seine eigene drückte fest gegen den Stoff seiner Jeans und wollte dringend raus. Doch Dakota machte keine Anstalten, sich zu bewegen. Als Lippen an seinem Hals entlang strichen und sich an sein Schlüsselbein schmiegten, bäumte sich Wally leicht auf.

„Kota." Wally kicherte unter dem Kitzeln von Dakotas Zunge auf seiner Haut. Ihm war schon klar, dass ein Kichern nicht unbedingt das war, worauf der andere Mann aus war, aber er konnte nicht anders. Dakota hielt inne und hob den Kopf, strich Wally mit den Fingern durchs Haar.

„Ich will, dass du bleibst", sagte er mit leiser, eindringlicher Stimme. „Doktor Hastings hat dir einen Job angeboten und ich biete dir einen Platz zum Leben an, bei mir und mit mir. Ich weiß, dass du einige Entscheidungen zu treffen hast, und ich will dich auch nicht unter Druck setzen. Aber ich wollte dir sagen, dass ich möchte, dass du bleibst." Dakota rührte sich nicht, doch seine großen, gefühlvollen Augen blieben fest auf Wally gerichtet. „Seit du hier bist, hast du mir die Augen und das Herz geöffnet, und ich will nicht mehr allein sein."

Wally wand sich unter ihm hervor und setzte sich auf, schob Dakotas Gewicht von sich. „Sagst du das nur deshalb, weil du nicht einsam sein willst?" Wally wandte sein Gesicht von Dakotas Augen ab und blickte stattdessen auf das Wasser, das gurgelnd um die Biegung floss. Er hatte gehofft, dass es so viel mehr wäre als das, und sein Herz fühlte sich an, als würde es jemand mit bloßer Hand zerquetschen.

„Nein. Scheiße, ich wusste, ich würde das vermasseln." Dakota rückte von ihm ab und setzte sich auf. Ihre Körper berührten sich nicht mehr. „Was ich sagen wollte … Scheiße." Wally drehte den Kopf und sah Dakota über seine Schulter hinweg an. „Bevor du gekommen bist, war mir gar nicht klar, dass ich einsam war. Ich hatte meinen Vater und bin einmal im Jahr in Urlaub gefahren. Da habe ich Dampf abgelassen und den Rest der Zeit habe ich gearbeitet. Mein Vater und die Ranch, das war mein Leben. Doch du hast das alles geändert."

Wally schüttelte den Kopf. „Nein, das habe ich nicht."

Dakota rückte näher und legte einen Arm um seine Schulter. „Doch, das hast du. Du hast mich erkennen lassen, dass mir etwas sehr Wichtiges fehlte. Ein Partner, jemand, mit dem ich mein Leben teilen kann, jemand, dem ich etwas bedeute. Jemand, der mich lieben kann. Vielleicht?"

Er legte den Kopf schief. Der verletzliche Ausdruck in seinen Augen brachte Wallys Herz zum Schmelzen. Liebte er Dakota? Er war sich nicht sicher. Könnte er Dakota lieben? Verdammt: ja! Wally schluckte, versuchte, eine Antwort zu formulieren. Doch ihm wollte keine einfallen. All seine Gefühle waren durcheinander, er konnte sie nicht in Worten ausdrücken. Also tat er das, was ihm sein Herz sagte: Er küsste ihn. Mit trockener Kehle, vollem Herzen und verschleierten blinzelnden Augen brachte er ihre Lippen zusammen, legte alle seine Gefühle in den Kuss. Er rückte näher, drängte sich an Dakota. Der größere Mann sank nach hinten, legte die Arme um Wallys Rücken und zog ihn mit sich.

Dakotas harte Arbeiterhände glitten unter Wallys Hemd. Wally spürte, wie sie ihm heiß wie Feuer über den Rücken strichen. Sein Hemd wurde hochgeschoben und Wally unterbrach den Kuss lange genug, dass Dakota ihm das Hemd abstreifen konnte. Dann verschlang er erneut Dakotas Lippen, während seine Finger die Knöpfe an dessen Hemd öffneten. Dakota entfuhr ein leises Seufzen, als sich der Stoff teilte und Wallys glatte Haut sich gegen sein raues Brusthaar rieb. Wally liebte das Gefühl von Dakotas rasiertem Haar auf seiner Haut. Er versuchte, etwas zu sagen, doch Dakota küsste die Worte einfach weg und er konnte sich nur noch an ihm festklammern.

Eine heiße Hand strich Wallys Rücken entlang, glitt unter den Bund seiner Hose und über seine Haut. „Kota", stöhnte er leise auf und auch das wurde weggeküsst.

„Schon gut, Süßer, ich weiß."

Wally keuchte auf, als seine Hose geöffnet wurde. Der Druck an seiner Taille ließ nach, als der Stoff sich teilte, die Zähne des Reißverschlusses gaben leise metallische Geräusche von sich, als sie auseinandergezogen wurden. Ehe er sich bewegen konnte, rollte sich Dakota mit ihm auf der Decke herum und Wally fand sich auf dem Rücken wieder. Er blickte zu Dakota auf, während dieser ihm eine Hand in die Hose schob und ihn herausfischte. Er streckte die Beine und bog den Rücken durch. Dakota hielt ihn mit einer Hand an der Schulter fest und umfasste mit der anderen Wallys steifen Schwanz. Er rieb, schnell und fest, und Wally wand sich auf der Decke hin und her, den Mund weit geöffnet, während Dakota ihn unerbittlich den Pfad der Begierde entlang streichelte.

„Kota", schrie er auf. Der Rest der Welt versank um ihn; er sah nur noch Dakotas Augen, hörte nur noch sein Atmen. Dakotas Hände brachten ihn zum Fliegen, unter ihrem leidenschaftlichen Angriff auf seinen Körper bekam er kaum noch Luft.

„Komm für mich, Wally. Ich will es sehen, will dir zusehen, will wissen, dass es für mich ist." Dakota machte diese kleine Drehbewegung mit der Hand und Wally fühlte sich, als würde sein Kopf gleich explodieren. Sein ganzer Körper wurde steif, er riss den Mund auf und schnappte nach Luft, kniff die Augen fest zusammen und kam. Seine Bauchmuskeln blieben straff gespannt, bis Dakota auch den letzten Tropfen aus ihm herausgepumpt hatte. „Das ist es, genau so."

Erschöpft und mit dem Gefühl, als würde er schweben, fiel er zurück auf die Decke. Dakota küsste ihn heftig. „Du bist atemberaubend, wenn du kommst, weißt du das?" Wally versuchte, mit dem Kopf zu schütteln, gab jedoch auf. Dafür hatte er im Augenblick keine Energie. „Doch, das bist du. Du hast den Mund offen, deine Augen funkeln und du zitterst ein wenig."

„Tu ich das?"

Leise lachte Dakota. „Oh ja." Wally spürte, wie ihm die Schuhe von den Füßen und die Hosen von den Beinen gezogen wurden. Seine Kleidung landete auf einem Haufen. „Ich will dich." Wally konnte nur nicken, als Dakota aufstand und die Kleider des großen Mannes sich zu seinen eigenen auf einem wachsenden Berg gesellten.

Dakota drehte ihn um, spreizte seine Beine auseinander und dann spürte Wally, wie eine heiße Zunge in seine Öffnung stieß. „Gott, Kota!" Der Angriff war wunderbar gnadenlos. Wallys Verlangen kehrte zurück. Hin und her gerissen zwischen Reizüberflutung und dem Bedürfnis nach mehr wandte er sich auf der Decke. Sein Bedürfnis gewann und er drängte Dakota seinen Hintern entgegen, gab sich ihm ganz hin, ließ ihn alles haben, bis hin zu seinem Innersten. „Was machst du nur mit mir?" Er zitterte, während Dakotas Zunge ihn fast um den Verstand brachte. Noch nie in seinem Leben hatte ihm jemand das Gefühl gegeben, so begehrenswert, so gewollt zu sein. Und obendrein machte Dakota diese unbeschreiblichen Geräusche, ein tiefes Grollen, das sein Innerstes bis zu seinem Herzen erbeben ließ. „Kota, bitte."

Die Zunge verschwand. „Wir sind noch nicht fertig." Eine Hand strich über seine wiedererwachende Erektion, die Zunge erforschte ihn tief. Er fühlte sich, als werde seine ganze Seele bloßgelegt, und dennoch verspürte er weder Angst noch Scham. Er wusste, dass Dakota behutsam mit ihm umgehen würde, mit seinem Herzen, seiner Seele und seinem Körper. Schließlich, nachdem sein Verstand vollends zu Brei geworden war, ließ die Zunge von ihm ab und er hörte, wie ein Kondompäckchen aufgerissen wurde. Als Dakota quälend langsam in seinen Körper eindrang, war Wally für ihn bereit. Er versuchte, sich ihm entgegenzudrängen, doch Dakotas Hände auf seinen Hüften hielten ihn davon ab, hielten ihn still. „Entspann' dich einfach und ich zeig' dir den Himmel." Als Wally diese Worte hörte, fühlte er Dakotas Hüfte an seinem Hintern.

„Kota, beweg' dich bitte."

Zuerst ignorierte Dakota ihn, doch dann fing er an, sich langsam zu bewegen, reizte mit jedem Stoß diese eine bestimmte Stelle, die Wallys Hirn und Körper in einen Zustand der Überempfindlichkeit versetzte. Er schnappte nach Luft, hielt sich mit beiden Händen an der Decke fest, krallte sich mit den Fingern daran fest, als er so vollkommen gedehnt und ausgefüllt wurde. Allmählich steigerte Dakotas das Tempo seiner Stöße zu einem tiefen, treibenden Rhythmus. Ihre Schreie vermischten sich mit dem Wind in den Blättern und dem plätschernden Wasser.

„Kota!", schrie Wally auf, als die Erlösung ihn durchfuhr. Er ergoss sich auf die Decke und Dakota stieß tief in ihn hinein und schrie seine eigene Lust hinaus.

Unter Dakotas Gewicht gaben Wallys Knie nach. Alle Viere von sich gestreckt lag er keuchend auf der Decke, wohlig gelöst und ganz und gar befriedigt in Körper und Geist. Dakota ließ sich neben ihn fallen und zog ihn an sich, Haut an Haut, sie waren beide nass vom Schweiß, aber der Wind kühlte und trocknete sie beide. Eine Hand streichelte Wally über die Wange. Wally stöhnte wohlig und schmiegte sich in die sanfte Berührung, begegnete ihr mit Küssen.

„Ich weiß, es ist ein bisschen viel verlangt, aber würdest du darüber nachdenken hierzubleiben?"

Dakotas Stimme klang rau. Wally war sich nicht sicher, ob das an der Anstrengung oder den Gefühlen lag. Er hoffte sehr, dass es das Letztere wäre, da er sehr in Versuchung war, alles hinzuschmeißen und ja zu sagen.

„Ich weiß, wir kennen uns noch nicht lange", fuhr Dakota fort. Wally spürte, wie er sich hinter ihm bewegte, und drehte sich um, um Dakotas Gesicht zu sehen. „Du könntest im Haus wohnen, wenn du willst. Du müsstest nicht mit mir zusammenleben, aber ich hoffe, du würdest das wollen. Du hättest deinen eigenen Job und könntest dir hier vielleicht ein Leben aufbauen, weißt du. Mit mir." Dakota hielt inne und verzog das Gesicht. „Jetzt plappere ich schon wie ein Schulmädchen."

Wally rückte näher und lächelte sanft. „Ich mag es, wenn du plapperst, das sagt mir nämlich, dass du von etwas begeistert bist." Er streichelte über Dakotas leicht stoppelige Wange. „Ich verspreche dir, dass ich darüber nachdenken werde." Wally sah, wie Dakotas Augen weich wurden und die Nervosität allmählich der Hoffnung wich. „Ich bin gerne hier, Kota, wirklich. Aber meine Freunde und meine Familie sind in Wisconsin."

Ihm gefiel es in Wyoming. Hier schien es sich gut leben zu lassen und die meisten Menschen, die er hier kennengelernt hatte, waren nett. Aber er war auf Urlaub hier. Würde es ihm hier noch genauso gut gefallen, wenn er hier lebte statt nur zu Besuch zu sein? Er schluckte, als sein Verstand Frage um Frage heraufbeschwor. „Ich sage nicht Nein, es ist einfach nur so, dass ich sehr viel aufgeben würde." Ihm war klar, dass Dakota Gefühle für ihn hatte, das hatte er gerade eben bewiesen. Aber Wally hatte ihn erst vor einer Woche kennengelernt, und er war sich nicht sicher, ob das ausreichte, um sein ganzes Leben zu verändern. Eines war allerdings sicher—wenn er Dakota so nahe war, konnte er seinem Urteilsvermögen nicht ganz trauen, insbesondere, wenn Dakota … das tat.

„Versuchst du, mich zu beeinflussen?" Die Finger, die auf seiner Hüfte tanzten, hielten inne.

Ein verschmitztes Glitzern erschien in Dakotas Augen. „Funktioniert es?"

Sein Körper stimmte zu, begann, sich zu rühren, doch Wally hatte keine Energie mehr. Er würde versuchen, seine Gedanken vorerst ruhen zu lassen. Er war nackt, lag neben Dakota im kühlen Schatten und im Hintergrund murmelte ein Bächlein. Das Denken würde er auf später verschieben – hier gab es zu viel zu genießen, um sich jetzt allzu sehr den Kopf zu zerbrechen. Er würde weiß Gott über alle möglichen Eventualitäten nachgrübeln … später. Dakotas Finger setzten ihre träge Reise über seine Haut fort … okay, *viel* später.

10

NACH EINEM faulen Nachmittag am Bach machten Dakota und Wally ihre Pferde los, stiegen auf und ritten zurück zur Ranch. Dakotas Blick wanderte immer wieder zu Wally. Jedes Mal machte sein Herz einen hoffnungsvollen Satz. Er hatte Wally tatsächlich gebeten, auf der Ranch zu bleiben, und dieser hatte nicht „Nein" gesagt. „Ja" hatte er zwar auch nicht gesagt, doch Dakota konnte seine Gründe nachvollziehen. Er verlangte wirklich viel von ihm und Dakota war sich bewusst, dass er im umgekehrten Falle nie seinen Vater und die Ranch verlassen würde. Das war einfach nicht möglich. Vielleicht später einmal, wenn sein Vater … Dakota schluckte und zwang sich, nicht an das Unvermeidliche zu denken. „Hey, Speedy, das hier ist doch kein Rennen!", rief er Wally zu, der vorausgeritten war.

„Ist es nicht?", scherzte Wally und trieb sein Pferd an, bis er im Galopp davonzog.

„Komm schon, Junge. Wir können uns doch nicht so vorführen lassen!" Dakota gab seinem Pferd einen Stups in die Seite. Roman schoss davon und raste über den vertrauten Weg zur Ranch. Wally gewann, aber auch nur knapp. „Du hast gemogelt!", meckerte Dakota, als er abstieg und das Grinsen auf Wallys Gesicht sah.

„Ja, genau", gab dieser pikiert zurück, „du bist ja nur sauer, weil dich ein Städter geschlagen hat."

Dafür hatte Wally eigentlich eine Lektion verdient. Dakota liebäugelte schon mit der Regentonne, da sah er Greg über den Hof kommen und geradewegs auf Wally zusteuern. Dakotas erster Instinkt war hinzulaufen und seinen Geliebten zu beschützen, aber er hielt sich bewusst zurück. Wally hatte schließlich bewiesen, dass er selbst auf sich aufpassen konnte.

„Wally", hörte Dakota Greg rufen, und dann nahm der Mann doch tatsächlich den Hut ab. „Ich … wollte mich bei dir bedanken." Dakotas Argwohn wuchs ein wenig. Er beobachtete, wie Greg verlegen von einem Fuß auf den andern trat, und fragte sich, was da vor sich ging. „Mario hat gesagt, dass du meinen Arsch vor dem Knast gerettet hast." Als Wally Greg ansah, zeigte sich auf seinem Gesicht dieselbe Verwirrung, die auch Dakota empfand. „Mario hat gesagt, es war illegal, dass ich auf diesen Wolf geschossen hab'. Wenn der gestorben wäre, hätte ich Probleme kriegen können." Greg fing an, seinen Hut in den Händen zu drehen - anscheinend wusste er nicht weiter. Dann drehte er sich um und ging weg, wobei er immer noch den Hut malträtierte.

Dakota wusste selbst nicht, was er sagen sollte. Mit einem halben Lächeln auf dem Gesicht zuckte Wally leicht die Schultern und führte dann sein Pferd in den Stall. Dakota folgte ihm, sattelte sein Pferd ab und ließ es auf der Koppel frei. Als er den Stall verließ, sah er Grace die Treppe herunterkommen. Sie verstaute ihre Sachen im Auto.

„Dein Vater ist soweit fertig. Er hat zu Abend gegessen und sitzt drinnen vor dem Fernseher."

„Danke, Grace. Bis morgen." Als sie in ihr Auto stieg, winkte sie und fuhr dann davon. Dakota ging ins Haus, um nach seinem Vater zu sehen. Diesem ging es in der Tat gut und er würde wahrscheinlich noch eine Weile fernsehen, bevor er einschlief.

Sie unterhielten sich ein paar Minuten miteinander, ehe sein Vater ihn wegschickte. „Geh dich mal amüsieren, um Gottes willen!", mahnte er und wandte sich dann wieder seinem Fernsehprogramm zu. „Ein paar Stunden komm ich schon allein zurecht. Ich bin nicht hilflos, weißt du." Jawohl, die Medizin wirkte.

„Okay, mach' ich." Dakota verließ das Zimmer und ging auf die Suche nach Wally. Er fand ihn mit Phillip und Mario auf der Veranda. „Alle fertig fürs Abendessen?" Köpfe nickten und alle sahen ihn an, als wären sie am Verhungern. „Dann lasst uns in die Stadt fahren." Dakota warf Mario die Schlüssel zu. „Du fährst."

Sie stiegen ins Auto. Dakota zog Wally zu sich auf den Rücksitz. Neben ihm fühlte sich der Mann einfach gut an und er roch auch so gut - ein berauschender Mix aus Schweiß, Sex und Wally. Was wollte er mehr?

Mario startete den Motor und fuhr mit durchdrehenden Reifen in einer Staubwolke die Auffahrt hinunter. Alle vier lachten. Am Ende der Auffahrt beschleunigte der Truck. Sie flogen die Straße entlang und zogen dabei eine Staubwolke hinter sich her. Durch die heruntergelassenen Fenster blies ihm der Fahrtwind ins Gesicht und Dakota fühlte, wie Wally näher an ihn heranrückte. Viel besser konnte es gar nicht werden.

Hobart war zwar nicht groß, aber doch mehr als nur ein Fleck auf der Straße. Als sie in die Stadt fuhren, kamen sie auf ihrem Weg zur örtlichen Kneipe an einem Futtermittelgeschäft und einem Supermarkt vorbei. Gifford's war ein bisschen von allem: teils Bar, teils Restaurant und dazu noch Tanzlokal, Rollschuhbahn und Spielhalle. Das Durcheinander von Anbauten sah nicht nach viel aus, doch dort ging man hin, wenn man Spaß haben wollte.

Mario bremste scharf ab, als er auf dem Parkplatz auf einem der vorderen Stellplätze zum Stehen kam. Wallys Augen waren inzwischen weit aufgerissen vor Angst: Dakota rechnete fast damit, dass er den Boden küssen würde, wenn er erst mal aus dem Auto heraus wäre. Dakota ermahnte sich, nichts zu trinken, da er auf dem Rückweg fahren würde. Das war besser für ihrer aller Seelenfrieden.

„Wo hast du Auto fahren gelernt, in Indianapolis?", fragte Wally sarkastisch, als sie sich vor dem Truck sammelten, bevor sie reingingen. „Bist du dir sicher, dass dein Nachname nicht Andretti ist? Großer Gott!" Wallys Lächeln ließ sein Gesicht erstrahlen und sein Gelächter steckte an. Besonders, da Dakota seit Jahren dasselbe sagte. Am Lenkrad war sein Vormann nämlich eine Landplage. Aber um Wally eine Zeit lang im Arm halten zu dürfen, war es das wert gewesen.

„Gehen wir was essen", verkündete Dakota, zog die Tür auf und hielt sie für die anderen auf. Drinnen nannte er Kerry seinen Namen und sie führte sie an einen Tisch. Während sie durch den Speiseraum gingen, bemerkte Dakota, wie Gespräche verstummten und sich ein paar Köpfe in ihre Richtung drehten. Einem plötzlichen Beschützerinstinkt folgend und ohne überhaupt darüber nachzudenken legte Dakota seine Hand auf Wallys Rücken und führte ihn an den Tisch. Er kannte die meisten der Leute in dem Restaurant.

An ihrem Tisch setzten sie sich. „Mark, euer Kellner, ist gleich bei euch." Kerry lächelte und ging. Dabei zwinkerte sie Dakota zu.

Wally sah sich um und zappelte auf seinem Stuhl. „Wen oder was starren die denn alle so an?"

Ohne aufzublicken schlug Phillip die Speisekarte auf. „Uns. Die starren uns an."

„Warum?"

Dakota hob den Blick und sah ihren Kellner neben dem Tisch stehen. „Hey, Dakota." Mark lächelte. „Kann ich euch etwas zu trinken bringen?" Er beugte sich ein wenig weiter vor. „Kümmere dich nicht um die." Er nickte in Richtung der anderen Gäste und zwinkerte, bevor er ihre Getränkebestellung aufnahm und ging.

Wally lehnte sich gegen den Tisch. „Hat er dich gerade angemacht?"

Dakota lachte so laut, dass man es im ganzen Raum hören konnte. „Nein", er senkte die Stimme, „aber ich glaube, er hat mir gerade gesagt, dass er für unser Team spielt. Ignoriere sie einfach, dann werden sie schon das Interesse verlieren." Er nahm seine Speisekarte und studierte sie, auch wenn er sie praktisch auswendig kannte. Das Einzige, was sich über die Jahre verändert hatte, waren die Preise. Unter dem Tisch drückte er Wallys Hand. „Tut mir leid." Er bereute es zutiefst, dass er Wally hierher gebracht hatte, dass er sie alle hierher gebracht hatte, wo alle sie angaffen konnten. Dabei hatte er geglaubt, die Leute hier zu kennen. Und nun hatten sie sich doch als die Hinterwäldler herausgestellt, für die jeder die ländliche Bevölkerung ohnehin schon hielt.

„Schon in Ordnung, Kota." Wally erwiderte den Händedruck. „Das konntest du ja nicht wissen." Dakota konnte das Unbehagen in Wallys Stimme hören und dachte darüber nach, was er sagen sollte, doch kein Wort kam heraus. Zum Glück kam der Kellner mit ihren Getränken zurück und nahm ihre Bestellungen auf. Die Gespräche im Raum waren zur Normalität zurückgekehrt. Dakota bemerkte, dass die Leute sie nicht mehr anstarrten.

„So wie die schnattern, könnte man meinen, sie haben erwartet, dass ihr anfangt, euch zu küssen und es auf dem Tisch miteinander zu treiben", witzelte Mark. Dakota lächelte, dankbar, dass ihr Kellner die Stimmung auflockerte.

„Könnten wir noch", entgegnete Wally mit einem Glitzern in den Augen. „Ich frage mich, wie die hier wohl auf ein bisschen schwule Action reagieren würden?" Lachend schlug er sich die Hand vor den Mund und blickte sich im Raum um. „Eine Herzattacke oder zwei?"

„Ich würde sagen, eine Herzattacke, zwei Schlaganfälle und ein Gehirnaneurysma", fügte Phillip lächelnd hinzu und hob sein Glas. „Auf das Lokalkolorit." Dakota tat sein Bestes, nicht zu lachen, als er ebenfalls sein Glas hob und Wally ansah, der vor Heiterkeit fast platzte. Auch Mario hob sein Glas. Ein paar gemurmelte Missfallensäußerungen drangen an Dakotas Ohren. Er wandte sich um, starrte die Leute an den anderen Tischen an, bis sie wegsahen und sich wieder ihrem Essen widmeten.

„Dakota!" Eine vertraute dröhnende Stimme hallte durch den Raum und er sah, wie sich ein riesiger Mann seinen Weg zwischen den Tischen hindurch bahnte. „Ich dachte mir doch, dass du das bist." Dakota stand auf und fand sich gleich darauf in einer Knochen brechenden Umarmung wieder.

„Randall, was zum Teufel machst du denn hier?"

„Bin für ein paar Tage zu Besuch bei meinen Leuten." Randall ließ ihn wieder los, allerdings nicht, ohne ihm vorher noch ein paar Mal kräftig auf den Rücken zu schlagen. „Und schon höre ich Gerüchte über dich."

„Ich fürchte, die sind wohl wahr." Dakota blickte in die Runde. Drei Augenpaare ruhten auf ihm und hefteten sich dann auf Randall.

„Na und, was glaubst du, wie scheißegal mir das ist?" Randall schlug Dakota erneut auf den Rücken und zog sich einen Stuhl heran. „Mensch, es interessiert mich nicht, ob du auf Stuten oder Hengste stehst. Aber sag mal, wie geht es deinem Vater?"

„Dem geht es so weit ganz gut. Die neuen Medikamente helfen vorerst." Dakota erinnerte sich an seine Manieren und stellte alle einander vor. Hände wurden geschüttelt. „Und das ist Wally."

Wally gab Randall die Hand. In der Pranke des riesigen Mannes verschwand Wallys Hand fast. „Oh Mann, du hast ja wirklich ein gutes Händchen. Der ist ja bildhübsch." Randall lachte laut.

„Lass dich nicht täuschen", sagte Dakota und zwinkerte Wally zu. „Wally ist vielleicht klein, aber er lässt sich nicht so leicht unterkriegen." Dakota drehte sich zu Wally um und erklärte: „Randall war der Star in unserer Highschool Wrestling-Mannschaft. Jetzt ist er Anwalt in Los Angeles."

„Ich wollte euch nicht beim Abendessen stören, nur mal kurz Hallo sagen, bevor meine Leute kommen." Randall stand wieder auf, packte Dakota an der Schulter und schüttelte ihn kurz. „Ich bin rund eine Woche hier. Ruf mich mal an – ich würde gerne deinen Vater wiedersehen." Winkend wehte der Wirbelsturm, der

Randall war, in Richtung Empfang. Dort entdeckte Dakota die Eltern des Ex-Wrestlers, die auf ihn warteten. Sie winkten und lächelten, während sie zu ihrem Tisch gingen. Dakota wandte seine Aufmerksamkeit wieder seinem eigenen Tisch zu.

„Ich habe mir gedacht, wir fahren morgen zum Grand Teton, damit ihr den noch sehen könnt, bevor ihr fahrt." Der Kloß in seinem Hals erinnerte ihn daran, wie sehr er den Gedanken hasste, dass Wallys Urlaub bald zu Ende war. Ihm war klar, dass Wally in ein paar Tagen abreisen musste. Die Ungewissheit, ob er wiederkommen würde, quälte ihn am meisten. Fast wäre er von seinem Stuhl aufgesprungen, als Wally seine Hand berührte.

„Bitte schön, Jungs." Ihr Kellner kam zurück und trug ein schweres Tablett. Wally zog seine Hand weg und Dakota vermisste sie sofort. Mark stellte das Tablett auf einen Ständer und servierte jedem einen sehr vollen, dampfenden Teller. Nachdem er sich vergewissert hatte, dass sie sonst nichts brauchten, ging er wieder.

Dakota lächelte, als Wally die Essensberge anstarrte. Er sah zu, wie Wally seinen ersten Bissen nahm, und lächelte über seinen glückseligen Gesichtsausdruck. Mann, er liebte es, Wally zu beobachten. Selbst die Art, wie er aß, ließ Dakota vor Verlangen erschauern. Er wusste ja, was Wally mit diesen Lippen alles tun konnte.

„Das ist wirklich gut", äußerte Wally, nachdem er den Bissen heruntergeschluckt hatte. „Anscheinend wusste ich gar nicht, wie hungrig ich war."

Während des Essens ließ die Spannung nach, die sie umgeben hatte; Dakota konnte fast spüren, wie sie verschwand. Er entspannte sich ebenfalls ein wenig und begann zu essen. Er wollte, dass alles gut lief und Wally sah, dass es sich hier gut leben ließ. Ja, die Leute hier hatten vielleicht ein wenig rückständige Ansichten, doch sie waren alles gute Menschen.

„Also, was habt ihr zwei heute so gemacht?", fragte Phillip zwischen zwei Bissen.

„Wir sind reiten gegangen", antwortete Wally und nahm noch einen Bissen von seinem Steak.

„Den ganzen Nachmittag? Ich bin überrascht, dass ihr noch laufen könnt."

„Wir sind nicht den ganzen Nachmittag geritten." Wallys zweideutiges Grinsen sagte allen am Tisch, was genau sie noch getan hatten.

„Ich wiederhole, ich bin überrascht, dass ihr noch laufen könnt", kicherte Phillip neckend.

„Wir sind mit den Zaunreparaturen fertig geworden und haben angefangen, die Koppel zu vergrößern", warf Mario ein. Dakota war froh, dass sich das Gespräch von ihrem Liebesleben wegbewegte. „War es dein Ernst, dass du noch ein paar Pferde kaufen willst?"

„Allerdings. Ich würde auch gerne die Herde vergrößern. Damit das klappt, brauchen wir mehr Pferde und vielleicht noch einen neuen Arbeiter. Das Land ist da; wir brauchen nur den Viehbestand und das Personal." Er mochte gar nicht daran denken, dass es vielleicht schwieriger sein könnte, gute Arbeiter zu finden, nachdem es sich herumgesprochen hatte, dass er schwul war. So lange hatte er hinter seinen Mauern gelebt. Doch jetzt, wo er sich nicht mehr länger verstecken konnte, kümmerte es ihn nicht mehr, was die Leute dachten – er blickte zu Wally – zumindest, was die meisten Leute dachten.

Sie aßen zu Ende und Dakota bemerkte, dass einige Gäste sie immer noch neugierig beobachteten. „Als ob wir jeden Moment anfangen würden, mit den Hüften zu wackeln. Oder wollen die sicher sein, dass wir wirklich keine Kleider und High Heels tragen?", kommentierte Wally, der unter der erneuten Aufmerksamkeit unruhig auf seinem Stuhl hin und her zu rutschen begann.

„Vielleicht müssen sie einfach sehen, dass wir kein drittes Auge auf der Stirn haben", ergänzte Phillip kopfschüttelnd. Der Kellner lächelte, als er ihnen die Rechnung brachte. Dakota nahm sie entgegen, gab ihm seine Kreditkarte und unterschrieb den Beleg, als der Kellner zurückkam. Er schob seinen Stuhl zurück und tat sein Bestes, die Blicke zu ignorieren, als er die anderen vor sich her nach draußen gehen ließ.

Dakota machte noch einen kurzen Stopp auf der Toilette, dann verließ er das Restaurant. Auf dem Parkplatz fand er die anderen vor dem Truck stehend vor. „Was ist los?" Sie traten zurück und Dakota sah das Problem. Zwei andere Trucks hatten so dicht neben seinem geparkt, dass man nicht mehr zwischen den Autos durchgehen und schon gar nicht die Türen öffnen konnte. „Was, zum Teufel, soll das?"

„So was wie euch wollen wir hier nicht haben, damit das ganz klar ist." Drei riesige Kerle, die Dakota als Mitglieder der Footballmannschaft der hiesigen Highschool erkannte, näherten sich ihnen auf dem Bürgersteig. „Wir dachten, wir bringen euch besser bei, wie ihr euch unter normalen Leuten zu verhalten habt, ihr Freaks!" Bevor sich Dakota bewegen konnte, sah er eine Faust auf sein Gesicht zufliegen. Gerade noch konnte er ausweichen. Der Schlag verfehlte zwar sein Gesicht, streifte ihn jedoch an der Schulter. *Scheiße, tat das weh.*

„Mach ihn fertig!", rief einer der anderen Männer. Die Angreifer stellten sich im Halbkreis auf.

Dakota wich zurück und sah sich um. Die drei anderen standen direkt hinter ihm. „Ihr legt euch hier mit den Falschen an", warnte er, blockte den nächsten Schlag ab und rammte seinem Angreifer die Hand derartig ins Gesicht, dass das Blut aus der Nase des jungen Mannes strömte. Er schrie seinen Begleitern etwas zu, als Dakota ihm einen Schlag in die Magengegend verpasste. Sein Angreifer krümmte sich, doch die anderen beiden stürmten vor. Mario passte den ab, der auf Phillip zurannte, und Dakota versuchte, den anderen zu erwischen. Da sah er aus dem Augenwinkel etwas durch die Luft fliegen und im nächsten Moment krachte der große Bursche bei einem von den Trucks auf die Motorhaube.

„Beweg dich und du bist tot!", brüllte Wally den Mann an und Dakota fragte sich, wie solch eine Lautstärke aus so einem kleinen Mann kommen konnte.

„Die Polizei ist unterwegs." Gott sei Dank hatte Phillip daran gedacht, sie zu verständigen. Dakota sah, wie Marios Gegner die Arme hob und zurückwich. Als er bemerkte, welches Los seine beiden stöhnenden Kumpane ereilt hatte, verließ ihn wohl der Kampfgeist. Die Türen des Restaurants öffneten sich und Randall kam herausgerannt, gefolgt von einigen anderen.

„Geht es dir gut?" Dakota spürte Wallys Hand auf seinem Arm und zuckte zusammen.

„Ja. Gebrochen ist nichts, aber ich werde wohl für eine Weile grün und blau sein." Abwesend rieb er über die schmerzende Stelle. Unterdessen kündigten blinkende Lichter die Ankunft der Polizei an. Autotüren wurden aufgestoßen, uniformierte Polizisten kamen auf sie zu und verschafften sich einen Überblick über den Ort des Geschehens. Glücklicherweise übernahm Randall das Kommando und erklärte den Polizisten, was passiert war. Es dauerte eine Weile, aber letztendlich kamen die Polizisten zu dem richtigen Schluss, dass die Jugendlichen die Prügelei angezettelt und Dakota, Wally und Mario sich nur verteidigt hatten. Die Trucks wurden weggefahren und nach ein paar weiteren Fragen und Antworten durften sie gehen.

Dakota gab Mario die Schlüssel. Dankenswerterweise fuhr er diesmal langsam und sie schafften es ohne weitere Zwischenfälle zurück zur Ranch. Vor dem Stall wurden sie schon von sämtlichen Männern erwartet. Anscheinend hatte sich schnell herumgesprochen, was passiert war.

„Alles in Ordnung, Boss?", fragte John, der jeden von ihnen begutachtete.

„Mir geht es gut."

„Hat Wally einen von ihnen auch so niedergestreckt wie Greg?"

„Ja." Diese Antwort gab ihm eine besondere Genugtuung. Nur weil Wally klein war, hielten ihn alle immer für wehrlos und schwach. Greg hatte diesen Fehler gemacht und ihre Angreifer ebenso. Während er Wally hinterher blickte, der die Stufen hinauf und ins Haus ging, dachte Dakota bei sich, dass nur noch wenige Leute in dieser Stadt diesen Fehler erneut machen würden.

„Warum haben die das gemacht?"

Dakota sah, wie sich die meisten der Männer vorbeugten, um die Frage zu beantworten, doch zu seiner Überraschung meldete Greg sich zu Wort. „Weil sie dumm sind, denke ich. War ich ja auch."

„Danke, Männer. Wir hatten genug Aufregung für einen Abend." Dakota ging auf die Veranda zu. „Morgen gibt es einiges zu tun."

„Denk bloß nicht, dass du in der Lage bist, viel zu machen", rief ihm einer noch hinterher, als er die Stufen hinaufging. Die Männer lachten und da Dakota dem nicht widersprechen konnte, nickte er nur mit dem Kopf und ging hinein. Die anderen saßen mit schon geöffneten Bierflaschen um den Tisch. Wally reichte ihm eine und setzte sich ebenfalls.

Wally setzte seine Flasche an, nahm einen großen Schluck, sagte aber nichts. Phillip und Mario schwatzten aufgeregt miteinander, riefen sich den Kampf in Erinnerung, als hätten sie gerade die Schlacht in den Ardennen gewonnen. Bei Wally stellte Dakota etwas ganz anderes fest: Er starrte blicklos in die Ferne, so als wäre er gar nicht wirklich da. Dakota nahm sein Bier, schob seinen Stuhl zurück und tat das, was er immer getan hatte.

Er ging den Flur hinunter. Im Schlafzimmer seines Vaters hörte er den Fernseher laufen. Leise drückte er die Tür auf und sah seinen Vater, von Kissen gestützt, im Bett sitzen. Mit halb geschlossenen Augen schaute er ein Baseballspiel. „Kann ich mit dir reden?"

Sein Vater nahm die spezielle Fernbedienung mit den größeren Tasten, die Dakota für ihn besorgt hatte, und schaltete den Fernseher aus. „Sie hätten sowieso verloren." Heute Abend sprach er wieder undeutlich, Dakota konnte ihn kaum verstehen, aber das schien ihm nichts auszumachen. Die Augen seines Vaters blickten hell und wach. „Was ist?" Wieder sprach er ganz verwaschen und Dakota machte sich gedanklich eine Notiz, am Morgen den Arzt anzurufen.

Er setzte sich in den Stuhl neben dem Bett. „Ich habe Wally heute Nachmittag gesagt, dass ich möchte, dass er hierbleibt. Doktor Hastings hat ihm ja schon einen Job angeboten und alles. Er sagt auch, dass es ihm hier gefällt. Aber er hat mir noch keine Antwort gegeben und jetzt weiß ich nicht mehr, was ich tun soll." Er übersprang geflissentlich die Episode am Fluss, als er und Wally sich geliebt hatten – obwohl sie die Worte nicht ausgesprochen hatten, wusste Dakota, dass es das gewesen war, zumindest für ihn—und ging stattdessen dazu über, seinem Vater von den Ereignissen um ihren Restaurantbesuch herum zu erzählen. „Ich brauche deinen Rat."

Dakota sah seinem Vater eine Zeit lang beim Nachdenken zu. „Du musst ihm einen Grund geben, hierzubleiben."

„Was soll das heißen?", hakte Dakota nach. Von dem Mann, der seine ganze Kindheit hindurch so freigiebig mit seinen Ratschlägen gewesen war, hatte er sich ein bisschen mehr erhofft. Doch schon sah er, wie sein Vater die Augen schloss und sich entspannt in den Kissen zurücklehnte. Ein paar Sekunden später ging der Fernseher wieder an und sein Vater sah sich weiter das Spiel an. „Ist das alles, was du mir an Ratschlägen gibst?" Dakota stand von seinem Stuhl auf.

„Das ist alles, was du brauchst." Sein Vater war schon wieder in das Spiel vertieft. Also ging Dakota zur Tür und fragte sich dabei, ob seinem Vater langsam der Verstand verloren ging. Er drehte sich um, warf noch einen Blick zurück und verließ dann das Zimmer, um zurück in die Küche zu gehen.

Irgendjemand hatte einen Satz Spielkarten gefunden. Phillip war am Austeilen. „Wir spielen Texas Hold 'Em. Wenn du mitmachen willst, schnapp dir ein paar Käsecracker und setz dich." Er deutete auf den leeren Stuhl.

„Käsecracker?" Dakota glitt auf den Stuhl, während die Karten ausgeteilt wurden.

„Nach so einem Abend dachten wir, ein wenig Futter für die Seele mit viel Biss und Kalorien ist genau das, was der Doktor verordnen würde." Phillip war mit dem Austeilen fertig.

„Was bekommt der Gewinner?", fragte Dakota, während er seine Karten ansah.

„Hüftgold", erwiderte Wally lächelnd, sehr zu Dakotas Erleichterung. Sie machten ihre Einsätze und bald waren alle mit soviel Ernst bei der Sache, als spielten sie um Riesensummen. Bucky kam herein und sie machten Platz für ihn am Tisch.

„Warum seht ihr alle wie begossene Pudel aus?" Bucky besah sich seine Karten und machte seinen Einsatz. Abwechselnd erzählten sie ihm, was am Abend passiert war. „Manchmal können Menschen ausgesprochen blöd sein." Bucky deckte seine Karten auf und strich den salzig-fettigen Pot ein.

„Dazu sag' ich Amen", erklärte Wally ohne auch nur den Hauch eines Lächelns, während er an einem Teil seiner Einsätze knabberte.

Dakota verteilte mehr Bier und als die Spieler erst einmal etwas angetrunken waren, fielen die Anspannung des vergangenen Abends vollends von ihnen ab.

Sie spielten, bis Wally mit seinem Gähnen alle am Tisch angesteckt hatte, und beschlossen dann, es gut sein zu lassen. Zu Dakotas Entsetzen verabschiedete sich Wally ohne eine Umarmung oder einen Kuss von ihm, verschwand in sein Schlafzimmer und schloss die Tür. Dort stand Dakota dann und fragte sich, ob er nicht trotzdem anklopfen sollte. Schon hob er die Hand, hielt aber inne, als er Schritte hinter sich vernahm. Als er sich umdrehte, sah er Phillip auf sich zukommen. Dakota ließ seine Hand wieder sinken. „Ich weiß nicht, was ich tun soll."

Phillip blieb neben ihm stehen und dachte ein paar Sekunden lang nach, ehe er den Kopf schüttelte. „Ich kann dir da nicht helfen, Dakota. Ich weiß auch nicht, was in seinem Kopf vorgeht." Phillip ging weiter zu seinem Zimmer. Vor der Tür drehte er sich noch einmal um. „Vielleicht braucht er nur ein wenig Zeit zum Nachdenken."

Phillip schloss die Tür hinter sich, machte sie dann aber noch einmal auf und winkte Dakota zu sich. „Sieh mal, was wir auf dem Schiff miteinander hatten, war nur ein bisschen Spaß, und was ich gerade mit Mario habe, ist auch nur ein bisschen Spaß." Dakota sah, wie Phillips Blick zu Wallys Tür wanderte. „Aber so ist Wally nicht. Er ist immer mit dem Herzen bei der Sache, ganz gleich, was er tut. Dem Wolf hat er geholfen, weil es ihm sein Herz befohlen hat, ohne Rücksicht auf die Konsequenzen für ihn oder wen auch immer."

„Das weiß ich", fing Dakota an, stockte aber dann. „Heute Nachmittag habe ich ihn gebeten, hierzubleiben." Er beobachtete Phillips Gesicht und hoffte dabei auf irgendeine Art von Erkenntnis.

„Und?", sagte Phillip in aufforderndem Tonfall, aber Dakota hatte keine Ahnung, was er darauf sagen sollte.

„Und was?" Er hatte völlig den Faden verloren und keine Ahnung, worum es hier ging. Ja, der Abend war nicht nach Plan verlaufen. Aber er hatte gedacht, dass sich inzwischen alles wieder normalisiert hätte. Oder doch zumindest fast.

Doch Phillip sah nur empört und gereizt drein. „Männer können ja so *dämlich* sein", sagte er, und sein Tonfall ließ keinen Zweifel daran, wen er damit meinte. „Du hast ihn eingeladen, hierzubleiben, Dakota. Das war ja sehr nett von dir, aber hast du mal darüber nachgedacht, was du damit von ihm verlangst? Und was es für ihn bedeutet?"

„Es bedeutet, dass ich ihn sehr gerne habe und will, dass er hier bei mir bleibt."

„Du kannst es nicht einmal aussprechen, oder? Dakota, wenn Wally hier bleibt, bedeutet das für ihn, dass er seine Familie verlassen und quer durch das halbe Land ziehen muss, weit weg von allem und jedem, den er kennt, außer dir. Willst du wirklich diese Verantwortung übernehmen? Bist du bereit dazu?" Phillip schaute wieder zu Wallys Tür und Dakota folgte seinem Blick. „Er hat alles zu verlieren und natürlich hat er Angst davor. Nach dem heutigen Abend kann ich ihm das auch lebhaft nachfühlen. Die Leute hier werden ihn nicht mit offenen Armen empfangen. Ich weiß, er mag dich, vielleicht liebt er dich sogar, aber er kann doch nicht nur für dich leben. Heute im Restaurant haben die Leute gar nicht so sehr dich angesehen, sondern ihn. Dich kennen sie schon ihr ganzes Leben lang und über die Jahre hast du bestimmt vielen von ihnen schon einmal geholfen. Sie werden dir vergeben und wahrscheinlich darüber hinwegsehen, dass du schwul bist. Doch in Wally werden sie genauso wahrscheinlich immer den Mann sehen, der dich verdorben hat. Selbst wenn er einen Job hat - glaubst du denn, dass von den Ranchern hier allzu viele ihm die Gesundheit ihrer Tiere anvertrauen werden? Es kann durchaus sein, dass der Job, den ihm der Tierarzt angeboten hat, letztendlich nichts wert ist." Phillip trat in sein Zimmer. Dakota folgte ihm und schloss die Tür. „Ich glaube, Wally fürchtet insgeheim, dass er von dir abhängig werden könnte."

Dakota setzte sich auf den Rand des ungemachten Bettes. Unter seinem Gewicht quietschten die Bettfedern ein wenig. „Also soll ich ihn zu seinem eigenen Besten gehen lassen? Ist es das, was du mir sagen willst? Weil ich das tun werde, wenn ich es muss. Ich will, dass er glücklich ist!" Dakota schluckte schwer, stand auf und ging zur Tür.

„Dakota, du brauchst nicht gleich so dramatisch zu werden. Ich bin mir sicher, dass er bleiben möchte. Du musst ihm nur einen guten Grund dafür geben." Als Dakota sich umdrehte, sah er sich Phillips bohrendem Blick ausgesetzt. „Lass mich dich was fragen. Als ihr heute Nachmittag ausgeritten seid, was habt ihr da getan?"

Dakota spürte, wie seine Wangen heiß wurden, und setzte sich wieder auf das Bett. „Ich glaube kaum, dass dich das etwas angeht, oder?" Dieses Gespräch bewegte sich ziemlich schnell auf Themen zu, über die Dakota nicht sprechen wollte. Jedenfalls nicht mit Phillip.

„Kota." Phillips Stimme wurde weicher. Dakota spürte, wie sich das Bett bewegte, als sich Phillip neben ihn setzte. „Du bist ein ganz besonderer Mensch, der es verdient hat, glücklich zu sein. Genauso wie Wally. Und ob du es glaubst oder nicht, aber ich bin ein wenig eifersüchtig auf euch zwei." Dakota sah ihn reichlich verwirrt an. „Nicht, weil wir füreinander bestimmt waren", fuhr Phillip fort, „sondern weil ihr beiden da in etwas hinein gestolpert seid, das wunderschön werden könnte."

In dem Zimmer wurde es still. Dakota hörte nur das Geräusch seines eigenen Atems. „Wir haben uns geliebt."

„Hä? Hab' ich was verpasst?"

„Das ist es, was wir heute Nachmittag getan haben. Wir haben uns geliebt." Dakota starrte auf seine Handfläche. „Ist es so einfach?" Ideen verdrängten den unangenehmen Strudel der Gefühle.

„Jetzt komm' ich nicht mehr mit, Dakota."

„Mein Vater hat mir schon gesagt, was ich tun soll, und ich habe es nicht verstanden." Dakota zog Phillip in eine Umarmung, bevor er aufsprang und aus dem Zimmer eilte. Er war schon halb über den Flur, da kehrte er noch einmal um und steckte den Kopf ins Zimmer. „Danke dir."

„Ich weiß zwar nicht, was genau ich gesagt oder getan habe, aber ich bin froh, dass es geholfen hat." Phillip stand lächelnd auf und legte die Hand auf den Türknauf.

Dakota ging wieder den Gang hinunter und hörte, wie Phillip die Tür hinter sich schloss. Er sah noch einmal nach seinem Vater, der friedlich bei laufendem Fernseher schlief. Dakota machte den Fernseher aus, löschte das Licht und ließ die Tür einen Spalt offen. Als er herauskam, sah er, wie Phillip sein Schlafzimmer verließ. Gleich darauf hörte er aus dem Wohnzimmer leise Stimmen, gefolgt von Schritten und dem Schließen der Haustür. Das Haus war jetzt still und so leer wie möglich.

Und er wusste jetzt halbwegs, was er zu tun hatte.

11

WALLY LAG auf dem Rücken und lauschte den Geräuschen im Haus. Er kannte Dakotas Schritt und jedes Mal, wenn er ihn an seiner Tür vorbeigehen hörte, fragte er sich, ob er gleich ein Klopfen hören oder sehen würde, wie die Tür aufging. Einerseits hoffte er, dass Dakota hereinkommen, zu ihm ins Bett steigen und ihn festhalten würde. Andererseits ängstigte ihn genau das mehr als alles andere. Sein Herz sagte ihm, dass er auf Dakota zugehen und sich von ihm festhalten lassen sollte, aber sein Verstand befahl ihm, sich zurückzuziehen. In ein paar Tagen würde er ohnehin abreisen und das wäre es dann gewesen.

Wieder hörte er Schritte vor seiner Tür und ihm klopfte das Herz. Als er die Augen öffnete, schimmerte Licht unter seiner Tür durch. Der Lichtstrahl sah unterbrochen aus; vielleicht stand Dakota ja gerade vor der Tür. Unwillkürlich reckte Wally den Hals, lauschte auf ein Klopfen, aber es kam keines. Er hörte leise Stimmen, dann verschwand der Schatten und das Licht draußen wurde ausgeschaltet. Am Ende war es vielleicht doch nicht Dakota gewesen. Wally sank zurück auf den Rücken und starrte an die Decke. Er seufzte laut. Immer wieder sagte er sich, dass es so am Besten war. Er hätte Dakota doch nur das Leben schwer gemacht. Wally schloss die Augen und erschauerte, als er an die Gesichter aus dem Restaurant dachte. Wie die Leute ihn angesehen hatten – Wally hatte nur verschwinden wollen, während Dakota es einfach ignoriert hatte. Na ja, er konnte es auch – schließlich hatten sie nicht ihn angestarrt. Es war nicht Dakota, der dort auf dem Präsentierteller gesessen hatte. Dakota war kein „wölfeliebender schwuler Freak", wie einer von ihnen Wally genannt hatte. Allein der Gedanke daran brachte ihn zum Frösteln.

Er hörte eine Tür zufallen, das leise Knarren der Bodendielen, danach Stille. Wally schlug die Bettdecke zurück, ging zum Fenster, öffnete es und ließ die Nachtluft und die Geräusche von draußen herein. Er stand am Fenster und lauschte den Grillen, hörte Pferdehufe stampfen und dann das Geräusch von Schritten auf Kies und ein unterdrücktes Lachen. Schließlich waren nur noch die Nachtgeräusche zu hören. „Wenigstens Phillip hat seinen Spaß", flüsterte er vor sich hin. Er verzog das Gesicht; ihm war natürlich klar, warum Dakota jetzt nicht bei ihm war. Keine Hände, die seine Haut streichelten, keine Lippen, die seine Schulter berührten, keine Arme, die ihn festhielten, und er war selber daran schuld.

Wally konnte sich ein Lächeln nicht verkneifen, als das Heulen eines Wolfs durch die Nachtluft zu ihm drang. Mit gespitzten Ohren lauschte er nach einer

Antwort. Doch entweder kam sie nicht oder sie war so leise, dass er sie nicht hören konnte. „Ja, ich höre dich", murmelte er vor sich hin. Da erklang das Heulen erneut und dieses Mal gab es eine Antwort. Sie war zwar leise, aber eindeutig zu hören. „Immerhin ist einer von uns nicht alleine." Er trat vom Fenster zurück, ging zum Bett, legte sich hin und zog die Bettdecke über sich. Die Zimmerdecke sah genauso aus wie vorher. Daher drehte sich Wally auf die Seite und klopfte sich sein Kissen zurecht in der Hoffnung, es sich bequem zu machen.

„Scheiß drauf." Er machte sich hier nur selber unglücklich. Erneut warf er die Bettdecke von sich, stand auf und ging zur Tür. Er trat in den Flur und machte sich auf den Weg zu Dakotas Tür. Langsam drehte er den Türknauf, öffnete die Tür und spähte ins Zimmer, aber er konnte nichts erkennen. „Kota", flüsterte er. Es kam keine Antwort und er hörte auch nichts. Er öffnete die Tür ein Stückchen weiter und sah in dem gedämpften Licht nur das leere Bett. Wally schloss die Tür wieder und ging zurück in sein Zimmer. Für den Fall, dass Dakotas Vater etwas brauchte, ließ er seine Tür einen Spalt auf. Er ging zurück ins Bett, wobei er sich selbst einen unentschlossenen Feigling schimpfte. Was hatte er denn von Dakota erwartet: dass dieser ihm nach nur einer Woche unsterbliche Liebe schwor? Seine innere Stimme antwortete leise: „Das gilt auch umgekehrt, weißt du?" Das alte Sprichwort, dass ein Feigling tausend Tode stirbt, erwies sich als wahr. „Scheiße, ich bin ja so eine Memme." Er rollte sich auf die Seite, die Augen auf die Tür gerichtet, sodass er Dakota sehen würde, wenn dieser zurückkam, und bewachte den Flur.

Das Bett senkte sich, Arme umfassten ihn, warme Haut presste sich an seinen Rücken. Wenn das ein Traum war, wollte er nicht aufwachen. Wally erlaubte sich ein Seufzen und wollte diesen Traum unbedingt weiter träumen, während er sich enger an die Wärme drängte.

Morgendliche Geräusche, die von draußen durch das Fenster drangen, rissen ihn aus dem Schlaf. Er tastete hinter sich, doch seine Hand fand nur das Bettlaken. *Also war es nur ein Traum gewesen.* Wally drehte sich um. Das Bettzeug war zerwühlt und er glaubte, im Kissen eine Kuhle zu erkennen, war sich aber nicht ganz sicher. Egal, auch wenn es kein Traum gewesen war, jedenfalls war Dakota jetzt nicht hier. Er stand auf, wusch sich, zog sich an und ging dann in die Küche.

Dort schenkte er sich eine Tasse Kaffee ein. „Gehen wir jetzt heute zum Grand Teton?"

„Ja. Wir sind gerade fertig zur Abfahrt", antwortete Mario, als sich Wally umsah. „Dakota sagte, er hätte heute etwas Dringendes zu erledigen. Er hat mich gebeten, euch hinzubringen."

Plötzlich schmeckte der Kaffee in seiner Tasse wie Batteriesäure. Er hatte gehofft, dass sich für ihn auf der Fahrt eine Gelegenheit ergeben würde, mit Dakota zu reden, ihm zu sagen, was er für ihn empfand. Zumindest vorläufig hätte er sich darüber keine Gedanken machen müssen. Dakotas Abwesenheit sagte ihm eine Menge. Wally bereute es, sich zurückgezogen zu haben, aber vielleicht war es wirklich am Besten so. „Ich hole meine Sachen. In ein paar Minuten bin ich startklar." Er schüttete seine Tasse aus, stellte sie in das Spülbecken und ging in sein Zimmer, um seine Jacke zu holen. Dann kam er ins Wohnzimmer zurück und folgte Phillip hinaus zum Auto.

Die Fahrt dauerte nicht so lange wie bis zum Yellowstone, aber sie kam ihm trotzdem wie eine Ewigkeit vor, da er alleine auf dem Rücksitz saß. Mario und Phillip plauderten angeregt miteinander und bezogen ihn auch immer wieder ins Gespräch mit ein. Obwohl er es versuchte, war er nicht mit dem Herzen bei der Sache. Am Parkeingang warteten sie in der Schlange und bezahlten ihren Eintritt, bevor sie zu einem der Parkplätze weiterfuhren.

Die Landschaft war atemberaubend, mit zerklüfteten Gipfeln, die das Flusstal überragten. Am Besucherzentrum sah sich Wally mit Mario und Phillip zusammen eine Videopräsentation an, die den Park und seine Geschichte erklärte. Gletscher, atemberaubende Berggipfel und Felder von Blumen in den Tälern, all das faszinierte ihn. Nach der Einführung gingen sie zurück zu ihrem Wagen und fuhren tiefer in den Park hinein. Sie bogen um die Ecke entlang der gewundenen Parkstraße und erreichten ein Tal. Mario hielt den Wagen an, während Wally das Fenster herunter kurbelte, den Kopf herausstreckte und die Bären beim Fischen im Strom beobachtete. Ohne nachzudenken drehte er sich um, um Dakota das zu zeigen. Erst da erinnerte er sich daran, dass er gar nicht da war. Wally zog den Kopf wieder in den Wagen und wartet schweigend auf dem Rücksitz, bis die anderen zum Weiterfahren bereit waren. Er fühlte sich wie das fünfte Rad am Wagen und die Spaßbremse in Person.

Im Laufe des Tages verwandelte sich seine mürrische Stimmung in Frustration und Ärger. *Wenn Dakota keine Zeit mit ihm verbringen wollte, dann war das verdammt noch mal in Ordnung.* Wally bemerkte, wie Phillip sich in seinem Sitz herumdrehte, als er etwas vor sich hin murmelte. Von da an schwieg er und versprühte sein Gift nur noch innerlich.*Ich werde mir, verflucht noch mal, davon nicht den Tag vermiesen lassen. Wenn er es so haben will, fein!* Wally hatte gestern Abend vielleicht einen Fehler gemacht, doch Dakota hätte ihn nicht einfach abschieben dürfen, ohne mit ihm zu reden oder ihn auch nur anzusehen. Das war einfach taktlos!

Wally schob seine düsteren Gedanken weit von sich, als er eine Herde wilder Büffel entdeckte, die in der Nähe des Flusses grasten. Jung und alt, alle zusammen. Während er sie beobachtete, begannen sie, am Fluss entlang zu rennen, bis schließlich alle davonrasten. Obwohl er im Auto saß, konnte er spüren, wie die Erde zitterte und vibrierte. Mario hielt an und Wally stieg aus, sodass er das Beben der Erde unter seinen Füßen spüren konnte. „Was ist denn da los?", fragte Phillip, der neben ihn stand.

Mario deutete auf etwas hinter den Bisons. „Seht mal da!" Eine dürre, dunkle Gestalt jagte hinter den Büffeln her, gefolgt von einer weiteren. Zusammen trennten sie eines der langsameren Tiere von der Herde.

„Oh mein Gott!", rief Wally aus. Ein Zittern durchlief ihn. „Das sind Wölfe auf der Jagd."

„Sollten wir nicht irgendwas tun?", fragte Phillip mit aufgeregter Stimme.

„Nein. Das ist der Lauf der Natur. Nur die Starken überleben." Wally sah zu, wie der einzelne Büffel stolperte. Ein Wolf hing an seiner Kehle. Sie waren zu weit weg, um Einzelheiten erkennen zu können. Wally wünschte sich, er könnte näher herankommen, aber das war unmöglich. Er beobachtete, wie der Bison zu Boden ging und die Herde am Fluss entlang weiterzog. Die Vibrationen wurden schwächer, je weiter sie sich entfernten.

Wally sah zu Phillip, der die Augen zusammenkniff und sich umdrehte, um wieder ins Auto zu steigen. „Das will ich nicht sehen."

Doch Wally konnte die Augen nicht abwenden. Nie hätte er geglaubt, so etwas einmal miterleben zu dürfen. Vollkommen gefesselt sah er zu, wie die Natur ihren Lauf nahm. „Nur die Starken überleben", murmelte er vor sich hin, „und ich habe vor, einer von ihnen zu sein." Der Büffel war nur noch ein brauner Hügel im Gras, über den jetzt vier Wölfe herfielen. Wally wandte sich ab und setzte sich wieder auf die Rückbank, während Mario hinter das Steuer glitt.

„Das war wirklich krass", verkündete Phillip vom Vordersitz. Mario sagte nichts und Wally ahnte, dass er sich wahrscheinlich eines von den Rindern anstelle des Büffels vorstellte. Doch Wally wusste, was er gesehen hatte – etwas Seltenes und Unglaubliches.

„Ihr müsst das so sehen: Dieser Büffel war schwach. Wenn er stark gewesen wäre, hätte er mit der Herde mithalten können. Er hätte die Herde nur aufgehalten, also sind die anderen ohne ihn besser dran. Die nächste Generation wird stärker sein und die Herde wird überleben. Das ist Teil der natürlichen Ordnung und wir haben es gesehen." Wally konnte nicht verhindern, dass in seiner Stimme Erstaunen und Ehrfurcht mitschwangen. Mario startete den Motor und sie setzten ihre Fahrt durch den Park fort.

Die Sonne war bereits am Untergehen, als sie den Park verließen und nach Hause zurückfuhren. Wally hatte es geschafft, Dakota für eine Weile aus seinem Kopf zu verbannen und den Rest des Tages zu genießen. Doch je näher der Wagen der Ranch kam, desto nervöser wurde er. Ihm war klar, dass er mit Dakota reden musste, dass er versuchen musste, seine Gefühle für ihn in Worte zu fassen. Aber er wusste nicht, wie er das machen sollte. Er konnte nur hoffen, die richtigen Worte zu finden, wenn er Dakota erst gegenüberstand. Der Mann verdiente wenigstens eine Erklärung für sein Benehmen vom Vorabend.

Als sie auf die Ranch fuhren, sah er Dakota auf der Veranda sitzen, umrahmt von Licht. Nachdem der Wagen angehalten hatte, stand er auf und kam langsam die Treppen herunter auf das Auto zu. „Hat es Spaß gemacht? Hattet ihr eine schöne Zeit?"

Wally beobachtete, wie Dakota sich dem Auto näherte. Sein Lächeln, sein selbstzufriedener Gesichtsausdruck – all das ließ die Einsamkeit, unter der Wally den ganzen Tag gelitten hatte, in ihm hochkochen. Er öffnete seine Tür und sah Dakota auf sich zukommen. Ohne auf seine Fragen zu reagieren, schlug er die Autotür zu und stürmte wortlos davon, auf die Rückseite des Hauses zu. Er sah weder Dakota noch die anderen an. Doch sobald er um die Ecke in die Dunkelheit des Hinterhofs trat, verrauchte sein Ärger und seine Kehle fühlte sich wie zugeschnürt an. Er hatte heute Großartiges erlebt und viel Spaß gehabt, aber er war alleine gewesen. Auch wenn Phillip und Mario ihn mit einbezogen hatten: Wann immer sie sich von ihm unbeobachtet fühlten, hatten die beiden sich berührt oder leise miteinander geredet und Wally hatte sich ausgeschlossen gefühlt.

„Wally.“ Als er sich umdrehten, sah er eine große, breite Gestalt mit einem Cowboyhut auf dem Kopf auf sich zukommen und er wusste, dass er gerade dabei war, alles zu vermasseln. „Sagst du mir, was ich falsch gemacht habe?“ Es lag soviel Schmerz in Dakotas Stimme, dass er sich ganz klein anhörte. Für einen Moment konnte Wally in dieser Stimme den kleinen Jungen hören, der sein Liebhaber einmal gewesen war. Das Engegefühl in der Brust, das Wally sowieso schon hatte, wurde jetzt noch schlimmer, weil er wusste, dass er für Dakotas Schmerz verantwortlich war.

„Es ist alles meine Schuld. Ich hab' Angst gekriegt.“ Wally brachte die Worte kaum heraus; er wusste, er würde anfangen zu weinen, wenn er jetzt zu reden versuchte. Dakota machte einen Schritt auf ihn zu. Es sah aus, als wolle er Wally gleich umarmen, doch dieser wich zurück und Dakotas Arme sanken herab. „Weißt du eigentlich, wie oft ich tatsächlich jemanden geschlagen habe, außer beim Training? Zwei Mal, und beide Male in der letzten Woche.“ Wally rang nach Luft und wusste nicht weiter. „Ich war ein Feigling“, sagte er mit halberstickter Stimme. „Ich hatte Angst und habe dich ausgeschlossen.“ Wally hob den Blick und wischte sich mit dem Handrücken die Tränen weg. „Ich wäre gerne zu dir gekommen, aber ich hab' mich zu sehr geschämt. Und ich war auch böse auf dich, weil du nicht zu mir gekommen bist.“

„Aber das bin ich.“ Dakotas Stimme kam durch die Dunkelheit zu ihm. „Erst stand ich vor deiner Tür herum und habe ewig gezögert. Aber dann habe ich mit Phillip geredet und danach hab' ich endlich kapiert, dass ich nicht fair zu dir war. Ich hatte noch ein paar Dinge zu erledigen, aber später in der Nacht bin ich dann zu dir ins Bett gekommen.“

„Ich dachte, ich hätte das nur geträumt“, sagte Wally wie zu sich selbst, „weil ich alleine aufgewacht bin.“

„Ich hatte etwas zu tun.“ Dakotas Stimme war nun näher bei ihm. Dann wurde Wally von Armen umfangen, die ihn an den harten, muskulösen Körper seines Liebhabers zogen. Der Duft, den er am meisten liebte, stieg ihm in die Nase. „Und du dachtest, ich wäre sauer auf dich, weil ich nicht mit euch in den Park gegangen bin.“

Wally nickte an Dakotas Hemd. „Ja. Ich hab dich den ganzen Tag vermisst. Jedes Mal, wenn ich etwas gesehen habe, habe ich mich umgedreht, um es dir zu zeigen, aber du warst nicht da." Wally spürte, wie ihn die Arme noch fester hielten und eine Hand durch seine Haare fuhr.

„Möchtest du sehen, warum ich nicht mitkommen konnte?", fragte Dakota mit tiefer Stimme. Wally hob das Gesicht und spürte Dakotas Lippen auf seinen. Die Dunkelheit hüllte sie ein, während Dakota den Kuss vertiefte und mit der Zunge Wallys Lippen und Mund erkundete. Als der Kuss noch intensiver wurde, konnte Wally ein leises Stöhnen nicht zurückhalten und seine Jeans schienen ihm plötzlich eine Nummer zu klein zu sein. Dann wurde der Kuss wieder sanfter, bis sich ihre Lippen schließlich mit einem leise schmatzenden Geräusch voneinander lösten. „Komm, ich zeig' dir, was ich gemacht habe."

Wally trat einen Schritt zurück und fühlte, wie Dakota seine Hand nahm und ihn um das Haus herum in Richtung Stall führte. „Wo bringst du mich hin?"

Dakota hielt inne. „Das ist eine Überraschung." In dem gedämpften Licht, das von der Veranda her in den Hof fiel, konnte Wally sein aufgeregtes Lächeln sehen. Dann führte er ihn in den Stall. Neugierige Köpfe schauten aus den Boxen. Dakota ging voraus, den ganzen Weg bis zur hintersten Ecke, und blieb vor einer anscheinend brandneuen Tür stehen. „Es ist noch nicht ganz fertig, aber der Anfang ist schon mal gemacht." Dakota drehte den Knauf und stieß die Tür auf. „Das hier wird das Büro des neuen Herdenverwalters."

Neugierig und verwirrt trat Wally ein. Der Geruch nach frischer Farbe war überwältigend. Der Raum hatte zwei kleine Fenster, eins zur Straße und eins zur Koppel. Mit den weißen Betonwänden war alles frisch und sauber. „Hier kann er ja dann bestimmt wunderbar arbeiten, aber warum zeigst du mir das?" Eigentlich hätte er lieber wissen wollen, warum Dakota ihn versetzt hatte, um ein Büro für jemand anderes herzurichten. Diese Frage hätte sich zwar zu sehr nach beleidigter Leberwurst angehört, aber er hätte sie trotzdem gerne gestellt. Nur zu gern.

„Na ja, ich hatte eigentlich darauf gehofft, dass du den Job übernehmen würdest."

Wally hielt inne, drehte sich um und sah das zufriedene Lächeln auf Dakotas Gesicht.

„Letzte Nacht habe ich die Deckenplatten angebracht. Ich wollte, dass sie abnehmbar sind, sodass man sie für dich reinigen kann. Und ich dachte, wenn wir hier ein paar Schränke hinstellen …", Dakota ging zur inneren Wand, „dann hättest du auch Platz für alles, was du als Tierarzt brauchst. Ich hab mir auch überlegt, dass man hier in die Wand einen Durchbruch für eine Tür machen könnte. Dann könnten wir noch einen extra Untersuchungsraum anbauen, mit einer Koppel für die Patienten direkt davor."

„Ich? Du willst, dass ich …" Wally brach ab, unfähig, noch etwas zu sagen, während er sich in dem Raum umsah.

„Ich dachte mir, dass die Verwaltung der Herde nur ein Teilzeitjob wäre und ich dich als Ranch-Tierarzt einstelle."

„Dakota, aber …“, begann Wally zu protestieren. Er war sich nicht sicher, ob Dakota sich hier gerade zu viele Freiheiten herausnahm oder der süßeste Mann der Welt war.

„Vor ein paar Tagen habe ich dich gefragt, ob du hier bleiben willst. Ich will dich nicht unter Druck setzen. Aber ich wollte dir zeigen, dass du hier einen wertvollen Beitrag leisten könntest. Dass du Teil des Lebens auf der Ranch sein könntest, und nicht nur …“ Dakota brach ab und Wally trat näher. Er fragte sich, was Dakota sagen wollte. „Nicht nur die Person, in die ich mich verliebt habe.“

„Warte …“, er trat noch einen Schritt näher, „du hast dich in mich verliebt? Wir kennen uns doch gerade mal seit einer Woche.“

„Ich war noch nie verliebt, aber ich bin mir ziemlich sicher, dass es sich so anfühlt.“ Dakota lächelte strahlend. „Wenn du bei mir bist, fühlt sich alles richtig an.“

„Kota“, sagte Wally und schluckte hart. „Ich weiß nicht, was ich zu all dem hier sagen soll.“

„Ich weiß, das sieht so aus, als würde ich dich unter Druck setzen. So meine ich das aber gar nicht. Ich möchte nur, dass du weißt, dass du hier ein Leben mit mir haben kannst. Das heißt, wenn du willst.“ Erneut spürte Wally Dakotas Arme um sich. „Ich will, dass du darüber nachdenkst. Aber du solltest wissen, dass du hier einen Platz haben wirst, auf der Ranch und auch in meinem Herzen.“

Dakota nahm seine Hand, machte die Lichter aus und führte ihn durch den Stall zurück zur Veranda. Er setzte sich auf die Schaukel, zog Wally auf seinen Schoß und schaukelte sie beide langsam vor und zurück. „Es tut mir leid, dass ich so lange gebraucht habe, um zu sehen – mit der Hilfe von Phillip und meinem Vater –, wie viel du zu verlieren hast, wenn du dich entscheiden würdest hierzubleiben. Und ich wollte einfach, dass du weißt, dass du damit auch etwas gewinnen kannst.“

Wally lehnte seinen Kopf gegen Dakotas Schulter und küsste die weiche Haut an seinem Hals. „Das wusste ich bereits.“ Er spürte, wie Dakota seinen Hals streckte. Dankbar nahm er diese Einladung an und saugte sanft an der Haut. „Ich schätze, wegen der Leute im Restaurant bin ich ein bisschen ausgetickt.“

„Was da passiert ist, tut mir leid. Das war schlimm genug, dass sich da jeder unbehaglich gefühlt hätte.“

„Das braucht dir nicht leidzutun. Es war nicht deine Schuld und nächstes Mal werden sie uns wahrscheinlich gar nicht mehr beachten.“ Wally rutschte ein wenig herum, machte es sich bequem und spürte Dakotas Erregung gegen seinen Hintern drücken.

„Das nächste Mal?“, stöhnte Dakota, während Wally sich weiter bewegte.

Dann hielt er still und sah Dakota in die Augen. „Glaubst du wirklich, ich lasse mich von ein paar Bauerntrampeln davon abhalten, mit dir essen zu gehen?“ Er brachte ihre Lippen zusammen, als er sich auf Dakotas Schoß bewegte. „Vielleicht sollten wir drinnen weitermachen. Ich glaube nicht, dass uns deine Arbeiter hier so sehen möchten."

„Da hast du wahrscheinlich recht. Außerdem will ich dich jetzt gerade ganz für mich allein."

Wally glitt von Dakotas Schoß. Er nahm seine Hand und ließ sich ins Haus führen. „Ich dachte, du wärst zurückhaltender im Zeigen von Zuneigung."

Dakota zuckte mit den Schultern. „Ich schätze, wo ich es doch nun meinem Vater erzählt habe und er mich unterstützt, kann mich der Rest der Welt am Arsch lecken." Hinter ihnen schloss sich die Fliegengittertür und Dakota ging weiter durch das Haus. „Außerdem weiß ich ganz genau - und das ist auch gut so -", fügte er hinzu, als sie sein Schlafzimmer erreicht hatten, „dass du der Richtige für mich bist."

„Bin ich das?", fragte Wally an diesen Lippen.

„Oh ja", seufzte Dakota. Ihr Atem vermischte sich.

„Ich bin wahrscheinlich der glücklichste Mann der Welt, weil ich jemand ganz Besonderen gefunden habe", murmelte Dakota gegen seine Lippen. Wally fiel rücklings auf die Matratze, als Dakota den Kuss vertiefte. „Ich weiß, dass du in ein paar Tagen gehen musst. Aber bis dahin werde ich alles tun, um dich davon zu überzeugen, zurückzukommen."

Wally stöhnte. Dakotas Hände schoben sein Hemd hoch und zogen es über seinen Kopf. Wo es danach abblieb, wusste er nicht und es kümmerte ihn auch nicht. Wo immer Dakota ihn berührte, summte seine Haut. „Denk' nicht so angestrengt nach, zumindest nicht jetzt", flüsterte Dakota leise in sein Ohr. „Fühle einfach nur und lass' los, für mich."

Leise seufzend gab Wally das Denken und Überlegen auf. Die Entscheidungen konnten noch bis Morgen warten. Aber genau hier und jetzt gab es nur Dakota und seine Hände. Hände, die sich genau in dieser Sekunde unter ihn arbeiteten und seinen Hintern umfassten. „Wenn du in meiner Nähe bist, kann ich einfach nicht mehr denken, das ist das Problem." Als Wally sich der Berührung entgegendrängte, fielen alle Gedanken und Sorgen von ihm ab. Seine restliche Kleidung verschwand und Dakotas Gewicht presste sich an ihn, warme Haut umgab ihn. Dakota nahm seine Lippen in Besitz, hart und bestimmt. Wally wusste, dass Dakota hier seine Ansprüche anmeldete - Dakota ließ ihn mit einer Klarheit wissen, was er für ihn empfand, als würde er es vom Dach des Stalles rufen.

Er klammerte sich fest und seine Seele sang zum Himmel, als Dakota ihn liebte, seinen Körper stimmte wie eine Geigensaite und mit seiner Lust spielte wie auf einem Instrument. Jede Berührung war magisch, voller Liebe und Hoffnung.

Ihre Körper vereinten sich, Dakota war tief in ihm und griff nach seinem Herzen. „Ich liebe dich, Kota!", stieß Wally aus. Endlich zersprang die letzte Kette um sein Herz und sein Geist schwang sich in die Höhe und fegte über die Prärie wie einer der Wölfe, die er so sehr liebte.

131

Sie brachen in einem verschlungenen Haufen aus Armen und Beinen zusammen. Dakota hielt Wally ganz fest und dieser wollte sich nie wieder bewegen. Hier, in Dakotas Armen liegend, erlebte er einen Moment emotionaler Klarheit. Er liebte Dakota wirklich und vielleicht passten sie am Ende ja doch zusammen.

„Im Park habe ich heute Wölfe gesehen, die Bisons gejagt haben." Wally blickte in Dakotas schläfrige Augen. „Und ich dachte, du und ich, wir sind vielleicht genauso wie die Bisons und die Wölfe. Dass wir uns eigentlich in vielem ähnlich sind, aber trotzdem immer uneins miteinander wären." Dakotas Augen weiteten sich und ein Ausdruck von Besorgnis huschte über sein Gesicht. „Aber ich lag falsch." Wally verlagerte sein Gewicht. „Mein Gedankengang war falsch." Er konnte spüren, wie die Anspannung wieder von Dakota abfiel. „Wir *sind* wie sie, aber in dem Sinne, dass wir einander brauchen."

„Das verstehe ich nicht", gähnte Dakota.

„Die Bisons brauchen die Wölfe, damit sie die Schwachen aussortieren und die Herde stark bleibt. Die Wölfe brauchen die Büffel als Nahrung. Sie teilen sich das Land und keiner wäre ohne den anderen so stark."

Dakota zog ihn näher an sich und drückte ihm die Lippen an den Hals. „Manchmal denkst du über die merkwürdigsten Dinge nach."

„Wir brauchen einander, genauso wie sie einander brauchen." Wally strich mit einer Hand über Dakotas Brust und beugte sich vor, um die salzige Haut zu schmecken.

„Sagst du mir gerade das, was ich denke …?"

„Ja, Dakota. Ich werde Wyoming zu meiner Heimat machen. Ich liebe dich und ich wäre ja ein totaler Idiot, wenn ich mir diese Chance durch die Finger gleiten lassen würde. Ich will sehen, wie das mit uns weitergeht."

Wally war klar, dass sie sich noch nicht lange kannten und dass es nicht leicht werden würde. Aber nichts, was sich lohnte, war einfach. Dakota, plötzlich hellwach, rollte ihn auf den Rücken und blickte mit einem breiten Grinsen auf ihn herab. Wally lächelte verschmitzt - das hoffte er zumindest - zurück.

„Eins muss ich dich allerdings noch fragen, Dakota. Ist bei diesem Herdenverwalter-Job auch eine Wohnung drin? Ich werde ja irgendwo wohnen müssen."

Mit strengem Blick drehte Dakota sich auf die Seite. „Sicher. Für einen mehr ist im Arbeiterhaus immer Platz." Wally gab Dakota einen Klaps auf die Seite, dann kitzelte er den größeren Mann durch. Das ganze Bett wackelte, als sich Dakota krümmte und wand.

„Im Arbeiterhaus!", rief Wally mit gespielter Empörung, während er den großen Mann mit flinken Fingern kitzelte.

„Okay, okay." Kapitulierend hob Dakota die Hände und zog Wally dann lächelnd an sich. „Wie wäre es damit? Du kannst dein Zimmer behalten, aber ich lasse meine Türe für dich auf."

„Irgendwie kann ich mir nicht vorstellen, dass das Zimmer viel genutzt werden wird."

„Das hoffe ich doch. Aber so hättest du auch deinen eigenen Raum."

„Also, was mich betrifft", sagte Wally und rückte näher, vergrub sich halb unter Dakotas warmem Körper, da die kühle Nachtluft durch die Fenster strömte, „ich glaube kaum, dass ich mehr brauchen werde als das, was ich gerade hier habe." Er legte seinen Kopf auf Dakotas Arm, fühlte Dakotas Finger in seinen Haaren und die Berührung seiner sanften Lippen an seinem Ohr. „Gute Nacht, Cowboy." Wally kuschelte sich an Dakotas Haut und schlief fast augenblicklich ein.

12

„Nur noch ein Tag", bemerkte Phillip, als sich Wally und Dakota am Morgen zu ihm an den Küchentisch setzten. Dakota warf Wally ein wissendes Lächeln zu, bevor er zwei Tassen Kaffee einschenkte. „Was soll das heißen?" Phillip sah ihn kritisch an. „Bleibst du hier?"

„Ja und nein", antwortete Wally. „Ich fahre morgen mit dir zurück, damit ich zu Hause alles regeln kann. Doktor Hastings hat mir einen Job angeboten und Dakota hat mich gefragt, ob ich ihm hier bei der Verwaltung der Herde helfen kann." Wally konnte sich ein begeistertes Grinsen nicht verkneifen.

„Ich dachte mir schon, dass so etwas passieren würde." Phillip wandte seine Aufmerksamkeit wieder seiner Kaffeetasse zu und ignorierte die beiden.

Wally bemerkte, wie Dakota ihn fragend ansah, aber zuckte zur Antwort nur mit den Schultern. Dakota stellte eine Tasse vor ihn hin, strich ihm mit einer Hand über die Schulter und verließ dann den Raum, damit Phillip und Wally miteinander reden konnten.

„Was stimmt bloß nicht mit mir?"

Wally riss die Augen auf. „Was ist denn in dich gefahren? Das sieht dir ja gar nicht ähnlich." Wally kam es fast so vor, als hätte eine andere Person den Körper des sonst so selbstbewussten, lebhaften Phillip in Besitz genommen. „Du bist der selbstsicherste Mensch, den ich kenne."

„Ich weiß nicht. Vielleicht bin ich einfach noch nicht bereit, nach Hause zu fahren." Phillip trank seinen Kaffee leer, stand auf und stellte seine Tasse in das Spülbecken. „Mach dir darüber keine Gedanken."

Wally stand auf, trat zu seinem Freund ans Spülbecken und drückte ihn gegen die Küchenzeile. „Du kannst hier nicht so eine Bombe platzen lassen, nur um dann so zu tun, als wäre es nichts. Also rede." Wally trat zurück, sodass sich Phillip wieder setzen konnte.

„Ich bin schon mit Gott weiß wie vielen Männern zusammen gewesen. Ein paar von ihnen waren tolle Kerle, die ich wirklich mochte." Phillip klang ein wenig weinerlich, doch Wally nahm an, dass er ihm das durchgehen lassen konnte. Über die Jahre hatte sein Freund ihm oft genug zugehört. „Aber aus irgendeinem Grund lasse ich sie am Ende immer links liegen. Mario zum Beispiel – er ist ein klasse Mann mit einer tollen Persönlichkeit, und er mag mich wirklich. Wir haben Spaß miteinander, lachen über denselben Mist und, verdammt, ich hab' es sogar genossen, Zaunpfosten mit ihm einzugraben."

„Was ist dann dein Problem?"

„Ich weiß es nicht", antwortete Phillip ein wenig zu schnell. Wally wartete. Er wusste, Phillip würde es erklären, wenn er so weit war. Doch er sagte nichts weiter.

„Du brauchst es mir nicht zu sagen, aber frag dich doch einmal selbst, was fehlt. Was erwartest du, was willst du denn von einem Mann? Und wenn er dir das nicht geben kann, ist das dann in dem Großen und Ganzen wirklich wichtig?"

„Es tut mir leid, dass ich dich damit belaste." Nervös schaukelte Phillip mit dem Stuhl.

Wally ergriff die Hand seines Freundes. „Lass mir dir eines sagen. Als wir hier angekommen sind, hast du genauso schnell etwas mit Mario angefangen, wie ich mit Dakota zusammengekommen bin. Hast du dir von vornherein gesagt, dass du nur deinen Spaß mit ihm haben willst? Oder hast du in Betracht gezogen, dass daraus vielleicht mehr werden könnte, wenn du es zulassen würdest?" Wally wusste, dass er Phillip hier nicht wirklich weiterhelfen konnte. Bestenfalls konnte er Phillip etwas zum Nachdenken geben. Er bekam keine Antwort, was ihn nicht sonderlich überraschte. Wally schob seinen Stuhl zurück, ließ Phillip alleine und machte sich auf die Suche nach Dakota.

Er hörte Dakotas Stimme, noch bevor er ihn sah. Eine frische Brise wehte durch den Stall. „Wie geht es deinem Vater heute Morgen?", fragte Wally, trat hinter Dakota und legte ihm die Hände um die Taille, nachdem Dakota den Heuballen fallen gelassen hatte.

„Er hat nach dir gefragt. Du sollst noch einmal zu ihm hereinschauen, bevor du fährst." Dakotas Gesicht war von Besorgnis gezeichnet.

„Natürlich. Du hast ihm doch gesagt, dass ich zurückkommen werde, oder?"

Dakota drehte sich um. Er war bleich. „Das hab ich, allerdings geht es ihm nicht gut." Er schluckte. „Ich hab' den Arzt angerufen. Der meinte, ich solle ihn ins Krankenhaus bringen." Frustriert schüttelte er den Kopf. „Manchmal ist der Mann ein Trottel. Er wohnt nur zwei Meilen weit weg. Ich habe so lange gebettelt, bis er sich bereit erklärt hat, heute Nachmittag vorbeizukommen. Dad schläft jetzt."

Wally wusste nicht, was er sagen sollte, konnte aber Dakotas Kummer spüren, als wäre es sein eigener.

„Ich wollte dich heute nach Jackson mitnehmen, aber ich glaube, ich bleibe lieber näher am Haus."

Wally drückte ihn fester an sich und lehnte seinen Kopf gegen Dakotas Rücken. „Mir ist es egal, wo wir sind, solange wir den Tag zusammen verbringen. Vielleicht könnten wir vor dem Mittagessen ausreiten. Dann kann ich packen, während der Arzt hier ist."

„Es tut mir leid." Dakota drehte sich mit sehr besorgtem Gesicht um. „Solche Anfälle hat Dad hin und wieder. Zwar gehen sie auch immer wieder vorbei, doch jeder schwächt ihn noch mehr und hinterher wird er nicht wieder so wie davor. Und mir ist klar, dass er sich womöglich irgendwann überhaupt nicht mehr erholen wird." Dakota schluckte und Wally umarmte ihn fest. Er konnte nichts tun außer ihn zu unterstützen. Irgendwas sagte ihm, dass Dakota bisher nicht viel bedingungslose Unterstützung erfahren hatte, außer vielleicht von seinem Vater. Wally dagegen wusste, dass seine Eltern ihn in jedem Fall unterstützen würden. Sie würden zwar nicht unbedingt glücklich sein, dass er in einen anderen Bundesstaat zog, aber sie würden sich daran gewöhnen. Vielleicht würden sie ja mal zum Urlaub machen nach Wyoming kommen.

„Du brauchst dich für nichts zu entschuldigen."

Dakota schniefte einmal und schien sich dann aus seiner trüben Stimmung zu befreien „Warum satteln wir nicht die Pferde? Hättest du eine Idee, wohin wir reiten können?"

„Ich dachte, wir reiten an das Wasserloch. Es ist heiß, da wird uns das Wasser guttun. " Wally nahm an, dass ihm schon etwas einfallen würde, um Dakota von der Sorge um seinen Vater abzulenken, zumindest für eine Weile.

Sie sattelten ihre Pferde und ritten los. Als sie gerade den Hof verlassen wollten, sah Wally Phillip aus dem Haus kommen und hielt bei ihm an. „Willst du mitkommen?" Er wollte zwar lieber mit Dakota alleine sein, aber er konnte es nicht ertragen, Phillip so niedergeschlagen zu sehen.

„Nein." Phillip sah Dakota an. „Weißt du, wo Mario heute Morgen ist?"

„Er arbeitete mit einem der Pferde auf der Koppel hinter dem Stall." Dakota zeigte in die Richtung. Ohne ein weiteres Wort ging Phillip dorthin. Wally hoffte, dass Phillip vorhatte, mit Mario zu reden, aber er wollte nicht neugierig sein. Irgendwann würde Phillip es ihm schon erzählen. Mit der Zunge schnalzend trieb er sein Pferd vorwärts. Gemächlich ritten sie am Haus vorbei und auf den Pfad.

Sie redeten nicht viel miteinander auf ihrem Ritt. Dakota machte sich sichtlich Sorgen und Wally war selbst in Gedanken versunken. Als sie die Bäume erreicht hatten, stiegen sie ab und führten ihre Pferde auf die grasbedeckte Lichtung. Dort banden sie sie an und breiteten eine Decke auf dem Boden aus. Bei der Hitze und ohne auch nur den kleinsten Windhauch war die Luft selbst im Schatten drückend und schwül.

Dakota ließ sich auf die Decke fallen und Wally setzte sich zu ihm. Für eine Weile herrschte zwischen ihnen freundschaftliches Schweigen, doch irgendwann beschloss Wally, dass es Zeit war, Dakotas Grübeln zu unterbrechen. „Ich gehe schwimmen", verkündete er und stand auf.

„Das Wasser ist ganz schön kalt."

„Das letzte Mal, als wir hier waren, war es gar nicht so schlimm. Außerdem, wenn du kaltes Wasser haben willst, dann schwimm erst mal im Lake Michigan."

Wally legte Schuhe und Socken ab, zog sich das Hemd über den Kopf und öffnete seine Hose. Er streifte sie sich von den Beinen—ihm war klar, dass er gerade für Dakota eine Show abzog, aber das war ja auch der Sinn der Sache. Nackt ging er zu dem felsigen Bach und stieg hinein. Das Wasser war tatsächlich kühl, aber nicht kalt. Er watete auf das ruhigere Wasser zu, bis er nicht mehr stehen konnte, und begann dann zu schwimmen. Das Wasser prickelte auf seiner Haut, wusch die Hitze und den Schweiß fort. Er drehte sich um und sah zu Dakota, der anscheinend gerade überlegte, ob er sich zu ihm gesellen sollte. Um ihm die Entscheidung leichter zu machen, schwamm Wally ins flachere Wasser und stand auf. Er hatte Dakota den Rücken zugewandt und das Wasser reichte ihm knapp bis zum Hintern …

Er tat so, als würde er nicht darauf achten, doch er hörte wohl, dass Dakota sich bewegte und dann ein leises Spritzen, als er ins Wasser kam. Warme Hände schlangen sich um seine Hüften, er spürte Dakotas Brust an seinem Rücken und etwas Hartes an seinem Hintern. Wally drehte sich um und schlang Dakota die Arme um den Hals und die Beine um die Taille. In einem brennenden Kuss brachte er ihre Lippen zusammen.

Leise stöhnte Dakota auf, als Wally die Führung übernahm. Ihre Oberkörper pressten sich aneinander, das Wasser umspülte sie, Wallys pochendes Glied war zwischen ihren Körpern gefangen. Hände glitten an Wallys Rücken hinab, vom Arbeiten raue Handflächen umschlossen seine Pobacken. Mit ihrer Hilfe presste Wally sich noch fester an seinen Geliebten. „Kommt sonst noch irgendwer hierher?", fragte er an Dakotas Lippen.

„Nicht, dass ich wüsste", antwortete Dakota, und Wally spürte, wie sie sich durch das Wasser in Richtung Ufer bewegten. Dakota manövrierte sie vorsichtig die Böschung hinauf, aber Wally bemerkte es kaum, da er zu beschäftigt mit Dakotas Lippen war. Er hielt sich an ihm fest und wurde auf die Decke gelegt. Dakotas Gewicht lag auf ihm, er hatte die Füße in der Luft und die Augen geschlossen. Sein ganzes Sein schrie nach Dakotas Berührung.

Das Gewicht hob sich von seinem Körper und Wally öffnete die Augen. Er hob den Kopf, als sich Dakotas Zunge in seine Öffnung bohrte. Seine Augen rollten nach hinten, sein Kopf sank zurück auf die Decke, sein Verstand verschwand in einem Nebel der Leidenschaft. Die Zunge verschwand, Wally hörte ein reißendes Geräusch, dann spürte er ein brennendes Dehnen, gefolgt von einem intensiven, pochenden Lustgefühl. Dakota füllte ihn tief aus, ohne sich zu bewegen.

„Kota, Gott … Bitte." Wally würde bitten und betteln, wenn es sein musste, nur damit Dakota sich bewegte und diese süße Qual aufhörte. Langsam zog sich Dakota zurück, bevor er hart und tief wieder in ihn stieß. Dabei traf er diesen besonderen Punkt, der Wally jedes Mal bewies, dass es tatsächlich einen Gott gab.

Er spannte seine Muskeln an und hörte Dakota aufkeuchen, als Wallys Körper ihn packte und versuchte, ihn noch tiefer in sich zu ziehen, Wally konnte nicht genug von ihm bekommen. Er begann, sich im Rhythmus seines Liebhabers zu bewegen, trieb sie immer weiter, erhöhte die Kraft jedes leidenschaftlichen Stoßes. „Wally, ich halte nicht mehr lange durch, wenn du das machst."

„Sollst du auch nicht. Ich möchte wissen, dass ich dich dazu bringen kann, die Kontrolle zu verlieren." Wallys Haut klatschte gegen die von Dakota, das

Geräusch hallte über die Lichtung, als Dakotas Rhythmus zu stocken begann. Wally öffnete die Augen, legte seine Hände auf Dakotas Schultern und brachte sie enger zusammen, während er beobachtete, wie Dakota von der Leidenschaft übermannt wurde. Mit geschlossenen Augen und geöffnetem Mund ergoss sich Dakota tief in ihm, schrie seine Lust hinaus in den Wind. Wally folgte ihm. Dann waren sie still; das einzige Geräusch, die einzige Bewegung waren ihr Atmen und das Wasser, bis ein tiefes, lang gezogenes Heulen über die Prärie hallte, gefolgt von einem warnenden Jaulen.

Dakota brach auf ihm zusammen. Wally lachte leise und fuhr ihm durchs Haar. „Du bist mein Leitwolf, Kota." Er wand sich ein wenig, ihre Oberkörper berührten sich. „Zumindest denkt er das." Als Dakota den Kopf hob, konnte Wally sehen, dass die Sorgenfalten schwächer geworden waren. Stattdessen lächelte Dakota entspannt und pure Zufriedenheit zeigte sich auf seinem Gesicht.

„Tut er das, hm?" Dakota sah leicht besorgt aus.

„Ja, aber wenn du ihm nicht antwortest—was zumindest in den nächsten zehn Minuten wenig wahrscheinlich ist— ", lächelte Wally, „wird er denken, er hätte dich vertrieben." Er ließ sich auf der Decke nieder, seine Hände tanzten über Dakotas Haut. In absehbarer Zeit hatte er nicht vor, sich zu bewegen.

„Wir sollten zurück", meinte Dakota mit einer Spur Besorgnis in seiner Stimme, doch er machte keine Anstalten aufzustehen.

„Entspann dich doch einfach. In ein paar Minuten reiten wir zurück. Ich möchte nur noch ein wenig Zeit hier mit dir genießen." Wally hielt Dakotas Hand, als ein leichter Wind aufkam, der die Blätter gerade eben zum Rascheln brachte, bevor er wieder abflaute.

Wallys Magen gab ein tiefes Grummeln von sich und fast sofort kam das Echo von Dakota. Das riss sie aus ihrer entspannten Stimmung. Widerwillig standen sie auf, zogen sich an und stiegen für einen langsamen Ritt zurück zum Stall auf ihre Pferde. Dort angekommen glitt Wally aus dem Sattel, führte seine Stute in den Stall und nahm ihr Sattel und Decke ab, bevor er sie auf die Koppel ließ. Gerade, als er damit fertig war, hörte er ein Auto näher kommen. Er sah, wie ein Mann in Richtung Veranda ging, der so etwas wie eine Ledertasche bei sich hatte. Dakota empfing den Mann, den Wally für den Arzt hielt, und führte ihn ins Haus. Wally folgte ihnen und ging in sein Zimmer, um für die Heimfahrt zu packen.

13

DAKOTA HALF seinem Vater, das Kopfteil des Bettes aufzurichten. „Er wird schon kommen", bemerkte dieser in leicht undeutlichen Worten. „Die Aussicht aus diesem Fenster wird sich nicht verändern. Auch wenn du alle fünf Minuten hinausschaust, ist er deshalb trotzdem nicht schneller hier." Als Dakota sich vom Fenster abwandte, sah er so etwas wie ein verschmitztes Lächeln über das Gesicht seines Vaters huschen.

„Bin ich so offensichtlich?" Er begann, an der Bettwäsche herum zu nesteln, bevor er sich vergewisserte, dass sein Vater alles hatte, was er brauchte.

„Seit er weg ist, bist du mürrisch wie ein kranker Bulle. Wir anderen sollten eigentlich aus diesem Fenster sehen. Je eher er hier ist, umso besser."

Dakota wusste, dass ihn sein Vater nur aufziehen wollte, aber es lag auch ein Körnchen Wahrheit darin. Seit zwei Wochen war Wally nun weg und er vermisste ihn schrecklich. Immer wieder fragte er sich, wie sich jemand so schnell in sein Leben hatte schleichen können. Er beschloss, dass das einfach sein Wally war. „Ich weiß, und das tut mir ja auch leid."

„Das braucht dir nicht leidzutun. Du bist eben verliebt und ob du es glaubst oder nicht, ich weiß noch genau, wie sich das anfühlt." Jefferson lehnte sich zurück in sein Kissen. Das bisschen Reden hatte ihn schon erschöpft. Dakota gab ihm etwas zu trinken und machte alles für ihn fertig. Den Fernseher schaltete er auf ein Baseballspiel ein und verließ dann das Zimmer.

Die vergangenen zwei Wochen waren eine Mischung aus Betriebsamkeit und Einsamkeit gewesen. Fast jeden Tag hatte er mit Wally gesprochen, und ein paar Mal hatten sie sogar Telefonsex gehabt, doch das war ihm immer nur ein leerer Trost gewesen. Umso dringender wünschte er ihn sich zurück. Wenn er sich nicht um seinen Vater kümmerte, hatte er an Wallys Büro weitergearbeitet; sogar die Tür hatte er schon eingebaut. Mithilfe der Jungs hatte er das Fundament für das Behandlungszimmer gelegt und damit begonnen, die Wände hochzuziehen. Er hoffte, dass es Wally gefallen würde. Eigentlich war Dakota sich da ziemlich sicher, doch er hätte ihn gerne dabei gehabt, um sich mit ihm zu beraten. Sie hätten sicher auch schon weiter sein können. Aber die Symptome, die sein Vater kurz vor Wallys Abreise gehabt hatte, hatte sich als Infektion herausgestellt. Dakota hatte viel Zeit damit verbracht, darauf zu achten, dass sein Vater sich nichts weiter einfangen konnte. Die Medikamente, die er bekommen hatte, brauchten schließlich Zeit zum Wirken.

Unruhig ließ er sich im Wohnzimmer in einen Sessel fallen, stand dann wieder auf und verließ das Haus. Er setzte sich auf die Veranda und hörte zu, wie die Ranch sich auf die Nacht vorbereitete. Auf der Koppel scharrten Pferde mit den Hufen, schnaubten und wieherten leise, Heuschrecken und Grillen zirpten ihre Melodien und die Rinder muhten im schwächer werdenden Licht. Selbst das Heulen des Wolfs, das auf ihn immer so bedrohlich geklungen hatte, beunruhigte ihn nicht mehr so wie früher. Nacht für Nacht hatte er den Rufen gelauscht. Jedes Mal, wenn er sie gehört hatte, hatte er an Wally gedacht und wie sehr er diese Laute geliebt hatte. Allerdings war ihm aufgefallen, dass die Rufe jede Nacht leiser wurden und von weiter weg zu kommen schienen. Er wusste, dass Wally enttäuscht sein würde, aber Dakota war erleichtert, dass die Wölfe weiterzuziehen schienen.

Dunkelheit umgab ihn. Dakota hielt nach näher kommenden Scheinwerfern auf der Straße Ausschau. Jedes Lichterpaar, das auftauchte, beobachtete er, bis es die Einfahrt passiert hatte. Erst dann lehnte er sich wieder in seinem Stuhl zurück. Die Luft wurde kühler und er wartete noch immer, als endlich ein weiteres Lichterpaar auftauchte, langsamer wurde und in die Einfahrt einbog.

Wallys Auto hatte kaum angehalten, als Dakota schon dort war und die Tür aufmachte. Wally stieg aus und Dakota zog ihn an sich und brachte ihre Lippen in einem harten, besitzergreifenden Kuss zusammen.

„Das ist ja mal ein Empfang", scherzte Wally, als Dakota ihn schließlich wieder losließ … nur um sich gleich wieder auf ihn zu stürzen. Wally warf ihm die Arme um den Hals und kletterte geradezu an ihm hoch. Gott, wie gut sich das anfühlte, wenn dieser warme Körper ihn umschlang, wenn er diese weichen Lippen schmecken durfte. „Ich hab' dich vermisst, Kota."

„Hab dich auch vermisst." Dakota stellte Wally wieder auf die Füße. „Konntest du nicht mehr da rein stopfen?", lachte er, als er durch die Heckscheibe sah. Das Auto war vollgepackt bis unters Dach.

„Das können wir morgen auspacken. Alles, was ich heute Nacht brauche, ist im Kofferraum."

„Alles, was ich heute Nacht brauche, bist du", grinste Dakota den kleineren Mann an. Wally stöhnte tief in der Kehle.

Wally ließ den Kofferraumdeckel aufspringen. Dakota ging zum Heck des Autos und staunte, dass ihm nicht gleich alles aus dem Kofferraum entgegenkam, so voll war er. Wally zog eine Reisetasche heraus und schloss den Deckel. Mit der Tasche in der Hand ging Wally auf das Haus zu. Dakota folgte ihm und beobachtete dabei, wie dieser süße kleine Hintern sich in den engen Jeans bewegte. Das war ein Anblick, auf den es sich gelohnt hatte zu warten.

Dakota sah lächelnd zu, wie Wally durch das Haus ging. Das Lächeln verschwand allerdings, als Wally in sein altes Zimmer ging. Dakota blieb im Türrahmen stehen und sah zu, wie Wally seine Reisetasche auf das Bett warf und sie öffnete.

„Was?", fragte Wally, hielt inne und drehte sich um.

„Ich dachte …" Dakota schluckte hart und verließ das Zimmer. Offensichtlich hatte Wally nicht dasselbe gedacht wie er. Er ging in sein Schlafzimmer, setzte sich auf sein Bett und atmete tief durch, um sich nicht von seiner Enttäuschung überwältigen zu lassen. Ein leises Klopfen an der Tür lenkte seine Aufmerksamkeit von dem kleinen Riss im Teppich ab, auf den er gestarrt hatte.

„Was ist los?" Wally setzte sich neben ihn auf das Bett.

„Nichts." Er konnte Wally nicht sagen, was er sich erhofft hatte.

„Kota, was ist los?" Wally nahm seine Hand und Dakota spürte, wie nur durch diese Berührung sein Herz ein bisschen schneller schlug. „Wir müssen miteinander reden, wenn das hier funktionieren soll."

„Was ist „das"?" Dakota stand auf und zog die beiden Schubladen in seiner Kommode auf, die er leer gemacht hatte, bevor er die Schranktür öffnete. „Ich hab Platz gemacht für dich …" Dakota blickte zu Wally hinüber und sah ein breites Lächeln.

„Du hast Platz für mich gemacht?" Wally kam auf ihn zu und Dakota fand sich plötzlich an Wallys aufgeregten Körper gepresst. „Ich wusste nicht, was du wollen würdest." Wally küsste ihn heftig und versuchte gleichzeitig, an ihm hochzuklettern. Aus Mitleid mit dem kleineren Mann hob Dakota ihn hoch, legte ihn auf das Bett und küsste ihn heftig, während er Wallys Arme um seinen Nacken spürte.

Ihre Kleidung verschwand. Dakota seufzte, als Wallys Haut sich gegen seine presste. Seine Hände lernten den Körper unter ihm wieder neu kennen, strichen über jede Linie, jeden Muskel und jedes Grübchen. „Kommt mir wie eine Ewigkeit vor, seit ich dich das letzte Mal gehalten habe."

„Das hat mir auch gefehlt." Wallys Hände glitten an seinen Seiten herab. „Ich will dich, Kota."

„Muss dich erst vorbereiten, Liebling."

„Liebling?", hakte Wally leise nach.

„Ja, ich liebe dich. Ohne dich hat es sich einfach nicht richtig angefühlt." Dakota rollte sich auf Wally und drückte ihn in die Matratze, presste seine Brust gegen Wallys Rücken und küsste seinen Nacken, bevor er an dessen Körper hinab wanderte. Wallys Haut schmeckte nach Erde und frischer Luft. Ein Geschmack und ein Duft, den er mit seinem Geliebten in Verbindung brachte. Erst jetzt wurde ihm klar, wie sehr er auch das vermisst hatte. Er arbeitete sich an Wallys Körper weiter nach unten vor. Das Aroma wurde intensiver, je näher er Wallys Körpermitte kam. „Kota!", rief Wally aus, als Dakota sich diesen besonderen Geschmack auf der Zunge zergehen ließ. Er strich mit der Zunge durch den Spalt zwischen Wallys Hinterbacken, fand die Öffnung und drang tief ein, lauschte auf das schwache, ekstatische Wimmern, das Wally bei jeder Berührung von sich gab. „Quäl mich nicht, Kota, bitte."

„Mach ich nicht." Dakota drückte Wallys Pobacken, spreizte sie. „Ich liebe einfach nur jeden Teil von dir." Wally stöhnte erneut auf, als Dakota tiefer in ihn stieß, bis sich die Muskeln um ihn herum lockerten. Er küsste sich Wallys Rücken hinauf, streckte sich nach dem Nachttisch und fand das kleine Päckchen, nach dem er gesucht hatte. „Ist das okay?"

„Gott ja, Kota", keuchte Wally atemlos. „Ich will, dass du ein Teil von mir bist."

Wally drehte sich um und schlang ihm die Beine um die Hüften. Dakota drang langsam in seinen Geliebten ein, vereinte sie. Als Dakota tief in ihn hineinglitt, stieß Wally einen Seufzer aus, der sie beide durchfuhr.

„Ja, Kota. Ja."

Sie liebten sich hart und schnell. Dakota wusste, er würde nicht lange durchhalten, seine Erregung war zu groß. Und Wally gab Geräusche und Schreie von sich, die dem ganzen Haus und der halben Ranch verkündeten, wie glücklich sein Geliebter in diesem Moment war. „Kota!", schrie Wally auf. Er kam und riss Dakota mit sich in einen Abgrund leidenschaftlicher Erlösung.

Dakota hielt Wally fest an sich gedrückt. Keiner der beiden sagte etwas, sie rangen beide um Atem, aber er wollte ihn nicht loslassen. Ein Teil von ihm fürchtete wohl, wenn er Wally losließe, wäre dieser gleich wieder weg. Ihm fielen die Augen zu, als er hinter Wallys Ohr schnupperte, alle seine Sinne mit Wally füllte.

„Bist du dir sicher, dass es das ist, was du willst? Dass *ich* bin, was du willst?"

„Wie kommst du jetzt da drauf?" Dakota öffnete seine Augen und bemühte sich redlich, jetzt keinen Nervenzusammenbruch zu bekommen.

„Ich denke, ich habe Angst, dass du mich irgendwann satt haben könntest." Er konnte Wallys Gesicht nicht sehen, doch er konnte die Beklemmung in seiner Stimme hören.

„Hör zu. Du kannst wohnen, wo immer du willst." Dakota drehte sich so, dass er Wally in die Augen sehen konnte. „Ich werde dich zu nichts zwingen, was du nicht willst oder wozu du nicht bereit bist." Wallys Augen weiteten sich. „Aber du sollst eines wissen: Ich will dich genau da, wo du jetzt bist – in meinem Bett, wo ich dich in den Armen halten und dich lieben kann. Wenn du deine Sachen in dem anderen Zimmer lassen willst, dann ist das in Ordnung. Wenn du dort schlafen willst, ist das auch in Ordnung. Nicht das, was ich mir wünschen würde, und nicht das, was ich mir von dir erhoffe, aber es ist okay, wenn es das ist, womit du dich wohlfühlst."

„Es ist nur so: Wenn ich mit dir zusammen bin, kann ich nur an dich denken. Wenn ich nicht bei dir bin, denke ich nur daran, dich wiederzusehen." Dakota sah die Besorgnis in Wallys Augen. „Manchmal kann ich in deiner Gegenwart überhaupt nicht denken und ich frage mich, ob das nicht alles viel zu schnell geht." Die Worte purzelten nur so aus Wally heraus. Dakota erlaubte sich ein Lächeln.

„Wenn du glaubst, dass du der Einzige bist, der so empfindet, dann liegst du falsch." Sanft küsste er die schon leicht geschwollenen Lippen. „Weil es mir bei dir genauso geht. Ich will ehrlich zu dir sein: Als du weg warst, habe ich meinen Vater deswegen gefragt und er hat mir gesagt, dass man die Liebe immer hegen, pflegen und schätzen sollte, weil man nie wissen kann, wie lange man sie haben wird. Er hat erzählt, dass meine Mutter immer reisen und Dinge sehen wollte." Dakota stieg aus dem Bett und begann, im Nachttisch herumzuwühlen. Er fand, was er gesucht hatte, und zog eine Heftmappe hervor, schloss die Schublade wieder und gab Wally die Mappe. „Dad hat mir das hier gegeben. Es hatte meiner Mutter gehört." Dakota sah zu, wie Wally den verblassten Deckel öffnete. Die in Folien gesteckten Seiten raschelten, als er umblätterte.

„Das ist Paris ..." Wally blätterte weiter. „Und London." Seine Augen wurden größer, als er eine Seite hochhielt. „Ist das der Nil?"

Dakota nickte langsam. „Sie hat dieses Buch von all den Orten gemacht, die sie mit meinem Vater sehen wollte. Er hat ihr gesagt, wenn die Ranch erst einmal Gewinn machen würde, dann würden sie überall hinreisen, wohin sie wolle."

Langsam blickte Wally auf, seine Augen hielten Dakotas fest.

„Sie ist gestorben, bevor sie irgendeinen dieser Orte sehen konnten. Dad sagte mir, dass das immer sein größter Kummer war. Er hat mir geraten, was die Liebe betrifft, immer meinem Herzen zu folgen." Dakota kam zurück ins Bett und setzte sich vor Wally. „Also tue ich genau das." Er nahm Wally das Buch aus der Hand, legte es auf den Nachttisch und lehnte sich vor. Er schlang die Arme um seinen Geliebten, legte ihn zurück ins Bett und küsste ihn hart. „Was dich betrifft, will ich nichts bedauern müssen." Erneut küsste er Wally. „Ich weiß, es scheint zu schnell zu gehen, aber ich weiß, was ich will, und das bist du." Dakota zog sich zurück, lächelte auf seinen Geliebten herab ... und wartete.

„Du willst, dass ich es dir jetzt sage?", fragte Wally verspielt. „Weil ... ich kann nämlich nicht denken, wenn du so sexy aussiehst."

„Du brauchst dich jetzt nicht gleich zu entscheiden. Aber ich verspreche dir: egal, wofür du dich auch entscheidest, ich habe definitiv vor, dir den Hof zu machen." Dakota knabberte an Wallys Hals.

„Ist es dafür nicht ein wenig zu spät?" Wally streckte seinen Hals, gab Dakota somit einen besseren Zugang zu der empfindlichen Haut.

„Es ist niemals zu spät", murmelte Dakota an Wallys Haut, seine Zunge glitt über den schlanken Hals. „Ich will, dass du dich als etwas Besonderes fühlst, und dafür werde ich so ziemlich alles tun,"

„Kota." Wally erzitterte unter ihm. Dakota lächelte, bevor er an Wallys Kehle saugte. „Machst du mir gerade einen Knutschfleck?"

„M-hm." Dakota leckte besänftigend über die Haut und küsste sie. „Ich will, dass jeder weiß, dass der attraktivste Mann im Land mir gehört."

143

„Ich kann es kaum erwarten zu sehen, wie die anderen reagieren, wenn du mir den Hof machst." Wally grinste, woraufhin Dakota ein leises Lachen nicht verhindern konnte.

„Sie sind nicht wirklich wichtig." Dakota hob sein Gesicht. „Jahrelang hatte ich solche Angst vor dem Coming-out. Jetzt, nachdem ich es getan habe, habe ich herausgefunden, wer meine wahren Freunde sind. Menschen, von denen ich gedacht habe, sie wären Freunde, sind auf die andere Straßenseite gegangen, wenn sie mich gesehen haben. Andere, die ich kaum kenne, haben mir in der Apotheke die Hand geschüttelt. Manchmal kapiere ich es einfach nicht. Die meiste Angst hatte ich davor, meine Arbeiter zu verlieren und keine anderen zu finden. Aber anscheinend gibt es noch viel mehr schwule Cowboys und alle wollen hier arbeiten. Letzte Woche hatte ich acht Männer, die sich für eine Stelle beworben haben."

Dakota spürte, wie sich Wally anspannte. „Hat es irgendwelche Probleme gegeben?"

„Außer dass Greg seine neue Freundin mitgebracht hat, damit wir sie uns ansehen können, meinst du?" Dakota grinste und Wally begann zu lachen.

„Er wollte wohl keine Missverständnisse aufkommen lassen, was?"

„Nein. Das war richtig lustig. Aber er ist in der Stadt für einen der anderen Jungs eingetreten. Ich bin mir sicher, wir werden unsere Probleme haben, aber wir werden schon bald nichts Besonderes mehr sein. Das sind gute Menschen hier, besonders, wenn du auch nett zu ihnen bist."

Wally wurde still. Dakota ließ sich auf der Matratze nieder und hielt seinen Geliebten fest. Ihm war klar, dass Wally über einiges nachzudenken hatte. Verdammt, während der vergangenen zwei Wochen hatte er das ja selbst zu Genüge getan. Er hatte sogar überlegt, ob Wally nicht erst einmal in eine eigene Wohnung ziehen sollte, bis die Gerüchte verstummt wären, anstatt gleich mit ihm zusammen auf der Ranch zu leben. Am Ende hatte er beschlossen, dass es Wally gegenüber— ihnen beiden gegenüber—nur fair war, wenn sie zu sich und zueinander standen - zum Teufel mit den Tratschtanten. Entweder kamen die Leute damit klar oder eben nicht.

„Bist du sicher, dass es das ist, was du willst?", fragte Wally schließlich und durchbrach die Stille.

„Das, was du willst, zählt", antwortete Dakota, während seine Finger durch Wallys weiches Haar fuhren. Der Duft seines Geliebten erfüllte alle seine Sinne. Er spürte Wallys sachtes Nicken, doch er sagte nichts weiter. Dakota löste sich von ihm, stieg aus dem Bett und zog seinen Morgenmantel an. Dann verließ er das Zimmer, um nach seinem Vater zu sehen. Er schaltete den Fernseher und die Lichter aus, bevor er wieder in sein Schlafzimmer ging. Als er sah, dass Wally auf dem Bett eingeschlafen war, musste er lächeln. Er ließ den Morgenmantel von seinen Schultern gleiten und legte sich neben Wally. Sofort drängte sich der

144

kleinere Mann an ihn und schniefte leise im Schlaf. Dakota lächelte vor sich hin, während auch ihm die Augen zufielen.

LICHT STRÖMTE durch die Fenster, als Dakota in einem leeren Bett aufwachte. Er setzte sich auf, wodurch die Bettdecke bis zu seiner Hüfte herunter rutschte, und sah sich um, konnte aber Wally nirgends entdecken. Dann wurde die Schlafzimmertür geöffnet und Wally kam herein. Er trug nur Boxershorts, hatte seine Reisetasche in der einen Hand und eine Schachtel in der anderen. Ohne ein Wort zu sagen, öffnete er die Tasche und begann, eine der Schubladen einzuräumen.

„Mir scheint, du hast dich entschieden."

Wally hielt inne und drehte sich um. „Ich hoffe nur, du weißt, worauf du dich da eingelassen hast." Dakota verdrehte die Augen, stieg aus dem Bett und ging zu Wally, der an der Kommode stand. Er zog so lange an Wallys Shorts, bis diese ihm von den Beinen rutschten..„Hey", rief Wally leise und drehte sich um.

„Selber hey – das Auspacken kann warten."

„Wieso?" Wallys Augen verdunkelten sich.

„Wir haben was zu feiern." Mit einer schnellen Bewegung hob Dakota Wally hoch und warf ihn mit Schwung auf das Bett. „Viel zu feiern - könnte so drei oder vier Jahrzehnte dauern."

Wally lachte leise und schlang seine Arme um Dakotas Schultern. „Vielleicht sogar länger."

14

GOTT, ES war ihm vorgekommen wie eine Ewigkeit, bis der Frühling endlich kam, doch jetzt war er da. Dakota warf seine Jacke über den Koppelzaun, bevor er mit seinem neuen Hengstfohlen weiterarbeitete. Als sie erfahren hatten, dass Milford die Zwillingsfohlen verkaufen wollte, hatte Wally so lange erbarmungslos gedrängt, bis Dakota sie gekauft hatte. Na ja, erbarmungslos war vielleicht ein wenig harsch – Wally brauchte ihn ja eigentlich nur mit seinen großen Augen ansehen, und Dakota würde alles für ihn tun. Abgesehen davon erwies es sich als eine gute Idee und sie hatten letztendlich jeder ein Fohlen gekauft. Beide waren gesund, stark und sehr schlau. Dakota musste es dem Mann lassen: sein Wally kannte sich aus mit Tieren. Vom Trainingshalfter befreit erbettelte sich das Fohlen mit einem Stupser gegen Dakotas Brust ein Leckerli – es wusste eben schon, dass Dakota ein zu weiches Herz hatte—und sprang dann davon.

Eine Weile sah er dem Fohlen zu und dachte dabei an Wally. Nicht alles war nach Plan verlaufen. Dakota hatte eigentlich gehofft, dass Wally ihm die Verwaltung der Herde abnehmen würde, aber Doc Hastings hatte Wally zu sehr auf Trab gehalten. Anscheinend war es den Ranchern völlig egal, dass er und Wally eine Beziehung miteinander hatten, zumindest wenn es um die Betreuung ihrer Arbeitstiere und ihres Viehs durch Wally ging. Wally gewann ihre Sympathie fast genauso schnell, wie er Dakotas Herz gestohlen hatte. Diese Akzeptanz hatte eine Schattenseite – Wally war so beschäftigt, dass er keine Zeit hatte, die Herde für ihn zu verwalten, so wie sie es eigentlich geplant hatten. Dakota war andererseits begeistert, dass Wally so akzeptiert wurde, und hatte bereitwillig die Verwaltung der Herdenaufzeichnungen weitergeführt.

Nicht jedes Problem hatte sich so reibungslos gelöst. Sie hatten sich auch schon gestritten, aber auch immer wieder versöhnt. Als er an diese Versöhnungen dachte, musste Dakota lächeln. Himmel, dafür lohnte sich der Streit ja fast … fast.

Einiges war sogar besser gelaufen, als er es sich je erträumt hätte. Sein Vater hatte Wally in die Familie aufgenommen und nannte sie beide oft seine Söhne. Als er dies das erste Mal tat, hatte Dakota eine Träne im Auge seines Liebsten gesehen. Unglücklicherweise hatte sein Vater eine weitere Infektion gehabt, und kurz nach Weihnachten hatte man ihm den Fuß abnehmen müssen. Seitdem, toi, toi, toi, ging es ihm sehr gut.

Dakota verließ die Koppel, griff nach seiner Jacke und hörte ein Auto in die Auffahrt einbiegen. Er blickte auf und sah, wie Wally voller Energie aus dem Wagen sprang und nicht einmal die Tür richtig hinter sich zu machte.

„Kota", rief Wally, als Dakota auf ihn zuging. Wally schaute sich um, bevor er sich in Dakotas Arme warf und ihn heftig küsste. Außerhalb des Hauses waren sie vorsichtig. Die meisten Männer hatten sich inzwischen an sie gewöhnt, aber sie wollten nicht, dass sich irgendjemand ihretwegen unwohl fühlte.

„Warum bist du denn so aufgeregt?" Dakota grinste. „Nicht, dass ich mich beschweren will." Er erwiderte den Kuss und spürte die Energie durch seinen Liebsten pulsieren. Gott, das turnte ihn an. Wenn Wally so unter Strom stand, wusste Dakota nie, welch unglaubliche Dinge der Mann tun würde. Nein, er beschwerte sich ganz und gar nicht.

Wally beendete den Kuss, trat einen Schritt zurück, griff nach Dakotas Hand und zog ihn um das Haus herum. „Das Stück Brachland da hinten …", er deutete darauf, „benutzt du es für irgendwas?"

Dakotas Augenbrauen zogen sich zusammen. „Nein …", antwortete er vorsichtig, „warum?" Wally blickte mit großen Augen zu ihm auf. Er hatte den Mund auf eine ganz bestimmte Art verzogen. „Was hast du vor?" Dakota kannte diesen Blick—Wally hatte ihn perfektioniert, um Dakota von vornherein den Wind aus den Segeln zu nehmen, egal, worum es ging, und, verdammich, hatte damit auch fast immer Erfolg. „Lass den Dackelblick, was gibt es?" Dakota wusste schon, worauf das hinauslief: Wally hatte sich wieder in irgendein Hirngespinst verbissen und er, Dakota, würde sich wider besseren Wissens am Ende doch darauf einlassen. Nein, sein Leben wurde nie langweilig. Dazu konnte er nur sagen: „Dank sei Gott für meinen Wally!"

„Ich würde gerne das Gebüsch roden und unter den Bäumen da ein Gehege bauen."

„Das sind nur kümm…" Erst da wurde Dakota klar, was Wally sonst noch gesagt hatte. „Was für ein Gehege?" Wenn es um Tiere ging, hatte Wally immer noch ein viel zu weiches Herz. Er versuchte immer, der ganzen Welt zu helfen. Das war eines der Dinge, die Dakota an dem kleinen Mann so liebte.

„Versprich mir, dass du mich erst ausreden lässt, bevor du zu schimpfen anfängst."

Großer Gott, was hatte Wally vor? „Okay, ich verspreche, erst zu schimpfen, wenn du fertig bist." Wally boxte ihn spielerisch gegen die Schulter und Dakota konnte sehen, wie sein Liebster mit den Augen rollte. Der Mann kannte ihn einfach zu gut. „Sag es mir einfach und bring es hinter dich."

„Du weißt doch, dass in Jackson gerade ein Zirkus gastiert." Dakota nickte, seine Vorahnungen wurden mit jeder Sekunde düsterer. „Sie haben uns gerufen, weil eines ihrer Tiere krank ist." Nervös kaute Wally auf seiner Unterlippe. „Die Sache ist die: Das Tier ist nicht wirklich krank, sondern nur sehr alt." Seine Stimme stockte ein wenig und Dakotas Magen verkrampfte sich. „Ich kann es nicht zulassen, dass sie ihn einschläfern. Ich kann das einfach nicht."

Dakota konnte praktisch spüren, wie sich seine Entschlossenheit in Luft auflöste, während er Wally an sich zog. Wally litt eben jedes Mal mit, wenn er sah, wie ein Tier misshandelt wurde. Besonders, wenn er dachte, er könnte oder sollte helfen. „Was willst du tun?"

„Ich möchte ein Gehege bauen und Schian hierher bringen, damit er seine letzten Tage in Frieden und Ruhe verbringen kann. Ich hab sie sogar dazu gebracht, für seine Pflege zu zahlen. Wir brauchen nur ein Gehege für ihn zu bauen."

Dakotas Nackenhaare sträubten sich und sein Rücken kribbelte. „Was ist Schian für ein Tier?"

Wally schluckte. „Ein Löwe."

Dakota rieb sich die Ohren, um sicherzugehen, dass er richtig gehört hat. „Ein Löwe! Bist du verrückt? Was, zum Teufel, willst du denn mit einem Löwen?" Ihm war klar, dass er tobte, aber er hatte wohl auch jedes Recht dazu. *Ein Löwe - grundgütiger Gott!*

Wally verschränkte die Arme vor der Brust und wartete mit finsterem Blick. „Bist du bald fertig??"

Dakota hörte auf zu schimpfen, als er sah, dass Wally ihn praktisch auslachte. „Schian ist alt, er hat Arthritis und der Zirkus will ihn nicht mehr, weil er nicht mehr wild genug ist, um das Publikum zu erschrecken. Ich habe mit seiner Trainerin gesprochen und sie hat gemeint, dass er sein ganzes Leben lang Menschen um sich gehabt habe. Nein, er ist kein Haustier, aber er verdient es, ein glückliches Leben zu leben."

„Und du willst ihn hierher bringen." Dakota mochte seinen Ohren kaum trauen.

„Sieh mal, du kannst uns beiden eine Menge Zeit ersparen. Entweder stolzierst du jetzt davon und bist eine Stunde lang sauer oder du sparst dir die Mühe und gibst gleich nach. Denn du weißt, dass du das sowieso tun wirst." Dakota legte den Kopf schief und Wally lachte leise. „Auch deshalb liebe ich dich. Ich weiß, dass du nicht verstehst, warum ich das tun muss, aber du vertraust mir und unterstützt mich." Dakota spürte, wie Wallys Hand über seine Wange strich. „Und dafür liebe ich dich jeden Tag ein wenig mehr."

„Fuck …", ächzte Dakota. Er wusste, Wally hatte recht - wie üblich.

Wally strich mit der Hand über Dakotas Jeans und drückte sanft zu. „Das kommt später." Dann zog er ihn in einen Kuss.

„Warum habe ich so ein Gefühl, dass das erst der Anfang ist?", murmelte Dakota an seinen Lippen.

„Wir teilen uns das Land doch schon mit Wölfen, Bisons und Rindern. Also fügen wir noch einen Löwen hinzu – Platz ist ja genug da."

Dakota war nicht klar, ob Wally das wortwörtlich meinte oder er das Land als eine Metapher für sein großes Herz benutzt hatte. Wie auch immer, er hatte recht. In beiden gab es reichlich Platz, das bezweifelte er nicht – sogar für einen Löwen.

EINE WOCHE später machte Dakota es sich in ihrem Bett gemütlich. Die kühle Frühlingsluft wehte durch das offene Fenster herein. „Hat sich Schian schon eingelebt?"

„Scheint so." Wally machte das Licht aus und legte sich zu ihm. „Das war ein Geniestreich von dir, aus den Felsbrocken eine künstliche Höhle zu bauen." Dakota spürte Wallys Hand über seinen Bauch streicheln. „Dafür hab' ich mich noch gar nicht richtig bei dir bedankt." Er spürte Wallys warme Haut an seiner, als der kleinere Mann sich auf ihn rollte. Dakota ließ seine Hände zum runden Hintern seines Liebsten wandern und umschloss die glatten Hinterbacken.

„Du dankst mir jeden Tag, indem du einfach du bist." Im Dunkeln zog Dakota Wally enger an sich. Ihre Lippen fanden sich, ihre Küsse wurden schnell intensiver.

Ein tiefes Grollen, das zu einem hellen Heulen wurde, wehte durch das offene Fenster herein und Dakota hielt mitten in der Bewegung inne. „Verdammt, ich dachte, die Wölfe wären weitergezogen. Sie müssen wieder zurück sein." Ein antwortendes Brüllen durchschnitt die Nacht und hallte über das Land. Als es erstarb, schien die Nacht in Stille erstarrt zu sein; selbst die Frühlingsinsekten hatten aufgehört zu summen.

„Verdammt. Wenn ich gewusst hätte, dass er den Wölfen Angst macht, hätte ich dich schon vor Monaten einen Löwen besorgen lassen."

Leseprobe

Ein weites Land – Dunkle Wolken

Geschichten aus der Ferne: Buch 2

Von Andrew Grey

"Haven! Warum zum Teufel starrst du Löcher in die Luft?" Die scharfe Stimme seines Vaters schallte über die stille Weide zu dem jungen Mann, der an dem plätschernden Wasser stand. "Das dort drüben hat dich nicht zu interessieren, Junge." Die Stimme wurde lauter und Haven drehte sich leise seufzend um, bevor er sich von dem Zaun entfernte, der die Grenze zwischen dem Land seiner Familie und dem Nachbarland markierte. Er ging auf seinen Vater zu, während der große Mann über ihr Land zu dem kleinen Fluss ging. Dabei hielt er sich zurück, noch einen letzten Blick zurück zu wagen. "Komm schon, es bringt nichts, zu gucken. Die sind nicht wichtig", fügte sein Vater hinzu und Haven wich dessen halbherzigem Schlag auf seinen Kopf aus.

"Ich hab nur geschaut und mich gefragt, warum ihr Land so viel besser aussieht als unseres." Während er das sagte, entfernte sich Haven ein paar Schritte von seinem Vater. Wäre er näher bei ihm, würde er mit Sicherheit zu einem weiteren Schlag ausholen, mit der Absicht, ihm dieses Mal weh zu tun.

"Du weißt warum. Die Schwuchteln nehmen sich mehr als ihren Anteil vom Fluss und lassen uns nicht mehr genügend Wasser übrig. Abgesehen davon will ich nicht, dass du zu ihnen hinüber siehst und sie beobachtest. Was immer Jefferson Holden mit seinem Sohn falsch gemacht hat, werde ich bei dir nicht tun."

Haven schritt neben seinem Vater her. Da er fast genauso groß und breit war, wusste Haven, dass er nichts zu befürchten hatte, was seinen Vater anging. "Wie kommst du darauf, dass Mr. Holden etwas falsch gemacht hat?"

"Man erntet, was man sät. Und Jefferson Holden muss was sehr Schlimmes gesät haben, gestraft mit dieser Krankheit und einem Sohn, der zu einer Schwuchtel geworden ist." Kent Jessup drehte sich von Haven weg, spuckte einen Klumpen seines Kautabaks aus, und zog eine Dose aus seiner Gesäßtasche. "Bist du sicher, dass du nichts willst?", fragte Kent und bot Haven die Dose an. "Das wird einen Mann aus dir machen."

Haven schüttelte seinen Kopf und bemühte sich, nicht zu angewidert auszusehen. Einmal hatte er das Zeug probiert und sich danach fast übergeben müssen. Sie kamen im Hof neben der Scheune an. Sein Vater sagte nichts, während er auf das Haus zusteuerte. Haven ging in Richtung der Scheune. Es gab noch einiges zu tun. „Drück dich ja nicht vor deinen Aufgaben", rief ihm sein Vater hinterher, während er die Treppe zum Haus nach oben ging.

„Ich bin nicht derjenige, der sich vor seinen Aufgaben drückt", murmelte Haven, als er die Scheune betrat. Zumindest war es sauber und die Pferde waren draußen auf der Koppel. Nicht, dass es auf der Ranch viele davon gab. Er öffnete die Tür zur Sattelkammer, trat ein, schnappte sich Jakes Zaumzeug und überprüfte das Leder, ob es noch in Ordnung war – etwas, das er jetzt regelmäßig machte, nachdem vor einem Monat der Zügel eines Sets gebrochen war. Er blickte sich um

153

und bemerkte, wie alt alles aussah. Ihm wurde klar, dass das an seinem Vater lag, der seit Jahren keine Ersatzgeräte mehr gekauft hat. Selbst die Trucks, auf die die Ranch angewiesen war, waren fast zwanzig Jahre alt.

„Haven, bist du das?", rief eine tiefe Stimme von draußen.

„Ja, Kade, ich bin's", erwiderte Haven, als er alles zusammen hatte, was er brauchte.

„Gott sei Dank." Haven hörte die Erleichterung in der Stimme des Mannes. Diesen Ton kannte er nur zu gut. Jeder hier auf der Ranch ging wie auf rohen Eiern, wenn sein Vater in der Nähe war; nicht nur Haven. „Fährst du raus?"

„Ich reite heute Nachmittag die Zäune ab." Das war eine der Arbeiten, die er mochte. Dabei war er für ein paar Stunden vom Haus weg, manchmal sogar einen ganzen Tag. „Ich muss die westliche Grenze überprüfen. Im Frühjahr habe ich bemerkt, dass einige der Pfosten wahrscheinlich morsch sind. Und in ein paar Wochen müssen wir einen Teil der Herde dorthin bringen, wenn es nicht regnet." Ihm war klar, dass er die Zäune überprüfen würde, die an die Holden Ranch grenzten. Wenn sein Vater das herausfand, wäre er womöglich wegen diesem dummen Grund stocksauer.

„Willst du, dass ich die Weide abreite und mich um das Unkraut kümmere?"

Haven lächelte. „Sicher. Schnapp dir dein Zeug und wir treffen uns in einer halben Stunde im Hof."

Haven sah ihm hinterher. Kade war voller Energie, hatte einen echten Willen zu gefallen und wenn Havens Vater nicht in der Nähe war, arbeitete er großartig. Vor der Box hängte er das Zaumzeug an einen Haken und folgte Kade nach draußen. Er pfiff nach Jake, woraufhin der rotbraune Wallach sofort zu ihm kam und seinen Kopf aufgeregt in die Luft warf. Haven nahm ihn am Halfter, führte das Pferd in seine Box und begann, ihn zu striegeln. Jake liebte das Striegeln und bewegte sich zu jedem Bürstenstrich, als wäre es die Berührung eines Liebhabers. Wäre das große Baby eine Katze, er hätte geschnurrt.

Vorsichtig schob Haven die Trense in Jakes empfindliches Maul, sattelte das Pferd fertig auf und überprüfte zwei Mal den Gurt, bevor er ihn hinaus auf den Hof führte. „Bist du fertig, Kade?"

„Ja", antwortete dieser aufgeregt und kletterte auf den Sattel. Sie ritten hinaus über das Feld und durch das flache Wasser, ehe sie in Richtung der Grenzzäune der Ranch ritten. „Haven."

„Ja", antwortete er und ging auf die Zaunpfosten zu.

„Warum hasst dein Vater Dakota so sehr? Soweit ich weiß, war er zu jedem immer nett, hilft jedem, der es braucht und das auch mehr, als die meisten." Kade blickte nicht auf, während er das Weideland um sich herum nach allem, was die Rinder krank machen könnte, absuchte.

„Der einzige Grund, den ich mir vorstellen kann, ist der, weil Dakota eine Tunte ist." Haven sah, wie Kade bei diesem Wort den Kopf hob. Ihm war klar, dass er es nicht hätte benutzen sollen, besonders nicht mit den Gefühlen, die er, so lange er denken konnte, selbst hatte. Haven wusste, dass Kade ihn ansah. Irgendwie musste er sich bedeckt halten. „Nicht, dass es für mich eine Rolle spielt. Aber Vater hatte es schon immer mit dem Kirchenkram. Mich hat das nie interessiert", fügte er so locker wie möglich hinzu. Er machte sich auf den Weg in Richtung der Zaunlinie. Kade ging ein kleines Stück entfernt und begutachtete den Boden. „Vielleicht ist Vater aber auch einfach nur eifersüchtig. Alles, was passiert, versucht er den Holdens in die Schuhe zu schieben. Das hat er schon immer getan. Gott höchstpersönlich könnte mit Glanz und Gloria vom Himmel herab steigen und er würde die Holdens dafür verantwortlich machen, wenn seine Augen durch die Helligkeit Gottes schmerzen würden."

Kade lachte hell auf, sagte aber nichts mehr, bevor sie weiterritten. Haven ritt näher am Zaun entlang, begutachtete den Draht und die Pfosten, während Jake dem Weg folgte, den er so gut kannte. Ein paar der Pfosten sahen aus, als würden sie bald auseinander brechen. Haven stieg ab und kontrollierte sie, dabei hielt er Jakes Zügel in der Hand. Doch sie waren stabil. So stieg er wieder auf und setzte seinen Weg fort. An ein paar Stellen sah er Pfosten, die schon ersetzt worden waren. Er machte sich gedanklich eine Notiz, Dakota dafür zu danken, wenn er ihn das nächste Mal sehen sollte. Auf keinen Fall würde er seinem Vater davon erzählen, der eh nur herumschreien würde, was Holden auf seinem Grundstück zu suchen hatte, anstatt dem Mann dankbar zu sein, dass er ihren Zaun repariert hatte.

Am anderen Ende der Weide blickte er entlang der Zaunlinie zurück, bevor er mit dem hinteren Abschnitt begann. Er sah Kade, der sich durch das Feld schlängelte, und ließ seine Gedanken treiben. Er mochte es alleine hier draußen zu sein, wo er nachdenken konnte. Weg von den erdrückenden, lautstarken, selbstgerechten Überzeugungen seines Vaters. Zäune und Pfosten zogen vorüber, als Jake und er sich auf den Weg entlang des hinteren Teils des Feldes machten. Pfosten nach Pfosten, Acker nach Acker zogen vorbei. Ein paar Mal hielt er Jake an, um Pfosten zu überprüfen und seine Augen zu schärfen.

In der hintersten Ecke des Feldes stieg er ab und fischte in seinen Satteltaschen nach einer Zange. Jake ließ seinen Kopf sinken, graste und sah zufrieden aus, während Haven eine gebrochene Stellte im Zaun reparierte. Gewissenhaft drehte er den Stacheldraht wieder zusammen und hielt seine behandschuhten Hände weg von den Stacheln. Doch als er eine kaputte Stelle reparierte, riss ein anderer Teil des Drahtes vom Pfosten ab. „Verdammt!", fluchte Haven – er hatte nicht mehr genügend Draht, um das zu reparieren. Nachdem er eine Weile gearbeitet hatte, schaffte er es schließlich, den Draht wieder zusammen zu knoten.

Krach! Das Geräusch ließ ihn schier aus der Haut fahren. Haven blickte sich um und sah dunkle Sturmwolken von Westen her aufziehen. „Ist okay, Jake. Lass uns nach Hause gehen." Haven konnte die Nervosität des Pferdes spüren, öffnete die Satteltasche und steckte sein Werkzeug weg. *Krach! Bumm!* Ein Donnern grollte durch die Luft, der den Boden erzittern ließ. Jake bäumte sich auf und kurz darauf fand sich Haven mit dem Hintern auf dem Boden wieder. Vollkommen panisch raste Jake davon. Seine Hufe rissen den Boden auf und er wurde immer kleiner. Schneller, als Haven gedacht hätte, galoppierte er zurück zum Stall.

„*Scheiße!*", brüllte Haven. Indes wurde der Wind immer stärker. Da er nichts anderes zu tun hatte, ging er am Zaun entlang den Weg zurück, den er gekommen war. Wenn er Glück hatte, würde der Sturm trocken bleiben und nur Wind und Krach bringen, aber keinen Regen. Das bezweifelte er jedoch, als er mit dem nächsten Windstoß den Regen riechen konnte. Daraufhin beschleunigte er seine Schritte, bis er schließlich fast rannte.

Haven sah sich um, wusste aber, was er sehen würde: Kilometerweit in jeder Richtung nichts außer offenes Weideland und Zäune. Unterhalb des Zauns stand früher einmal eine Hütte, doch durch einen Sturm vor ein paar Jahren war sie eingestürzt und sein Vater war zu geizig gewesen, sie wieder aufzubauen. So hatte er keine andere Möglichkeit. Er musste weitergehen und beten. Kade war weit weg, das wusste er. Hoffentlich hat er es zurück zur Ranch geschafft.

Ein lautes Zischen, gefolgt von einem Donner hallte durch die Luft. Haven hielt sich die Ohren zu und kniff seine Augen zusammen. Er glaubte, die Hitze spüren zu können. Mit Sicherheit konnte er das Prasseln in der Luft riechen. Haven blickte auf und sah, wie im Westen des Feldes Rauch aufstieg. „Heilige Scheiße", murmelte er zu sich selbst, die Augen vor Angst geweitet, „die Weide brennt!" Haven beeilte sich und rannte am Zaun entlang, während der Rauch immer dichter wurde und sich in dem fast trockenen Gras ausbreitete.

Der erste Regentropfen klatschte auf seine Schulter, groß und voll. Zu diesem einen gesellten sich viele andere. Haven sah in den fast schwarzen Himmel und suchte nach Wirbeln, konnte jedoch keine entdecken. Er ging weiter. Erneut nahm der Wind an Stärke zu, gleichzeitig öffnete sich der Himmel. In kürzester Zeit war er durch den heftigen Regen nass bis auf die Knochen. Zumindest musste er sich wegen des Feuers keine Sorgen machen, doch der Regen wurde immer schlimmer. Unter orkanartigen Winden ergossen sich unzählige Liter an Wasser über ihn. Sein nasses Hemd flatterte im Wind.

Ohne jeglichen Schutz blieb ihm nichts anderes übrig, als weiter zu versuchen, so schnell wie möglich nach Hause zu kommen. Haven wusste, dass es bei diesem Wetter draußen nicht sicher war, doch er hatte keine andere Wahl.

Endlich erreichte er die Zaunecke und wandte sich in Richtung des Hauses. Er konnte kaum etwas sehen, da ihm das Wasser in die Augen lief. „Haven." Im Wind konnte er seinen Namen hören und versuchte, zurückzurufen, bekam aber nur Wasser in den Mund. Er spähte durch die Dunkelheit. Auf der anderen Seite des Zauns tauchte eine Gestalt auf dem Rücken eines Pferdes auf. „Haven, bist du das?"

„Ja", rief er in den Wind. Pferd und Reiter kamen immer näher. „Dakota?" In der gelben Regenjacke konnte er nicht mit Sicherheit sagen, wer der Reiter war.

„Klettere durch den Zaun." Dakota stieg von seinem Pferd ab und hielt vorsichtig den Draht auseinander. Haven tat es ihm gleich und fädelte sich behutsam durch die scharfen Stacheln. Dann stand er neben dem schnaubenden Pferd. „Sitz hinter mir auf, dann bringen wir dich ins Trockene." Dakota stieg auf das riesige Pferd, bevor er Haven hinter sich nach oben zog. Als sich das Pferd in Bewegung setzte, hielt sich Haven fest.

„Wie kannst du bei dem Wetter etwas sehen?"

„Kann ich nicht, aber Roman kennt den Weg und wird uns nach Hause bringen. Halte dich einfach fest."

Das Pferd lief los. Haven schloss seine Augen und hielt sich an Dakota fest. Der Körper des anderen Mannes schützte ihn zumindest ein wenig vor Regen und Wind. In regelmäßigen Abständen erhellte sich der Himmel und Donner erschütterte die Luft. Haven zuckte zusammen und erwartete schon fast, dass der Hengst sie beide abwerfen und wegrennen würde. Das tat er aber nicht. Ein paar Mal hörte Haven, wie Dakota das Pferd beruhigte.

Schließlich schien der Wind schwächer zu werden, auch wenn der Regen weiter an seinem Rücken hinab rann. Haven wandte seinen Blick von Dakota ab und sah die Scheune und die anderen Gebäude. Lichter warfen ihre Strahlen durch den Wolkenbruch. „Steig ab und geh rein. Wie ich Wally kenne, sieht er aus dem Fenster und macht sich Sorgen um uns."

Haven glitt von dem Pferd, seine Füße landeten im Matsch. Dakota stieg ebenfalls ab und führte das Tier in den Stall. Haven sah sich auf dem unbekannten Hof um und ging dann auf das Licht auf der Veranda zu. Im selben Moment, als er die erste Stufe betrat, öffnete sich die Haustür. Ein schlanker Mann stand im Licht. „Komm rein."

„Aber ich mach alles nass", sagte Haven, der auf der Veranda stand und auf den Holzboden tropfte. Er erkannte den Mann aus der Stadt. Das musste Wally sein, der neue Tierarzt hier in der Gegend. Zwar hatte er ihn noch nicht richtig kennengelernt, doch zumindest wusste er, wer der Mann war.

„Das trocknet wieder", meinte Wally, trat dann einen Schritt zurück und bedeutete Haven, einzutreten.

Sobald er auf den Teppich trat, schloss sich hinter ihm die Tür. Wally reichte ihm ein Handtuch. „Zieh dein Hemd aus und trockne dich ab. Ich hab dir ein paar Sachen von Kota raus gelegt. Die sind vielleicht ein bisschen groß, aber sie sind trocken und warm."

Haven stand in dem warmen Zimmer, zog sein Hemd aus und begann, sich trocken zu reiben. Er zitterte. Als er dort draußen war, hatte er keine Zeit gehabt, sich um etwas anderes Gedanken zu machen, als so schnell wie möglich aus dem Sturm zu kommen. Doch nun fror er bitterlich. „Danke."

„Kein Problem", sagte Wally lächelnd. „Das Bad ist gleich den Flur hinunter, erste Tür links. Ich hab dir die trockenen Sachen reingelegt. Und mach dir keine Gedanken wegen der Wassertropfen. Du wirst schon nichts kaputtmachen."

Haven nickte und wickelte sich das Handtuch fest um die Schultern. Draußen donnerte es immer noch und die Lichter flackerten. Gott sei Dank aber blieben sie an.

Haven trottete über den Flur, tropfte alles voll und fand schließlich das Badezimmer. Er schloss die Tür, stieg aus seiner klatschnassen Kleidung und trocknete sich ab, ehe er in die warme Jogginghose schlüpfte, die Wally ihm herausgesucht hatte. Endlich fühlte er sich wieder warm und trocken.

„Lass deine nassen Sachen einfach in der Badewanne. Ich steck sie dann in den Trockner", hörte er Wallys Stimme durch die Tür.

„Okay, danke", antwortete Haven, legte seine Wäsche in die Wanne, wie es Wally gesagt hatte, und trocknete seine Haare. Da fiel ihm sein Handy ein, das in seiner Hosentasche steckte, und zog es heraus – tot und angekokelt. Er verließ das Bad und ging ins Wohnzimmer. Da trat Dakota durch die Haustür, nun ohne seine Regenkleidung. „Geht es dir gut?"

„Ja, dank dir. Der Sturm kam so schnell und der Donner hat mein Pferd so erschreckt, dass es weg rannte", erklärte Haven. Er kam sich wie ein Idiot vor, weil man ihn da draußen aufgelesen hatte. „Wie hast du mich eigentlich gefunden?"

Noch an der Tür zog Dakota sich die Schuhe aus. „Wally war draußen, um nach Schian zu sehen. Dabei hat er gesehen, wie du die Zäune abgeritten bist. Er hat dich aber nicht zurückkommen sehen. Und als der Sturm losbrach, hat er mir gesagt, dass du vielleicht in Schwierigkeiten stecken könntest." Dakota durchquerte das Zimmer. „Mach es dir bequem. Der Sturm wird noch eine Weile dauern", meinte er, ehe er den Flur hinunter verschwand.

„Es tut mir leid, dass ich so viele Umstände mache", sagte Haven zu Wally, der mit einem alten Handtuch den Boden trocken wischte.

„Das sind keine Umstände. Übrigens, ich bin Wally Schumacher. Ich würde dir ja gerne meine Hand anbieten, aber ich bin hier unten", sagte er, als er fertig wurde mit Wischen und aufstand. „Ich bin nur froh, dass Dakota dich gefunden hat. Schon lange habe ich nicht mehr einen Sturm so schnell aufziehen sehen." Es donnerte erneut, dieses Mal aber von weiter weg.

„Ich sollte meinen Vater anrufen, damit er weiß, wo ich bin. Kade war auch mit mir draußen."

„Das Telefon ist dort auf dem Tisch. Bedien dich."

Haven nahm den Hörer ab und wählte. Schon beim ersten Freizeichen wurde abgenommen. „Dad, ich bin's."

„Haven, was ist passiert, Junge?"

„Mir geht es gut. Jake ist davongelaufen und hat mich auf dem Feld zurückgelassen. Ist Kade gut nach Hause gekommen?"

„Er und Jake sind gleichzeitig zurückgekommen. Ich nehme an, dir geht es gut. Weißt du, du hättest auch schon früher anrufen können. Wann bist du zurück? Der Sturm hat ein Chaos hinterlassen, das müssen wir beseitigen." Haven bemerkte die fast nicht vorhandene, väterliche Sorge. Nicht, dass er damit gerechnet hätte. Es ist schon eine ganze Zeit her, seit sein Vater sich um irgendetwas anderes Sorgen gemacht hatte, außer um das, was er wollte.

„Ich bin zurück, wenn der Sturm nachlässt." Ohne auf eine Antwort zu warten, legte Haven auf. Gott sei Dank ging es Kade und Jake gut. Der Rest konnte bis morgen warten. Momentan konnte man nicht viel tun, egal, was sein Vater sagte. Wenn es zu regnen aufhören würde, wäre es ohnehin schon stockdunkel.

„Alles okay?", fragte Wally und reichte Haven eine dampfende Tasse. Er vermutete Kaffee, doch der Duft von köstlicher, heißer Schokolade erfüllte seine Sinne.

Haven nippte an der warmen Schokolade, die süß seine Kehle hinunter rann. „Ich denke schon." Er blickte auf. Dakota schob einen Mann im Rollstuhl über den Flur und positionierte ihn neben dem Sofa.

„Mein Vater hatte Stimmen gehört und wollte unseren Gast kennenlernen. Dad", langsam wandte der ältere Mann seinen Kopf, „das ist Haven Jessup. Haven, das ist mein Vater, Jefferson Holden." Dakotas Vater begann zu zittern, hob eine Hand mit verdrehten Fingern und zeigte damit wedelnd auf ihren Gast. Daraufhin stellte Haven seine Tasse ab und trat zur Seite.

„Dad, was tust du da? Ich weiß, du kommst mit Havens Vater nicht klar, aber das kannst du nicht an seinem Sohn auslassen."

Die Hand hörte zu wedeln auf und legte sich zurück auf die Armlehne. „In Ordnung, Kota." Jefferson streckte seine Hand erneut aus. Zuerst wusste Haven nicht wirklich, was er tun sollte. Doch dann realisierte er, dass Jefferson sie ihm anbot. Also trat er vor und schüttelte sie vorsichtig.

„Ich hab schon viel von Ihnen gehört", sagte Haven. Jefferson machte ein abschätziges Geräusch, woraufhin Haven dessen Hand losließ.

„Dad, wenn du dich nicht benehmen kannst, bring ich dich zurück in dein Zimmer. Haven ist Gast in unserem Haus. Was zwischen dir und seinem Vater ist, hat nichts mit ihm zu tun." Dakota ging zum Fenster und sah nach draußen. „Der Regen wird schwächer. Wenn du möchtest, kann ich dich nach Hause fahren."

Haven trank seine heiße Schokolade aus und gab Wally die Tasse zurück. „Es hat mich gefreut, Sie kennenzulernen, Mr. Holden. Von den anderen Leuten in der Stadt habe ich schon viel von Ihnen gehört. Nur Gutes. Wenn es um andere Menschen geht, höre ich nicht auf meinen Vater. Ich mag es, mir meine eigene Meinung zu bilden." Haven wandte sich an Wally. „Danke dir, für alles. Ich bring die Klamotten morgen zurück."

„Keine Ursache."

Als Haven zur Tür lief, spürte er eine Hand, die seinen Arm streifte. „Du bist hier jederzeit willkommen", sagte Jefferson stockend mit einem angedeuteten Lächeln. Haven lächelte zurück und folgte Dakota nach draußen in die nasse Nacht und in ein Beinahe-Chaos.

ANDREW GREY ist Autor von mehr als hundert Werken zeitgenössischer schwuler Romanzen. Nach siebenundzwanzig Jahren in verschiedenen amerikanischen Konzernen hat er sich nun mit seinem Mann Dominic und seinem Laptop in Zentral-Pennsylvania niedergelassen. Eine interessante Mischung. Andrew wuchs im Westen von Michigan mit einem Vater auf, der es liebte, Geschichten zu erzählen, und einer Mutter, die sie gerne las. Seitdem hat er im ganzen Land gelebt und die ganze Welt bereist. Er ist Gewinner des RWA Centennial Award, hat einen Master-Abschluss der University of Wisconsin-Milwaukee und arbeitet hauptberuflich als Autor. Andrews Hobbys sind das Sammeln von Antiquitäten, die Gartenarbeit und das Abstellen seines schmutzigen Geschirrs überall außer in der Spüle (insbesondere wenn er gerade schreibt). Er ist sehr dankbar für seine tolerante Familie, seine fantastischen Freunde und den unterstützendsten und liebevollsten Partner der Welt. Andrew lebt derzeit im schönen historischen Carlisle in Pennsylvania.

E-Mail: andrewgrey@comcast.net
Website:www.andrewgreybooks.com

Von Andrew Grey

Veröffentlicht von DREAMSPINNER PRESS
www.dreamspinner-de.com

EIN WEITES LAND -
Dunkle Wolken

ANDREW GREY

Geschichten aus der Ferne: Buch 2

Die benachbarten Farmen der Holdens und Jessups stehen sich alles andere als nachbarschaftlich gegenüber – Jefferson Holden und Kent Jessup hassen sich. Doch trotz des jahrzehntelangen Grolls seines Vaters, kann sich Haven Jessup nicht dazu durchringen, seine Nachbarn zu hassen. Erst recht nicht, nachdem ihn Dakota Holden während eines gewaltigen Sturms bei sich aufnimmt, und er Dakotas Freund, Phillip Reardon, kennenlernt.

Phillip akzeptiert Haven so wie er ist. Als Einziger sieht er hinter die Maske, die Haven benutzt, um sein Verlangen nach Männern zu verstecken. Doch ihre zaghafte Annäherung und ihre heimliche Beziehung stehen unter großem Druck. Sabotierte Zäune, verletzte Tiere, geschmacklose Pläne und Jessups Familiengeheimnisse, bedrohen Havens neu gefundenes Glück und seine Hoffnung auf eine Zukunft mit Phillip.

www.dreamspinner-de.com

EIN
WEITES LAND
Unruhige Zeit

ANDREW GREY

Geschichten aus der Ferne: Buch 3

Liam Southard hätte mit Sicherheit nicht erwartet, von zwei schwulen Ranchern aufgenommen zu werden, als er seinem gewalttätigen Vater endlich entkommen kann. Bald darauf hat er einen neuen Job, eine neue Sicht auf seine Sexualität und ein Leben, das sich in eine neue Richtung wendet. Doch dann zielt jemand mit einer Schusswaffe auf ihn.

Zu Troy Gardeners Verteidigung; er weiß, dass das mit der Waffe ein Fehler war. Nach seiner gescheiterten Ehe lebt er in der abgeschiedenen Jagdhütte seines Onkels. Seine Nerven sind ein wenig angespannt, trotzdem möchte er sich bei Liam entschuldigen. Als er herausfindet, wie viel sie beide gemeinsam haben, möchte er sogar noch mehr. Dann taucht Liams Vater unerwartet bei ihnen auf und eine Bergbaugesellschaft bedroht die Wasserversorgung der Ranch. Das Leb-en hier wird garantiert nicht langweilig.

www.dreamspinner-de.com

Fremde
WEITEN

ANDREW GREY

Geschichten aus der Ferne: Buch 4

Der Westernsänger Willie Meadows ist ein einziger Schwindel. Er hat noch nie auf einem Pferd gesessen und seine „Western"- Klamotten stammen aus einer Boutique in LA. Kein Wunder, dass Wilson Edwards, der echte Mann in diesen nachgemachten Stiefeln, unter einer Schreibblockade leidet. Entschlossen, wieder Zugang zu seiner Musik zu finden, kauft er eine Ranch in Wyoming, um das Landleben kennenzulernen, auch wenn er keinen Schimmer hat, wie man eine Ranch führt. Dann taucht Steve Peterson auf. Verzweifelt, mittellos und hungrig, ist er gerade aus einer Klinik entkommen, die Homosexuelle umerzieht und von der Sekte seines Vaters betrieben wird.

Eigentlich sollte Steve die Pferde des Vorbesitzers ausbilden, aber nun ist der Job futsch, zusammen mit seinem vermeintlichen Arbeitgeber. Glücklicherweise hat Wilson eine vorübergehende Lösung parat: Steve kann "Ranch-sitten", während Wilson geschäftlich in LA ist. Aber als er wieder zurückkommt, erkennt Wilson den Besitz kaum wieder. Auf den Koppeln stehen Pferde in Ausbildung und die Ranch ist in einem Topzustand. Und plötzlich erkennt er, dass er nicht vom Cowboydasein inspiriert wird, sondern von Steve selbst.

Aber die Sekte ist immer noch hinter Steve her und Wilsons Angst vor einem Skandal bedeutet, dass er sich immer noch nicht öffentlich geoutet hat. Ein Coming-out könnte das Ende von Willies Karriere bedeuten – aber seine Gefühle für Steve zu leugnen, könnte den einzigen Teil von ihm auslöschen, der echt ist.

www.dreamspinner-de.com

ANDREW GREY
MALEN
NACH
ZAHLEN

Verhelfen das Polarlicht und eine Liebe im zweiten Anlauf einem sich quälenden Künstler zu neuer Inspiration?

Als der New Yorker Maler Devon Starr seine Sucht aufgibt, verschwindet auch seine Inspiration. Devon braucht eine Veränderung und reist wegen des Schlaganfalls seines Vaters nach Hause, nach Alaska. Die kleine Stadt, in der er aufgewachsen ist, ist jedoch nicht mehr so wie in seiner Erinnerung.

Enrique Salazar kann sich noch ausgesprochen gut an Devon erinnern und macht es zu seiner persönlichen Mission, Devon die Augen für die wilde Schönheit und all die Möglichkeiten um sie herum zu öffnen. Die beiden Männer kommen sich näher, und gerade als Devon langsam begreift, was immer für ihn da war, sind sie gezwungen, sich gegen eine Bergbaugesellschaft zu wehren, die die unberührte Natur bedroht, dank derer sie sich verliebt haben. Der gemeinsame Kampf verstärkt ihre Bindung noch, doch als das Verlangen, wieder einen Pinsel in die Hand zu nehmen, zurückkommt, vernimmt Devon auch den Ruf der Stadt.

Ein Mann gefangen zwischen zwei Welten. Devon bleibt nur, seinem Herzen zu folgen.

www.dreamspinner-de.com

NEUEWEGE

Andrew Grey

Geschäfte kann man planen, Liebe passiert …

Thomas Stepford hat über Jahre eine sehr erfolgreiche Firma aufgebaut. Jetzt, mit neununddreißig, wünscht er sich ein ruhigeres Leben. Als seine Eltern Hilfe brauchen, kehrt er zurück nach Hause. Weil er seine Geschäfte nicht einfach so an den Nagel hängen kann, wird ein Assistent für ihn eingestellt. Brandon macht sein Leben leichter, aber auch erst richtig kompliziert …

Brandon Wilson kommt frisch vom College und braucht einen Job. Seine Mutter besorgt ihm eine Stelle – als Assistent bei Mr Stepford. Thomas scheint sich nicht daran zu erinnern, aber Brandon hat schon einmal für den umwerfend attraktiven, älteren Mann gearbeitet: Vor Jahren hat er bei Thomas den Rasen gemäht. Thomas war Brandons Jugendschwarm. Und jetzt ist er Brandons Boss.

Thomas und Brandon sind beide entschlossen, ihre Beziehung rein geschäftlich zu halten. Sie lernen, miteinander zu arbeiten, selbst als das Knistern zwischen ihnen immer stärker wird. Als ihre Leidenschaft füreinander schließlich zum Siedepunkt kommt und sie gerade soweit sind, ihren Gefühlen nachzugeben, wird Thomas von seinem alten Leben eingeholt. Er muss zurück nach New York. Und dann erfüllt sich für Brandon ein Traum: Er bekommt ein Angebot aus Hollywood.

Hat ihre neugefundene Liebe noch eine Chance?

www.dreamspinner-de.com